燕赵秀林丛书·艺术

冀光影韵

燕赵秀林影视人才作品选

河北省电影电视艺术家协会 编著

河北出版传媒集团

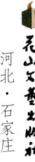

花山文艺出版社

河北·石家庄

图书在版编目（CIP）数据

冀光影韵：燕赵秀林影视人才作品选 / 河北省电影电视艺术家协会编著. -- 石家庄：花山文艺出版社，2025.3. --（燕赵秀林丛书）. -- ISBN 978-7-5511-7451-0

Ⅰ.I235

中国国家版本馆CIP数据核字第2024T9Z117号

丛 书 名：	燕赵秀林丛书·艺术
书　　名：	冀光影韵——燕赵秀林影视人才作品选
	JI GUANG YING YUN——YANZHAO XIU LIN YINGSHI RENCAI ZUOPIN XUAN
编　　著：	河北省电影电视艺术家协会
出 品 人：	郝建国
选题策划：	李　彬
责任编辑：	梁东方
责任校对：	李　伟
美术编辑：	陈　淼
出版发行：	花山文艺出版社（邮政编码：050061）
	（河北省石家庄市友谊北大街330号）
销售热线：	0311-88643299/96/17
印　　刷：	石家庄海德印刷有限公司
经　　销：	新华书店
开　　本：	700毫米×1000毫米　1/16
印　　张：	19.75
字　　数：	200千字
版　　次：	2025年3月第1版
	2025年3月第1次印刷
书　　号：	ISBN 978-7-5511-7451-0
定　　价：	88.00元

（版权所有　翻印必究·印装有误　负责调换）

序言

人才兴则事业兴、人才强则国家强，人是事业发展最关键的因素。文艺事业要实现繁荣发展，就必须培养人才、发现人才、珍惜人才、凝聚人才，培育造就大批德艺双馨的文学艺术家和规模宏大的文化文艺人才队伍，构建出成果和出人才相结合的工作格局。

为了进一步推动文艺人才培养和队伍建设，打造一支德艺双馨的文艺冀军，河北省坚持以习近平文化思想为指导，组织实施了文艺名家推出工程、中青年文艺人才"秀林计划"、文艺后备人才"春苗行动"、文艺名家情系河北"故乡创作计划"，构建起文艺人才培养的四梁八柱，形成了老中青梯次衔接、省内外交相辉映的文艺人才格局。在各界共同努力下，河北的文艺人才如雨后春笋般不断涌现，全省文艺事业呈现出蓬勃发展的繁荣景象。

作为中青年文艺人才"秀林计划"的重要内容，省委宣传部会同省文联、省作协开展了"燕赵秀林丛书"的编辑出版工作，将按照"一人一书"或者"一类一书"的原则，为我省优秀中青年人才出版代表性作品，并配套开展作品研讨、专场演出、展览展示和媒体宣传等活动，形成文艺人才培养、宣传、使用一体化格局，努力推动更多优秀中青年人才脱颖而出，在新时代的文艺道路上挑大梁、当主角。首批图书，将为11位青年作家各出版一部文学作品选集，并从戏剧、音乐、美术、曲艺、舞蹈、民间文艺、摄影、书法、杂技、影视、文艺评论等11个艺术门类中各遴选中青年艺术家代表，分别出版一部优秀作品合集。

青年是事业的未来。只有青年文艺工作者强起来，文艺事业才能形成长江后浪推前浪的生动局面。希望此次入选的中青年优秀人才，能以出版"燕赵秀林丛书"为新的起点，再接再厉、接续奋斗，立足河北丰厚的历史文化资源，聚焦中国式现代化在河北可视可感可行的火热实践，创作推出更多充满时代气息、具有河北特色的精品力作。也希望全省的作家、艺术家们，既秉持学习前人的礼敬之心，更树立超越前人的竞胜之心，增强自我突破的勇气，迈向更加广阔的创作天地，努力攀登新时代文艺新高峰！

丛书编委会
2024 年 9 月

目 录
CONTENTS

◎姜　红…………………………………………………………001
　　电影剧本《毕业总动员》(节选) ………………………004
◎魏笑宇…………………………………………………………053
　　电影剧本《失控人生》(节选) …………………………056
◎吕久胜…………………………………………………………113
　　电影剧本《山河之间》(节选) …………………………115
◎任意飞…………………………………………………………159
　　电影剧本《第一个梦想》(节选) ………………………162
◎刘　涛…………………………………………………………209
　　电影剧本《灭火》(节选) ………………………………212
◎徐　鹤…………………………………………………………259
　　电影剧本《周公与桃花女》(节选) ……………………261

（按中青年文艺人才"燕赵秀林计划"入选年份及姓氏笔画排序）

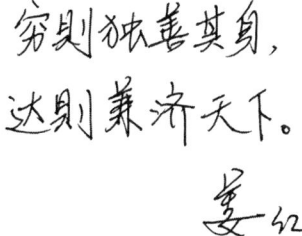

姜红，入选中青年文艺人才"燕赵秀林计划"。1978年11月生人。现为沧州市南皮县文化馆创作人员。河北省影视家协会会员，沧州市影视家协会副主席。电影编剧，导演。

2006年，在电影《毕业总动员》《深宫秘笈》等剧中担任编剧；编剧的微电影《瓶》获得2017年中宣部社会主义核心价值观优秀作品，荣获2018年河北省文艺振兴奖。编剧的电影《初心》获得2019年平安中国政法委优秀原创剧本奖；担任文学策划的电影《阿拉姜色》获第21届上海国际电影节评委会大奖、最佳编剧奖。电影《拉姆与嘎贝》，获得第67届圣塞巴斯蒂安国际电影节金贝壳奖提名。

《毕业总动员》是一部反映当代大学生返乡创业的励志故事，成功塑造了一个"建设社会主义新农村"的大学生典型人物。讲述大学生江彩霞在毕业之际，为能够留在北京工作，与好友海琳四处奔忙着。然而不是月薪

个人介绍

太少，就是工作和专业不对口。离开学校走入社会的这些年轻人，顿时感觉到了现实的冷峻。四处碰壁后，江彩霞觉得好友见利忘义，男友又不理解自己，于是赌气回到河北老家。在家乡，学林业专业的她，利用自己所学知识科技兴农，帮助乡亲们销售水果并成功引资，建成蒙山村天堂果品加工厂，带领群众走上一条共同富裕的道路，同时也带动周边村庄的经济发展，使家乡面貌焕然一新。江彩霞也在家乡的天空下闯出一片新天地，实现了自己的人生价值。

作为《毕业总动员》编剧，姜红坦言："江彩霞身上有自己的影子。"她说："在北京，我也曾经经历过挫折，知道那种四处碰壁是一种什么样的感觉。但是，我始终坚信，只要选择对了自己的人生方向，勇敢地坚持下去，就能够收获到成功的快乐。"

1998年，姜红从南皮县职教中心幼师专业毕业，留校当了一名老师。同年，她报考了中央文化管理干部学院主持人专业并被录取。两年后毕业，她想回到家乡做一名记者，一位老师介绍她到北京电视台《同乐园》节目做了一名编导助理。从此开始了"北漂"生活。先后在杂志社和电视台做编辑，积累了一些经验。

工作一段时间后，她感到知识越来越不够用。尤其是在中央文化管理干部学院学到的都是播音主持方面的知识，缺乏文化底蕴。她决定辞掉工作，专心充电。2002年，她报考了北京电影学院导演系，在北京的地下室里专心苦读半年。然而，幸运之神与她失之交臂，她没有考上。在她灰心无助的时候，北影一位曾经接待过她的老师告诉她，北影要办一个编剧导演班，让她快去报名。之后，她经历了人生中最艰苦的一次考试。一连考了6天，每一天都要超负荷地运转。考完当天，她就发起高烧。妈妈特地从南皮县赶到北京照顾她。看到疲惫不已的女儿，妈妈对她说："还是回家去吧，别在这儿受罪了。"她割舍不下热爱的电影事业，执意要留在北京。所幸，北京电影学院录取了她。

姜红在北京电影学院如鱼得水，系统学习了编剧、导演知识，也增长了阅历。2002年，她拍摄了第一部短片《牵手》，在北京十所高校巡演，还参加了北京大学生电影节，获得优秀奖。毕业后，她在北京电视台和中央电视台做编导，其间默默地创作剧本，期待着她的作品有能够走上银幕的一天。

"希望自己的第一部电影诞生在故乡的土地上。"她说。

2006年10月13日，由姜红担任编剧，北京龙凤星祥影视文化有限公司和青岛凤凰影业有限公司投资拍摄的中国第一部反映大学生返乡创业的励志电影《天堂之路》在南皮县开机拍摄并举行了新闻发布会。

2019年12月，姜红编剧的微电影《瓶》获得社会主义核心价值观主题微电影优秀作品三等奖。谈到这部作品时，她说："我的感触就是一个人在恩惠这个世界恩惠他人的时候，能够做到不求回报，就是一种高尚。《道德经》里有句话说'明白四达，能无知乎'。意思是说人行善如太阳的光明一样恩惠万物，普照黎庶，而无欲无求。我想这部作品也是想传达这样一种诉求，也是我们最美好的一种愿望。"

作品

电影剧本

《毕业总动员》（节选）

故事梗概

　　电影《毕业总动员》讲述的是江彩霞在毕业之际，和好友海琳为能够留在北京四处奔波着，但是，不是月薪太少，就是工作和专业不对口。离开学校走入社会的这些毕业生，顿时感觉到了现实的冷峻。彩霞觉得好友见利忘义，男友不理解自己，于是赌气回老家一趟，本来打算回家看望一下父母，然后再回到北京继续找工作。然而没想到的是，这一回，竟然改变了她的人生轨迹。本来就学林业专业的她，为家乡的水果销售出谋划策，她发现原来家里有一片大有可为的新天地，镇长跟她讲述国家最新的政策，非常鼓励大学生回乡发展，面对这个情况，还有北京的男友，江彩霞会做出怎样的选择呢？

人物介绍

　　江彩霞：23岁，女，北京某大学林业专业应届毕业生。小巧可爱，表面凡事满不在乎，有时还迷迷糊糊。其实她冰雪聪明，心地善良，做事果断，坚韧不拔。

　　燕　京：24岁，男，江彩霞的大学同学、男朋友。北京人。阳光男孩儿。从小生活在养尊处优的环境里，单纯天真。对彩霞一片痴心，然而面对爱情的考验时，他又显得有些怯懦、不成熟。

贾　宁：24岁，男，县农业局的技术员，彩霞从小玩到大的邻居哥哥，成熟稳重，有时也很害羞。被彩霞的精神感动，帮助彩霞一起工作。

王小丽：22岁，女，北京某艺术大学表演系毕业，漂亮，家境富裕。是典型的"北漂一族"，混迹剧组当群众演员。对燕京情有独钟并大胆地追求，但嫉妒心很强。

罗园园：23岁，女，漂亮，蒙山村小学老师。村主任的女儿，彩霞小学中学的同学，嫉妒心很强，一直追求贾宁，为了能和贾宁在一起，想方设法阻碍彩霞在村里工作。

海　琳：23岁，女，江彩霞大学同学，老乡。聪明狡猾，就业时抢了彩霞在某公司作助理的机会，得以留在北京。后被老板骗了，最后来到彩霞身边工作。

罗兴旺：蒙山村支书兼村主任，50岁，为人正直、求贤若渴。他一心想带领村民致富，但苦于自己能力有限。很愿意彩霞回村里工作。他喜欢贾宁，并希望能够成为自己的女婿。

王　总：王小丽的父亲，48岁，某果品加工厂总经理。是一个成功的商人，也是一个慈爱的父亲。

镇　长：45岁，女，对工作一丝不苟，欣赏年轻有为的彩霞。

贾　静：12岁，女，贾宁的妹妹，经常和罗园园在一起。

江彩霞的父亲：48岁，蒙山村村委会的会计。

江彩霞的母亲：47岁，蒙山村果农。

1. 北京　日　内

　　黑场。

　　彩霞一个睡相。

　　海琳刷牙化妆。

　　一个闹钟的清脆响铃声打破黑场。

　　闹钟的指针是七点整。一只女孩儿的手入画按住闹钟，停止响铃。

　　出主创人名单。

　　一组镜头：

　　北京二环路上，数以千计的车辆停滞不前。二环路俨然变成了停车场。

　　出主创人名单。

　　（OS 收音机里的声音）西二环广安门至西直门方向拥堵，请车辆绕行其他路线。

　　红灯灭，绿灯亮。车辆如洪水般涌出。

　　自行车流如洪水般涌出。

　　出主创人名单。

　　（OS 收音机的声音）：在北三环马甸桥上一辆银色捷达与一辆白色宝来发生剐蹭，造成交通堵塞。请其他车辆绕行。

　　出主创人名单。

　　北京地铁的复兴门站，一辆地铁进站，拥挤的人群下地铁，又有拥挤的人群上地铁。出站的人群摩肩接踵地慢慢前行，再着急也走不快，人们的脸上都没有什么表情。有人困乏地打着哈欠。

　　出主创人名单。

　　300 路公交车进站，人们发疯一样地向上挤，有下车的竟然没有挤下车，嘴里抱怨着（北京腔）：拱什么拱啊，不拱也知道明年是猪年。竟然有人回复说：吼什么吼，不吼也知道今年是狗年。

有人抱一只小狗走过，汪汪两声。

　　推片名《毕业总动员》。

2. 公交车上　日/内

　　燕京、江彩霞和海琳被车上拥挤的人挤得一动也不能动，彩霞已经汗流浃背，手里还拎着一个大包。她和海琳都精心打扮过，可是妆容已被破坏，两个人的样子都颇为可笑。司机不停地按着喇叭，燕京的脸上浮现出焦虑的神色。

　　海琳：我新买的衣服！

　　彩霞：我的鞋被踩了N脚了！

　　燕京：又不动窝了。

　　一个外国人说：你为什么把你的脚放在我的脚上还重重地压？

　　乘客哄的一声笑了：你说"踩"不就行了吗？

　　老外自言自语：踩？踩？就是把你的脚放在我的脚上还重重地压？妙，妙，乘客哄的一声笑了。

　　海琳：天才！

　　彩霞捅海琳一下：你才是呢！

　　燕京看海琳：天生的蠢材。

　　海琳捅燕京眼睛。

3. 街道　日/外

　　公交车终于移动了几步，好不容易到了站点。燕京、彩霞、海琳下了车，刚跑了几步，彩霞和海琳穿着高跟鞋跑起来非常难受，于是彩霞把鞋脱掉，拿在手里。海琳看彩霞这样做，忍不住笑了，跑了几步，还是觉得碍事，于是也把鞋脱掉了，手里拿着鞋追赶着彩霞和燕京，他们拉着手飞快地向招聘会场的方向跑起来。

4. **招聘会会场外　日/外（宣外文化馆，虎坊桥附近，人才市场）**

　　一个大横幅的特写：人才招聘大会欢迎您。

　　燕京、彩霞和海琳气喘吁吁终于跑到了人山人海的会场。会场外人头攒动，全部是拿着简历的大学生。有的垂头丧气地走出会场，有的拼命往会场里挤，有的甚至坐在地上从报纸里寻找合适的工作机会。地上摆了好几份关于招聘的报纸。

　　三个人看到这架势面面相觑。

5. **招聘会　日/内（宣外文化馆，虎坊桥附近，人才市场）**

　　声音入画：挤死了！挤死了！外面的别挤了，行不行？

　　招聘会里一片混乱，每个摊位前都聚集了一大堆人，彩霞和燕京说什么也挤不进去。海琳急得一头汗。燕京拼命地把手里的简历往前面递。

　　燕京：人太多了，根本挤不过去。

　　彩霞：真没用，我来！

　　彩霞一把抓过燕京手里的简历，仗着自己比较瘦，拼命往前挤。她也挤不进去，眼珠一转，想出一个主意。

　　彩霞冲燕京：你背我。

　　燕京：啊？

　　彩霞对其嗤之以鼻：哎呀，快点儿，转过身去！

　　燕京无奈，只好背起彩霞。

　　招聘人员甲：林业大学果木系？在城里能干什么呀？

　　彩霞一边说话一边从燕京背上下来：我是我们学校英语比赛一等奖获得者；作文大赛二等奖获得者；年年拿奖学金，还是优秀实习生呢……

　　招聘人员甲：我觉得您还差一个比赛的冠军。

彩霞：什么比赛？

招聘人员甲：演讲比赛的冠军！

彩霞自豪地说：真被你说中了，我获得过辩论比赛的最佳辩手，真的！

招聘人员甲问燕京：你的籍贯就是北京的吗？

燕京：对呀！

招聘人员甲：那您的条件还是不错的，下周一我们会给您打电话的！

燕京：谢谢，那我这位同学呢？

招聘人员甲：对不起，我们现在只考虑北京户口！

彩霞听了后不服气地从桌上拿起自己的简历，看了看自己籍贯的那栏，上面写着山东，冷笑了一声，从燕京背上下来，转身离开了。

燕京在后面追：彩霞！

一组镜头：

一个招聘人员的大脸入镜：没有工作经验？不要！

另一个招聘人员的大脸：解决北京户口？不成！

第三个招聘人员的大脸：就给六百，爱干不干！

第四个招聘人员的大脸：不是名校毕业？免谈！

6. 女生宿舍楼里　夜／内

海琳的主观：宿舍的楼道里垃圾成堆，海琳走在楼道里，边走边看，宿舍门都大敞大开的，大多数的人都在清理东西，把很多没用的东西扔在楼道里。有的人摇着头把信件都撕了，有的人抱在一起痛哭，有的人喝醉了，几个人东倒西歪地摇晃着走在楼道里。

海琳走进彩霞的宿舍，一个女生也在收拾行李，海琳问：你们怎么都着急收拾东西，还好几天才封宿舍呢？

女生说：多待一天还有什么用啊，真正毕业了才感觉到，学校突然从亲娘变成了后妈。

海琳笑着摇摇头，狠狠地吸着酸奶，酸奶吱吱响。

彩霞坐在上铺上，不满地瞪着海琳。

海琳将喝完的牛奶盒对准垃圾桶准确地扔在里面。

海琳踩上床梯，站在上面轻声地问彩霞：真是羡慕你家燕京，不费一点儿力气，她妈已经把工作安排好了。哎，你不能让燕京的妈妈给你也找一份工作？

彩霞：自己说去，我烦着呢！

海琳：好，大小姐，你接着烦吧！我回宿舍了！

彩霞无语。她的手机铃声忽然响起来，显示着燕京的名字。彩霞拒接按掉了。

7. 学校餐厅　日／内

学校餐厅里，很多人在吃饭。（人多人少都可以）

彩霞和海琳正在吃饭。

燕京端着饭菜走过来坐下。

彩霞看了他一眼，低头继续吃饭。

海琳和燕京打招呼。

燕京不吃饭，说：给你打电话为什么不接？

彩霞：没电了！

燕京知道这是借口。

燕京把饭菜放到一旁，两只胳膊架在桌上，对着彩霞说：没有道理吧，就因为我是北京人。再说了，北京户口现在挺值钱呢。

海琳在一旁笑。

燕京：关键俺爸妈生我的时候，我没有发言权哪！

海琳大笑，彩霞也喷口笑了。

彩霞：北京人就是贫！

燕京大舒一口气，把饭菜端到眼前。

燕京狼吞虎咽地吃起来。

彩霞撒娇地笑着说：不许你吃！

燕京不听继续吃！

海琳：I 服了 U！吵了就好，好了又吵！

三个人都边吃边笑。

8. 学校里　日/外

学生们在门口出出进进，有的提着大大小小的行李走出校门，出来之后还表情复杂地回头看着校门，眼神里有不舍和无奈。

一辆红色的高级轿车从外边开进学校，停在停车场里，一位穿着时尚的女孩儿下车，向餐厅走去。

这个女孩儿就是王小丽。

9. 学校餐厅里　日/内

燕京和彩霞、海琳三人有说有笑地还在吃饭。

王小丽进入餐厅，朝着彩霞这边走过来。

彩霞看见了王小丽，脸色立刻沉下来！

燕京感觉到彩霞的变化，不知何故。回头看，原来是王小丽！

王小丽高兴地和他们打招呼。

彩霞勉强一笑。

燕京问：你怎么来我们学校了？

王小丽：想你了呗，哥哥。

海琳：大明星来了！

彩霞一副不太高兴的表情。

王小丽：谢谢！我渴了，给我来杯可乐！

燕京无奈地起身去买饮料了。

彩霞礼貌地说：对不起，有事我先走了。

王小丽无所谓地耸耸肩说：好。拜拜！

海琳：大明星，最近拍什么戏呢？

王小丽：刚刚接了一个古装戏。你们工作的事怎么样了？

海琳：嘿，别提了！怎么样？大明星帮帮我吧？

王小丽：有一家公司正在招人，我认识那个公司的老总。

海琳一听很高兴：My god！真的！

王小丽掏出名片：就是这公司，你们提我就行，不过这是燕京给他那位……

燕京在远处付款。

王小丽神色暧昧看着燕京。

海琳站起来：OK，飘然而去。

燕京端着饮料回来，问：人呢？

王小丽喝了一口，摊摊手。

燕京笑问：拜托你的事有眉目了？

王小丽笑了：再给我买一个冰淇淋，然后陪我去逛街！

燕京想了想：没问题！

王小丽非常得意和满足！

10. 学校　日/外

燕京在打电话，彩霞接听：彩霞，我现在有事不在学校里。晚上回来找你，有好消息告诉你，等着我！

彩霞站在窗户旁边，朝下面看着，燕京正在院里给她打手机，而王小丽正在把车倒出来，燕京上车，车飞快地开出学校。

彩霞在电话里的回答很冷淡：随便你吧！我忙着呢。

彩霞看着楼下的一切生气地挂掉电话。

11. 商场里　日／内

王小丽不停地试换衣服，穿出来让燕京看，燕京心不在焉地点头，他每次都是点头。王小丽高兴地结账买下那些衣服。

12. 学校的公园　夜／外

燕京拿着一包吃的在公园的亭子里焦急地等待，不时地看表。

彩霞正慢慢地向亭子走过来，脸上没有什么表情，她看见了燕京的背影，但没有叫他，还是慢慢地走过来，走进亭子里坐下，燕京没有发现她来了，还是向远处张望。燕京等不及了，又拨手机。

彩霞：我在这里呢。

燕京惊奇地看着彩霞。

燕京：我今天可是舍命陪王小丽去了，知道为什么吗？

彩霞不语。

燕京：王小丽真的帮忙，帮咱找了一份工作。

彩霞：哦！

燕京看彩霞不兴奋，又解释：我觉得这份工作挺适合你的，给经理作助理。

彩霞：我不想去！

燕京很吃惊：为什么？

彩霞：没有为什么，反正就是不想去。

燕京：说过多少遍了，王小丽没有什么嘛！真的！

彩霞：我懒得知道你们有没有什么！

燕京：彩霞，你为什么就是不能明白我的用心呢！只要这次你的工作能够有着落，那我妈就会同意我们在一起了。

彩霞难过。

燕京：你忘了我们的诺言了吗？我们要永远在一起。

燕京紧紧地抱住彩霞。彩霞眼里噙着泪水。

燕京：这次毕业找工作留北京，也许是最好的机会了。你说呢？

彩霞点点头：我如果有了工作，你妈真的不反对我们了吗？

燕京：是呀，我跟我妈谈过了，她亲口说的。

13. **校园小路　夜/外**

回宿舍的路上，二人手牵手并排着走。

燕京：我明天陪你去那家公司。

彩霞：不用了，我自己去就行了，你陪着我去倒不好。

燕京：也是，那你明天早点儿起床，别迟到了。

彩霞：放心吧！你回去吧！

燕京不舍地抱了一下彩霞：早点儿休息！

彩霞：嗯，晚安。

燕京看着彩霞跑进了宿舍楼才离开。

14. **宿舍里　晨/内**

一个闹钟的特写镜头：北京时间六点半。

闹钟铃铃铃地响起来，彩霞一脸倦容不情愿地从床上爬起来。

彩霞开始洗漱，然后化妆。

换外套一组镜头。

出门下楼一组镜头。

15. 街上　晨/外

　　彩霞走在大街上赶公交车，她看了一眼手表。

　　彩霞走下公交车换乘地铁，她看了一眼手表。

　　彩霞走出地铁又换公交车，她看了一眼手表。

　　全景镜头：无数车辆像长龙一样排列在道路上停滞不前。

　　公交车上的乘客脸上呈现出焦躁的表情。彩霞急得不停看手表。

　　彩霞从公交车走下来，看了一眼手表：九点整。她急忙挥手打了一辆车。

16. 出租车内　日/内

　　彩霞不停地看着手表：师傅！我赶时间，已经来不及了！麻烦您快点儿！

　　司机：别急别急，上了我的车，您就别着急了。你几点到？

　　彩霞：九点！

　　司机看了一眼车上的表：现在都九点零八分了，你总不能让我飞过去吧？

　　彩霞：反正您越快越好！真是急死了。

　　司机：您急？我也急呀，我才不愿意赚这堵车钱呢，我堵不起！您瞧您瞧，又堵了，你说这人怎么就这么多，一年比一年多！我小时候，北京城就二环以内，谁不认识谁呀，到哪儿我都不含糊。现在您瞅瞅，路都修到六环啦，我一个老北京都直迷路哇。我就不明白，难道天底下就北京是天堂啊，满世界的人都往这儿挤。依我看，天堂里也人满为患……彩霞急得一脸汗水，无奈地听司机唠叨。

17. 某公司　日/内

　　彩霞气喘吁吁跑进王小丽介绍的公司里。

彩霞上气不接下气地对公司的前台小姐：我……我是江彩霞，和……和张总约好的。

前台小姐看了一下表：江小姐，现在已经十点了。好像人已经定了。

彩霞惊呆了，犹豫：路上堵车，那您能不能让我见见张总？

前台小姐：这个……

彩霞：小姐，我是张总的朋友介绍来的，你跟张总一说他就知道了。

这时海琳从里面走出来，告别：谢谢张总，下周一我准时报到。

彩霞在一边看着海琳，张着嘴，半天没有说话……

18. 女生宿舍楼里——学校里　日／内—外

楼道里空荡荡的。不远处堆着垃圾。

燕京、彩霞和海琳分别提着行李从宿舍里走出来，彩霞的表情很难过。三个人的背影走出宿舍楼。

在学校门口，燕京打了一辆出租车，把行李放好，彩霞和海琳还是不舍地看看学校，校园里人也已经少了，空荡荡的。燕京示意她们上车，三个人才上车离去。

19. 地下室　日／内

燕京提着行李走进了昏暗的地下室，他很无奈，也很失望。海琳拿钥匙打开一个房间门，屋里有两张单人床，一张破旧的桌子，房顶上还有一条很粗的管道。彩霞把行李一放，四下打量。

她们都四下打量。

海琳说：便宜，再说离我上班的地方近。

彩霞不吭声。

燕京不太高兴地说：快点儿收拾吧！

气氛很尴尬。

20. 餐馆里　日/内

　　彩霞发愁地把筷子放下叹气说：我都玩了快一个月了，工作也没有着落，我真不知道该怎么办？

　　燕京：我妈说她正在帮你联系一个工作，可能过几天就能有消息了。

　　彩霞：真没想到，你妈会帮我！

　　燕京：我跟我妈说了，你找不到工作，我就不去她给我找的单位去上班。

　　彩霞笑着摇头。

　　燕京：没关系，我妈最后还是会听我的。她找的她同学的老公，她老公单位下属有个外贸公司，如果可以正式签约还能把户口落下。

　　彩霞自学自话：就怕我没有这么好的命。

21. 林经理办公室　日/内

　　一座白色的写字楼。

　　彩霞惊讶的表情：让我去？

　　林经理温和地笑笑：没错。这个大客户很重要，我们无论用什么办法都要把合同签了，他可是所有同行都在争夺的对象。

　　彩霞：这个……我行吗？

　　林经理：我相信你，赵大姐介绍来的人错不了。你要好好表现哪！

　　彩霞狠了狠心：那好吧，交给我办！请林总放心。

22. 饭店包房　夜/内

　　饭店的包房里，彩霞和林总等十几个人围坐一桌。觥筹交错间，彩霞有几分恍惚和疲倦。她还是硬撑着为客人劝酒。

　　彩霞：刘总，这杯酒，我代表林总敬您！祝您心想事成青春永驻前程似锦大富大贵万事如意年年有今日岁岁有今朝！我先干了！

刘总不动声色，似笑非笑地看着她。

彩霞：刘总您得喝呀，不能光我一个人喝，您不能欺负我。

刘总还是轻轻笑着，一口将酒喝了：林总，你的助理真会说话。

林总不动声色一笑，十分得意。

彩霞又勉强举起杯：刘总，这杯酒敬您，预祝我们合作愉快！

刘总：No，No，我有个习惯，再忙不谈工作，事业心再强，也要有张有弛嘛。

彩霞有点儿紧张：没错，没错。刘总喝酒，喝酒。

刘总轻轻抿了一口酒，偷偷看了林总一眼，林总和他相视一笑，两人心照不宣。

23. 饭店门口　夜/外

彩霞一脸疲惫，可怜兮兮地跟着林总、刘先生一群人的后面走出饭店。

林总将彩霞拽到一边：刘总喝醉了，你和他的司机送他回家。合同在这儿，路上你就……嗯，明白了？

彩霞想了想，勉强地点点头。

林总拍拍她的肩膀：拜托了。

24. 刘总的车里　夜/内

刘总坐在车后面，故意装作大醉，胡乱说话。彩霞拘谨地坐在他旁边，不知如何是好。

司机心里清楚一切，他借故离开：我上趟厕所，马上回来。

司机按了一下遥控锁，车门锁上了。

彩霞看着司机离开，手里攥着合同拍拍刘先生：刘总，刘总……您看这合同……

刘总一把将彩霞抱在怀里：合同好说，好说。

彩霞非常紧张，推开他：刘总，您醉了，我们还是明天再谈吧。

刘总十分冷静地看着她：你看我这样子像喝醉了吗？

彩霞心里明白了几分，立刻沉下脸：请把手拿开。

刘总：江小姐，你是聪明人，林总没和你说清楚？林总在我这儿可没失过手，因为他从不让我失望。

彩霞惊呆了：他从不让你失望？

刘总轻蔑地笑笑：看来你真不是个聪明人。

彩霞甩开刘总的手：看来你真是个流氓。

彩霞开门下车，但是开不开，彩霞用力拍门，警报响起来。司机在一旁看情况不妙，连忙过来开门。

彩霞下车，刘总非常生气。刚上车的林总又从车里出来。问彩霞怎么回事？彩霞甩手给了林总一个耳光。

林总惊愕地看着她，完全傻了。

25. 燕京家楼道里　中雨　日/内

电闪雷鸣，大雨倾盆而下。

燕京在楼道里追彩霞：彩霞，你站住！

彩霞抹着眼泪正在气冲冲地往楼下跑，正好碰见提着水果上楼的王小丽，王小丽正在甩伞，看见跑下来的彩霞，向她打招呼，可是彩霞看了她一眼什么也没说，继续往下跑。燕京也马上跑下来，王小丽问：这是怎么了？

燕京看见王小丽说：别问了，快上去替我陪陪我妈，谢谢啊！

王小丽一脸的问号，看到他们都跑了下去，冷笑了一下：莫名其妙！哎，要不要伞哪？

26. 马路上　中雨　日/外

马路上，大雨中，燕京一把抓住彩霞的胳膊：彩霞，你跑什么呀？

彩霞用力甩开燕京，你别管我，回家看你妈去吧！

燕京站在彩霞面前，生气地说：你还知道那是我妈呀？无论怎么样，你也不能对她那种态度。

彩霞：你也觉得是我错了是吗？

燕京：彩霞，我妈毕竟是长辈，她唠叨几句也就过去了，你忍一忍就完了！

彩霞：你知道我的感受吗？你妈从心里根本就没有接受我，因为她瞧不起我，因为我是农村人。我们不用再浪费时间了。

燕京：这些是需要时间磨合的，走，回去给我妈道个歉就没事了。

彩霞失望地看着燕京的眼睛，平静地说：对不起，我做不到。

彩霞随手打了一辆出租车，上车走了。

燕京在雨中生气地看着车开走。

出租车里的收音机正在播放一首《老鼠爱大米》。

彩霞听着伤感的歌，眼泪止不住地流下来，心中的委屈用眼泪发泄出来。透过车的后窗，燕京的身影在雨中渐渐朦胧，一点点变小，直到看不到。司机本来还随着歌曲哼唱，突然透过镜子看见彩霞在哭，没有说什么，立刻调换了频段，一段相声又来。彩霞擦干眼泪，用手捂住鼻子和嘴，眼泪又流下来。

27. 地下室　晨/内

第二天早上，彩霞披头散发、满脸憔悴，靠在床上，海琳在化妆，准备上班。

海琳幸福地低声说：你知道吗？那个张总昨天开宝马车送我回来

的。这可是我第一次坐这么高级的轿车。

彩霞无力地坐起来：是吗？

海琳：你怎么了，脸色这么难看？和燕京吵架了？

彩霞：和他妈。

海琳吃惊：什么？你敢和她妈吵架，天啊，她妈可是个领导哇！燕京是不是生气了？

彩霞难过地点头，说：没想到我跑回来，他竟然没有继续追我。说着又想哭。

海琳：我电他？

彩霞：才不要他管。

海琳：那你有什么事情电我！我走了啊！

（镜头缓缓摇转：昏暗的、简陋的地下室一片凄凉……）

27A. 北京街道过街桥　晨／外

彩霞独自在过街天桥上溜达。

27B. 地下室　晨／内

彩霞望向窗外。

窗外景象1：一片裙子，裤衩，胖膀爷，大扇子，洒水车经过。

窗外景象2：女靴，裤子，风衣，绒裤，大车经过。

28. 火车上　日／内

大平原，火车疾驰而过。

彩霞坐在窗边看着窗外的景色。

29. 蒙山村村头　日/外

彩霞背着双肩包走在乡间的路上。

彩霞走过田地一组镜头。

广阔的平原大地上，到处是庄稼，果园里的苹果树上挂满了无数的苹果。看来今年又是一个丰收年。走在林荫小路上，别有的一种宁静让人心情愉悦，视野非常开阔。

30. 蒙山村村头　日/外

彩霞走进村里。村民丁二婶愣了一下，仔细看了看，认出是彩霞，兴奋不已：呀！这不是小霞吗？咱们大学生回来啦！

彩霞高兴地说：二婶，回来了！挺好吧？

丁二婶上前亲热地把彩霞的行李接过来，说：好着呢！走，我来拿，看你那小细胳膊。真让人心疼。你爸你娘知道你回来吗？

彩霞很不好意思，抢了几次都没把自己的行李拿回来，跟在二婶后面说：不知道，我没说。

乡亲们热情地和彩霞打招呼，几个孩子正放学回家，跟在彩霞后面一起走。

彩霞和大家说笑着。看着村民和孩子对她羡慕的眼神，彩霞发自内心地笑。

31. 彩霞家　日/内

村主任声音先入：小霞回来了，欢迎啊！你可是咱们村的金凤凰啊，我代表父老乡亲欢迎你啊！将来咱们村还指望你这个大学生呢。

彩霞：罗叔，我应该先去看您的！

村主任笑了：还是大学生会说话呀！你们都学着点儿啊！（对着村里几个年轻的孩子说）怎么样？闺女，大学毕业了吧？听你爸说，已经在北京工作了!

彩霞脱口而出:啊,已经毕业了,在写字楼上班,还行。

村主任点头,意味深长地说:写字楼?还是得上大学啊,你看看!

一个村民好奇地问:彩霞,在北京一个月能挣多少钱?

彩霞又是一愣,笑笑说:也就几千块钱吧!

乡亲们都惊讶地啧啧咂舌议论,很羡慕。

彩霞自己低声咳嗽了一声,表情有些许的不自然。父母看见彩霞的样子,他们和彩霞的眼神碰上了。

村主任:彩霞她爹,你们真有福气呀,终于把彩霞供出来了,以后享福吧。

彩霞父母就是笑。

彩霞爹拎出十里香:她娘,弄俩菜!

这时罗园园和贾静一起来到彩霞家,罗园园非常高兴地说:彩霞!

彩霞看见罗园园也非常高兴:圆圆!你现在干什么呢?

旁边一个人:当老师了!在一中。

彩霞:哦!那是罗老师了!

罗园园凑到彩霞的耳边,轻声地问:没带男朋友一起来呀?

彩霞一听笑着回答(小声地):讨厌!你有男朋友了?

罗园园不好意思地说:以后再告诉你!

彩霞随手拿起一个苹果就吃,而且还给大家分吃。大家沉浸在一片快乐祥和的气氛中。

32. 江彩霞家　夜／内

村里的烟囱里开始冒出袅袅炊烟,天色已经黑了,村里恢复了安静。

烟雾中,彩霞和爹娘坐在炕桌两边,彩霞爹吸着一根烟。

彩霞娘拿着蒲扇不停地扇：那工作怎么样？

彩霞：我们单位允许毕业生回家看看，说这样才能安心工作，放了一个星期的假！

彩霞爹：不对吧，现如今还有这么好的单位，俺不信！

彩霞心虚地说：爸，我说的是真的！

彩霞爹娘用眼睛看着彩霞，不说话，彩霞也看着他们的眼睛，马上，彩霞的眼睛就开始躲闪，不知道该往哪里看，爹娘立刻明白了。

彩霞娘：闺女呀，你怎么不说实话呢？

彩霞心慌地说：哎呀，你们别问这么多不行吗？

彩霞爹：我们不问谁问哪？

彩霞娘：怎么了？不会是工作还没着落吧？

彩霞恨不得有个地洞赶紧钻下去，可是没办法，硬着头皮说：本来找到工作了，可是不小心又给丢了。

彩霞娘一听火了：几年大学，越读越出息了！还说一个月几千块呢？

彩霞：娘，我会找到工作的。这次我确实是想你们了，所以才趁这个机会回来看看的。

彩霞娘叹口气，不说话了。

彩霞爹：既然回来了，就住几天吧！记着，你爹就是想让你有个出息，工作慢慢找。有那么一天，也把俺接到北京去住几天，看看天安门，到颐和园转转……

彩霞笑了。

33. 彩霞家　晨/外

蒙山村的早上，烟雾缭绕，半轮红日从东方升起。

彩霞走出屋门伸了个懒腰，望着树叶上的露珠，用嘴吹了一下，心情格外清新。彩霞在院子里的脸盆里洗脸。

彩霞娘在院里忙。彩霞说：娘，后面的厕所也太脏了，简直都没有插脚的地方。

彩霞娘：毛病。

34. 地下室—院里　夜／内—外

燕京来到地下室找彩霞，可是门锁着，燕京觉得奇怪，转身出了楼道，看见海琳站在一辆车外和里面的男人说话，燕京喊：海琳！

海琳回头看到了燕京，答应了一声回头和车内的男人招手再见。然后手里拿着一个礼品盒跑到燕京身旁，燕京问：那人是谁呀？

海琳不好意思地说：我们公司的。你来找彩霞吧？

燕京看着海琳说：你在公司可注意点儿，这种老男人最危险了。这是他送的。

海琳点头：哎呀，我还用你说呀！我又不是傻子。

燕京：那就好！彩霞呢？

海琳：你两天都不来找她，生气了呗！

燕京：行了，快告诉我，她在哪呢？

海琳神秘地笑着：即使你知道她在哪，也看不见她人了。

燕京有点儿疑惑地问：你这话什么意思？

海琳一看燕京真紧张了，就笑着说：实话告诉你吧，那天她都被雨淋病了，第二天给我留了张条，说她回老家待几天。

燕京舒了一口气，说：原来是这样啊！我也是因为淋病了才没来看她的！

海琳：你们哪，不是冤家不聚头！

燕京终于笑了，自言自语：嘿嘿！行。

35. 彩霞屋　夜/内

彩霞躺在床上，打开手机看看，找到燕京的号码看了一会儿，然后失望地关机。

36. 燕京家客厅　夜/内

燕京在沙发上坐着，心不在焉地看电视，不停地调换频道。他看着茶几上的手机，忍不住拿起来，犹豫了一下拨通了彩霞的电话，结果手机里说对方已关机，燕京生气地挂断电话，然后狠狠地关机。

37. 彩霞屋　夜/内

彩霞辗转反侧，忽然拿出手机，坐起来开机，笑着拨通了燕京的手机，结果手机里说对方已经关机，彩霞非常生气，立刻没有了笑容。然后关掉手机，狠狠地扔在枕头底下，把枕头使劲地一摔，躺下睡觉了。

38. 村委会　日/外

村里的广播：全体村民注意了，吃过早饭后到村委会大院来开会。

乡亲们陆陆续续地往村委会走，不一会儿院里就坐满了人，有的妇女抱着孩子，有的抽烟，有的蹲着、有的站着，也有的在墙头上坐着，大家有说有笑。

彩霞：你也来开会呀？

罗园园：俺爸规定的，只要没课的老师就都要来开会。

彩霞：罗叔还挺认真的。

村主任坐在最前面，开始发言了：今天叫大伙来，是商量点儿事！眼看着今年的苹果都下来了，得赶紧想想办法卖出去，要不又和去年一样，砸在手里都坏了，白忙活一年！大伙都说说，有什么好主意！

村民甲：不行还是找外地的水果贩子上门收吧！

村民乙：恐怕不行，水果贩子太黑了，还不如咱自己拉到集市上零卖赚得多呢！

村民丙：干脆明年把树都砍了，不种了，还不如出去打工挣得多呢！

村民甲：说的也是。开始非得让大家种果树，忙活一年也挣不了几个钱，还不如种地呢！农闲了还可以出去挣点儿零花钱！

彩霞爹：大家就少说两句吧，当初村主任也是好意，是想法让大伙脱贫致富。搞了果树专业村。别说了，还是商量怎么处理这些水果吧！再过十天半月的，果子就得下树了。

乡亲们无语了，谁也没办法。妇女怀中的孩子又哭又闹。

彩霞忍不住对罗园园说：其实咱们村的水果比城里的好吃多了，为什么不想办法卖给城里人呢？还有现在城里人都喜欢喝果汁，一杯果汁在饭店能卖到好几十块钱呢！我们可以想办法联系果汁加工厂。

罗园园：彩霞姐说想办法联系加工厂。

村主任问：彩霞，你上过大学，见过世面，说出来的都是新道道，你怎么联系果汁加工厂啊？

彩霞想想说：可以上互联网查呀，网上什么信息都有。

村民乙：彩霞呀，我们不懂什么互联网，你给查查吧！也帮我们打打谱吧！

村主任：我觉得彩霞说得有道理，说不定真是个方向呢，那明天就让你受累了！

彩霞清清嗓子，不好意思地说：我还有一个题外话，我觉得咱们村里上厕所，现在是个大问题。

村民：这能有什么大问题？（*所有的人都笑了*）

彩霞继续说：我知道咱们村里已经建起了几个沼气厕所，可大部分人家没有建，包括我们家，这样的话，沼气池的作用根本就没有真正发挥出来，如果全部建起来才能产生大量的沼气，又卫生还省了柴火，又攒了农家肥呢！

村主任说：许三他们几家建起来之后也没有觉着有什么太大的好处，所以后来也就没人建了。

彩霞：罗叔，您去县上问问，可以的话，咱们村可以做个沼气实验村，全部建起来。

村民：要是真像彩霞说得这么好，咱们也建个试试！

另一村民：对，主任问问吧！

村主任说：行，我先问问镇上吧！

39. 县城街上　日/外

县城大街上，人来人往。一家网吧的牌子。

40. 网吧里　日/内

彩霞去到一台电脑前认真地查看资料。

特写：电脑屏幕显示出搜索果汁厂。

41. 贾宁的宿舍　日/内

罗园园高兴地提着水果敲门，可是没有人开门，罗园园立刻有些不高兴了，于是找公用电话，给贾宁打手机，贾宁说让她过去。

罗园园往饭店里走去，天气很热，她有些不耐烦。

42. 饭店里　日/内

这时罗园园走进饭店，看到他们两个有说有笑，脸上不高兴了。她走到桌前，不高兴地对贾宁说：人家说好了，中午要去找你的，你为什么不在宿舍等我?

贾宁不好意思地笑着说:我这一忙就给忘了,这不是碰见彩霞了嘛,快坐!

彩霞一看他们说话的神情,就看出他们的恋爱关系了,说:园园,还没吃饭吧,服务员,再加一份餐具。

罗园园坐下来,脸上的神情醋意顿生:彩霞姐真是雷厉风行呢。

彩霞:要是早知道你也来县城,我们一起来多好啊!

罗园园:我下午还有课呢!贾宁哥,吃完饭你送我们去车站吧?

贾宁放下筷子说:不行啊,一会儿我还要和彩霞去网吧查资料。

罗园园眼珠一转:去上网啊,我也去,我也想看看。

彩霞:那你下午的课谁上?

罗园园:没关系,我一会儿给张老师打个电话,让她代一下就行了。

43. 网吧里　日／内

三个人坐在一台电脑前,贾宁在电脑上查,彩霞用笔记,两个人还商讨。罗园园自己坐在另一边没什么事情可做。

贾宁掏钱给罗园园,说:园园,去买三根冰棍儿来。

罗园园接过钱,恶狠狠地看着他们两个背影,不情愿地去买冰棍儿。回来后贾宁还是和彩霞有商有量,十分亲近。

罗园园吃完冰棍儿,突然捂着肚子说:哎哟,我肚子疼,肯定是冰棍儿有问题。

彩霞说:怎么会肚子疼呢?我们怎么没事呀?

贾宁问:很疼吗?需要去医院吗?

罗园园:没大事,疼一会儿就好了。

彩霞:这样吧,我查得不少了,园园咱俩一起回家,让贾宁哥上班去吧!

罗园园点点头。

贾宁说：来，我扶着你！

44. 公共汽车上 日/内

一辆公共汽车驶过，彩霞和园园坐在上面，彩霞关心地问：好点儿了吧？

罗园园揉揉肚子说：好多了，是不是耽误你查资料了。

彩霞笑着说：没事，正好查完了。

罗园园脸上露出了胜利者的喜悦。

彩霞看得出罗园园的鬼主意，自己忍不住抿嘴笑了，说：贾宁挺不错的，你们蛮般配。

45. 村主任家 夜/内

村主任说：嘿！没想到这上网，查来这么多资料啊！

彩霞：是呀，21世纪，互联网上什么都有，想要什么有什么。你看，这么多的水果订购公司和果汁加工厂呢，肯定有可以合作的！

村主任：那赶紧联系吧！

彩霞：我也是这么想的，不过，我建议明天先统计出水果的类别和数量，联系时就可以跟人家说我们的基本情况了。

村主任：对、对、对。明天一早就通知大伙来登记。彩霞呀，辛苦你了。园园，跟你娘做饭去，让彩霞在咱们家吃。

彩霞马上说：不用了罗叔，我赶紧回家做登记表去，然后明天打电话联系厂家。

村主任满意地看着彩霞：这闺女，有学问就是不一样啊！园园，你要多跟人家彩霞学着点儿！

罗园园不屑地说：不就是上网嘛，咱要有电脑，我早就会了！

（转身离开了）

　　村主任琢磨着，说：是呀，要不村里也买台电脑！

46. 村委会　日／外

　　村委会大院里，乡亲们排队登记，纸上记着姓名、水果种类、数量……乡亲们议论着是彩霞帮着联系的厂家，开始夸奖彩霞。彩霞的父母听着满脸笑容。

　　彩霞在屋里打电话，有的打不通，有的没人接，有的果品加工厂说今年的货都已经预订完了，可以考虑明年合作。彩霞把本子上的电话号码勾掉了很多，仅剩几个了。有一家订购水果的电话打通了，对方说，什么水果都可以收，不过要对方自己送货，彩霞满口答应。彩霞说下午再联系，可以把统计数字告诉他们。彩霞高兴地跑出屋子，对院子里的乡亲们说：联系上了，有家公司答应有多少要多少！

　　乡亲们都高兴地笑了，议论纷纷。

　　彩霞：大家抓紧时间登记吧。

　　村主任笑着说：哈哈哈，这回咱们总算是有出路了。

　　有的村民大声喊：彩霞，好样的！

　　彩霞不好意思了。有人拿着彩霞的手机从屋里出来，手机响了，彩霞高兴地接过手机接听，激动地说：喂！燕京！你知道吗？我回来给村里办了一件大事，我通过上网查资料把村里的果子给卖出去了！

　　燕京没想到彩霞这么激动，而且把吵架的事情都忘了，说：你说什么呀，我听不懂啊。你打算什么时候回北京啊？

　　彩霞的热情顿减，说：你找我干什么？你妈不会原谅我，也不会同意我们在一起的。你还是跟那个王小丽好吧，你妈不是一直喜欢她吗？

　　燕京：你胡说什么呀，我妈喜欢王小丽，和我有什么关系。我爱的是你，我已经跟我妈说了，她若不同意我们的事，我就坚决不上班。

彩霞心中暗自欢喜，嘴上笑了，说：你这回真跟你妈来硬的了，这样可不好！

燕京：我知道不好，那你快回来吧，只要你找到了工作，我妈那边没问题，其实她心特软。

彩霞：我现在正忙着给乡亲们卖水果呢，忙完了我就回去！

燕京：哎哟，你一个大学生怎么干起这个来了，别不务正业了，赶紧回来找工作吧！

彩霞：什么叫不务正业！我能帮大家做点儿事，我很高兴！我跟你说，我们这里的水果可甜了，我回去给你带点儿尝尝，让阿姨也尝尝！

燕京：好好好，超市里连美国苹果都有，你就别往这带了。

彩霞又不高兴了，停顿一下说：没事我挂了。

燕京：你快点儿回来啊！回来时提前告诉我一声，我去车站接你！

彩霞：知道了，拜拜！

47. 镇长办公室 日/内

镇长坐在办公桌前，说：罗主任，最近你的思想观念发生了很大变化呀？

村主任不好意思地笑：呵呵，镇长，不瞒您说，我们村考出去的一个大学生回来了，她可是给我们村带来了不少新东西，还帮大伙不少忙呢。

镇长：哦，原来是身边多了个诸葛亮啊！现在上级正在鼓励大学生到农村当村官，如果可以的话，让她先给你当个助理吧！

村主任高兴地说：我确实有这个想法，只是张不开口啊，人家爹娘还指望孩子留北京呢。这闺女有知识、脑子灵、办法多，不服不行。

镇长：哟？还是个女将呢，这几天我抽空去看看她，是人才一定要留住，多给她提供方便，建设新农村，得有新人。

村主任笑着说：凭她的能力，我看绝对是个坯子，建沼气池就是她提出来的，不知道这事怎么样了。

镇长：今天叫你来是要通知你，县里还表扬你们村干部带头响应号召，决定在你们村先搞试点，然后在全镇推广，资金由县里拨一部分，镇里拿一点儿，各户掏一点儿，先建几个看看。让农民看到它的好处。

48. 村主任家——彩霞家　夜 / 内

电视上的画面：昨天，我县蒙山村响应农业农村部推广的生态家园富民工程，这将作为我县沼气厕所的实验点，下半年将在全县继续推广生态家园富民工程，让老百姓切实地感受到科学给农民带来的方便。

村主任高兴地看着电视：这回咱们村可是出名了。多亏了彩霞呀！

罗园园低声地说：有什么了不起的。

49. 其他农户家　夜 / 内

农户收看电视的画面。

村民：这个彩霞还真是能折腾，明天去她家看看去，咱也去尝尝鲜。

50. 彩霞家　夜 / 内

彩霞爹娘和彩霞高兴地看着电视，彩霞娘：没想到咱们家还能上电视啊！

彩霞爹：哼，行，咱们倒是先用上这现代化的玩意儿了。

彩霞看着父母高兴的样子，心里别提多满足了。

灯光下，彩霞正在起草与水果收购公司的合同。

51. 村子空镜　日/外

白天的村子。

52. 彩霞家　日/内

彩霞家聚集了很多村民，大家都是来参观沼气厕所的。小孩子们非常新鲜地抢着排队上厕所。一些村民在新建好的厨房里，和彩霞娘一块儿忙着做饭。

村民：县城人用煤气罐，咱还眼馋得不行，这不是比那那煤气罐还好吗？

彩霞娘：说什么管道里直接就有什么沼气，你看，一打就着火，方便着呢！

村民：这可真是省劲了，城里人该眼馋咱们了。

彩霞娘：就是呀！

彩霞在院子里给大家讲：你们看，这个下面就是沼气池，通过发酵之后，产生沼气就可以做饭、可以洗澡，将来把这些沼气粪渣压到果树下，就是最好的肥料了……

村民们赞不绝口。

村民：彩霞，你可真是个科学家呀！

彩霞不好意思地说：二哥，瞧您说的，我比科学家可差远了。

全院的村民都笑了。

53. 村委会　夜/内

村主任、彩霞爹、彩霞还有两个村干部在昏暗的灯光下商量事情。

村主任：彩霞呀，这些日子你忙坏了吧？

彩霞：没有，这是我起草的一个销售合同，收购公司说现在是按市场价收购，但必须要看到我们的水果质量后再定，估计不会有问题，对方还说他们肯定比其他公司收购的价格高一些。

村主任：以后长期合作就中！

村民：是呀，那咱们心里就有底了。彩霞，后天送货你一起去吧？

彩霞爹：她一个闺女家就不去了，再说，彩霞明后天也该回北京了。

彩霞：其实我很想去看看，可是我回来好多天了，该回去了！

村主任：是呀，不耽误彩霞时间了，她已经帮大家不小的忙了，让她回北京吧！不过，她一走咱们可就少了诸葛亮了。

村民：就是呀，彩霞要是不走就好了。

彩霞笑：没事，以后有什么事再打电话，我在北京也会留意，看看有没有更好的销售路子。

村主任：好，彩霞有这份心我们就满意了。抓紧装车吧。明天一早就出发！

54. 彩霞家　日／内

彩霞爹拿了一沓钱递到彩霞面前：这是两千三百块钱，我看你包里还有一百六十八块，加在一起一共是两千四百六十八块。回北京赶紧找工作挣钱，这是最后给你的零花钱了。

彩霞笑着：爸，你真不愧是村里的大会计，账目算得就是清楚。

彩霞娘：回北京后要安安分分地工作，人家还能开了你！

彩霞：娘，您放心吧，我都知道了！等我日后发财了，一定接你们去北京。

彩霞娘：那娘就等着这一天了。

彩霞爹：早点儿歇着吧，明天一早跟送水果的车进城吧！

55. 县城　晨／外

车开到县城停下了，彩霞下车。

村主任：路上一个人要当心，有空常回家看看。

彩霞：知道了，罗叔，你们赶路吧，路上也多加小心，祝你们一切顺利！（彩霞对父亲说）爸，我走了。

彩霞爹：快走吧，到了北京报个平安！

彩霞：哎！

村主任和彩霞爹目送着彩霞，彩霞爹表情有些复杂，眼睛里充满了父爱的担心和爱护。

车开走了，继续赶路。

56. 火车站　日／内

彩霞在窗口买票，里面说：今天没有到北京的了。

彩霞诧异，那明天有几点的？

售票员：明天晚上十点的，买几张？

彩霞：一张。

彩霞拿着票不知该怎么办？想了想离开了火车站。

57A. 贾宁的宿舍　日／内

贾宁倒杯水递给彩霞：给，喝杯水！没赶上这趟车，那就明天走吧。

彩霞：是呀！也只能这样了。

贾宁：今晚就住我这吧，我去隔壁同事屋里住！

彩霞：不妨碍你吧！

贾宁：这是什么话呀？村里水果的事情怎么样了？

彩霞：我联系了一家水果收购站，今天村主任和俺爸他们开车送去了，我就是跟他们的车来的。

贾宁：你还真行！这回可给咱村办大事了。

彩霞不好意思：也有你一份功劳，是你帮我查的资料啊！

贾宁笑：嘿！也是，这些年我也没为村里干点儿什么，你才回来几天就给解决了一个大难题。

彩霞：这就叫来得早不如来得巧啊。

贾宁笑着走了。

彩霞拿出手机拨通燕京的电话。

燕京：你什么时候回来？

彩霞：本来今天回去的，可是没赶上火车，有一趟明天晚上十点的，后天早上到北京！

燕京：太好了，你终于回来了，你知道我有多想你吗？

彩霞：不知道，反正……我没有想你！

燕京：那我不管，我就是让你知道我想你了！后天早上我去火车站接你！

彩霞：好吧，后天见。

燕京：路上小心。

彩霞挂掉手机，幸福地笑了。想象见面后的幸福。

57B. 贾宁宿舍　夜/内

彩霞的手机响了，是父亲打来的。

…………

彩霞：明天晚上的火车，住在贾宁哥这里了。水果卖得怎么样啊？

…………

彩霞：怎么了，爸，您再说一遍！

…………

彩霞：什么？怎么能这样呢？

彩霞放下电话，很伤心，表情非常痛苦！

贾宁正好敲门进来，看到彩霞的表情，他不解地问：彩霞，出什么事了？

彩霞：刚才俺爸来电话说，水果送去之后，对方把价格压低了三成，没办法就把水果给卖了。这不村主任不知道怎么跟大伙交代，一着急血压升高了，回到家就挂上吊瓶了。

贾宁：我就知道这些水果收购商心眼不好，那就不卖给他们呗。

彩霞：那么老远地拉过去了，要是再拉回来，就把水果颠坏了。那样损失就更大了。咳，我真是该死，这不害了乡亲们吗？

贾宁：这不能怨你，你也没想到会是这样的呀！

彩霞：可这件事是我提议，也是我亲自联系的，我应该负责任，不能让乡亲们埋怨村主任！他已经够累的了。

贾宁：好了，别自责了，村主任会跟大伙说清楚的。你明天该回北京回北京，以后就少管村里的事吧，早点儿睡觉吧！（贾宁说完转身走了）

彩霞傻傻地坐在床上，悔恨不已，若有所思。自言自语：×的！

58. 公共汽车上　晨/外

一辆公共汽车开过，透过窗口，彩霞坐在窗边。

59. 贾宁宿舍里　晨/内

贾宁敲门：彩霞，起来了吗？

结果门一敲就开了，被子叠得很整齐，彩霞却不在屋里。贾宁疑惑地看看门外，也没有，进屋看见桌上的一张字条：贾宁哥，我回村里了，我想了一夜，决定暂时不回北京了，我必须给大伙个交代。下午我也许能赶回来回北京，如果六点前我还回不来的话，那就麻烦你去车站退掉车票。谢谢！彩霞。即日。

贾宁拿起桌上的车票，摇头不解！

60. 村头　日／外

彩霞回到村后直奔村主任家，村民甲看见彩霞不解地问：彩霞，你不是昨天就回北京了吗？

彩霞一听就知道乡亲们还不知道昨天卖水果的事情，急忙应声：有事没走成！

几个村民都很纳闷，说：这闺女！怎么回事呀？……

61. 村主任家　日／内

彩霞跑进村主任家的院子，正好碰见罗园园出门倒垃圾，罗园园没好气地对彩霞说：这不明不白地就上了一当，网上的东西靠得住吗？哎！你害死俺爹了。

彩霞一句话也没说，进屋去看村主任。

村主任刚刚打完吊针，医生正在拔输液器。彩霞走进屋子，蹲在地上的彩霞爹一看彩霞，站起来了：哎！你怎么又回来了？

村主任也抬头看：你怎么没走呀？

彩霞看着大家一脸的沉重，说：罗叔，都是我不好，您没事吧？

村主任：你说什么呀？我没事！

彩霞：这回损失了多少钱哪？您怎么跟乡亲们说呢？

彩霞爹叹口气蹲在地上：少说也得几千块呀，这不，正在商量怎么跟大伙说呢。

村主任：我打算实话实说，关于少卖的钱，大兄弟，村里的账上还有多少钱哪？

彩霞爸：不到三千块了，还得发工资呢。

村主任：跟村干部们说，这个月的工资先不发了，把钱先赔给大伙。

　　彩霞听着，心里非常难过，她突然掏出自己包里的钱（那天父亲给她的两千多块钱），放在村主任的枕边，说：这些钱我来赔，都怨我把事情办坏了，我让你们犯难了。

　　彩霞爹看见彩霞把自己的钱拿出来，很生气，可是碍于面子，又不好意思说什么。

　　村主任说：不行，这些钱是你爸给你回北京用的钱吧，快装起来。

　　彩霞：不，这个钱必须我来赔。

　　说完话，彩霞转身就跑出村主任家。门口正好遇见贾静来叫罗园园去上课，罗园园正在和贾静说：自作自受。

　　贾静：就是，没那个金刚钻就别揽瓷器活，就她能耐。

　　彩霞听到了她们的对话，从她们身边跑走了。

62. 村头的河边　日/外

　　彩霞一路跑到村头的河边，坐在地上，回想自己之前的行为，流下了伤心、委屈的眼泪。她随手拿起几块小石头，向河里用力扔过去，发泄心中的不快，她低语道：我就不信。

63. 彩霞家　夜/内

　　彩霞母亲的哭声：你这个死丫头的，你以为那些钱是从天上掉下来的呀？我跟你爹省吃俭用，好不容易攒的，是给你回北京用的，你可倒大方，说给人就给人了。

　　彩霞爹生气地不说话，就是一个劲地叹气。

　　彩霞：娘，这件事我必须负责任。不能让人家村主任一人替我背黑锅。

　　彩霞娘：你当初就不该跟着瞎掺和，你懂什么？明天赶紧走人，别让我看见你!

彩霞赌气地说:我决定了,我先不回去了,我要把这次赔的钱捞回来,不然,我就永远不回北京了。

64. 贾宁宿舍　内/日

贾宁下班回到宿舍,看到墙上的表已经六点半了,他给彩霞打电话,手机却在床上,贾宁没有办法,他把手机又扔回床上,然后拿起火车票离开了。

65. 村委会院里　日/外

很多村民聚集在院子里,表情都很不好,村民甲:这是怎么回事?不是都说好价钱了吗?

村民乙:知道那么便宜,怎么不拉回来呢,我挑到集市上卖都比这个价格高!

其他村民也不满地议论纷纷。

彩霞在角落里一言不发。听着大伙说。

村主任:我是村主任,这个责任我来负,彩霞也是一片好心,为了这事,彩霞都没赶上回北京的火车。

村民甲:本来她就应该一起去那边送货的。

村民乙:关键时候她倒不管了。

村主任:行了,别说得那么难听,大伙放心,今天村里先垫上钱赔给大家伙。排队开始领钱吧!

彩霞进来,她走到台前,环视了一下大家,村民立刻都不说话了,等着她说话。

彩霞说:我是你们看着长大的,当初考上大学,是左邻右舍给我凑齐了学费,一路送我到村头的,这个恩情我永远忘不了。我是真想为大家做点儿好事，可是我把事情想简单了，没把事情做好，不过请大家放心，对于这次损失，我负全部责任，我决定先不回北京了，留下来和大伙一起想办法，把损失补回来，相信我，我不会让大家白受累的。

乡亲们有点儿心软了，可是有的却笑了，低声说：大学生就是会说好听的，大伙哄的一声都笑了，有人说：赶紧领钱吧！

彩霞看着大家对自己的态度，暗下决心。

没有村民理她。

66. 火车站站台　日／外

燕京手里捧着一束红色的玫瑰花，在站台上走来走去。

火车进站了，燕京高兴地站在车厢旁边等，可是找不到彩霞的影子，人都走光了，还是没有彩霞，燕京有些着急。

站在空荡荡的站台上，燕京非常生气。他掏出手机给彩霞打电话。

67. 公共汽车上—火车站　日／内—外

贾宁坐在公共汽车上，拿出手机拨通家里的电话：娘，我中午到家，给我做着饭……我是给彩霞送手机回来的，村里是不是出事了……彩霞这回可是好心成了驴肝肺了……我挂了。

彩霞的手机响了，贾宁想了想就接听了。

燕京的声音：你在哪里呀？

贾宁：喂？你好！

燕京一听是男人的声音，很诧异，以为打错了：这不是彩霞的电话吗？

贾宁：你是找彩霞吗？

燕京：是呀，你是谁？彩霞呢？

贾宁：哦，我是彩霞的老乡，她的手机昨天晚上落在我这里了。

燕京：她昨天晚上不是在火车上吗？怎么会在你那里呢？

贾宁：请问你是谁？

燕京：她现在到底在哪儿？

贾宁：哦，你别误会！我们村里出了点儿事儿，她回去处理去了，所以就没回北京，我正回村里给她送手机呢！

燕京：什么，她又回去了。

贾宁：这样吧，待会儿我见到她，让她给你打电话吧，喂？喂？……

燕京已经挂掉了电话，非常生气，不知说什么好，他看看自己手里的玫瑰花，离开了站台。

68. 学校　日/外—内

贾静骑着自行车到学校里，走进教学楼。

罗园园正在教室里上课：好了，今天就到这里，课下请同学们预习下一篇课文，下课！

同学们开始三三两两地离开教室，罗园园收拾好教案，走出教室，正好碰见贾静，罗园园问：小静，你怎么来了？

贾静神秘地笑着说：我有好消息告诉你，你听了肯定高兴！

罗园园想了想：你哥回来了！

贾静：对！我放下书包就跑来找你了！

罗园园笑了：那我们快走吧！

贾宁提着一个行李走在村子里，罗园园和贾宁正好碰在一起，贾静高兴地喊：哥，你回来了，有没有给我带好吃的？

贾宁：今天回来得太急了，什么也没带。

贾宁：园园，看见彩霞了吗？她的东西没拿就跑回来了。

罗园园一听立刻就不高兴了：她的东西怎么会在你那里呢？

贾宁：前天彩霞没赶上回北京的火车，在我那里住了一宿。贾静提高嗓门说：什么，她睡在你那里了？

罗园园很生气。

贾宁对妹妹说：瞎说什么？

罗园园：干吗那么大声，静静说得不对吗？

贾宁不知该说什么。三个人站着很尴尬。

69. 村委会院里　日／外

乡亲们陆陆续续地领完钱走了，院里只剩下几个人。

村主任：彩霞，别往心里去，啊。

彩霞点点头：我知道。

村主任从衣服里掏出钱，对彩霞父亲说：彩霞爹，这钱收回去，让彩霞明天回北京带着。

彩霞爹犹豫着接下钱。

彩霞看着爸爸接下钱心里很不是滋味，她对村主任说：罗叔，我不去。

彩霞爹一听，站起身来就离开了。

村主任：彩霞呀，我知道你是好闺女，我真想把你留下来呀。你的心意我领了，可总不能耽误你的正事呀。

彩霞坚定地说：这才是正事。

70. 村头的河边—剧组里　夜／外—外

贾宁和彩霞并排坐在河边。

彩霞拿着自己的手机。

贾宁说：不过，你应该把这个决定告诉你男朋友吧！

彩霞突然想起来了：燕京？坏了！

彩霞赶紧给燕京打电话，对方关机，彩霞非常着急，马上把电话打到燕京的家里。电话是燕京妈接的。

彩霞：阿姨，我是彩霞，燕京在家吗？

燕京妈：你没有和燕京在一起吗？他一大早就去火车站接你了呀？

彩霞：啊？我，我家里有事情没回北京，那算了，我再找他。

彩霞不知所措，想了想又拨通了王小丽的手机：小丽，我是彩霞，你知道燕京在哪里吗？

小丽的声音：不知道哇？怎么了？

彩霞：发生了点儿事情，我在老家呢，现在他手机关了，我担心他出什么事情，你去他平时爱去的地方找找看，找到了让他给我回电话。

王小丽马上回答：哦，好的，包在我身上，你放心吧！

彩霞：谢谢你啊，小丽。

王小丽挂了电话，心中暗喜，找到副导演说：导演，我有急事先走了。

副导演说：哎，不能走。

王小丽：哎，群众演员，随便找个人就行了，我走了，拜拜！

王小丽拿起包就开车走了。

彩霞挂断电话，无奈，一笑。

彩霞指了指天边的星星，说：你看，多么漂亮的星星啊。

贾宁：那我今天就陪你看个够！

彩霞天真得像个孩子，高兴起来了：好啊！你看，那颗最亮的星星肯定是织女星。

贾宁点头：嗯！这边，北斗星！

彩霞高兴地叫起来：是北斗星。

池塘边不时传来青蛙和蟋蟀的叫声，河水静静流淌，月光反照在水面上，条条水波一闪一闪的，很美的夜色。远看彩霞和贾宁的背影就像一对情侣在谈情说爱。

71. 游戏厅里　夜／内

王小丽给彩霞打通电话：彩霞，我找到燕京了，不过他现在不想和你通电话，你放心吧，过了气头就没事了。

彩霞：好吧，他没事就好，谢谢你了小丽。

燕京一个人在玩打枪的游戏，他恶狠狠地拿着枪扫射。分明是在发泄。

王小丽走到燕京身边，用手做了一个打枪的动作。

燕京高兴地说：来得正好，一起玩吧！今天我心情特好！

王小丽高兴地说：好哇！我陪你通宵！

72. 村头的河边　夜／外

彩霞：你平时都忙什么？

贾宁：最近我们一直在研究改装一辆玉米秸秆粉碎机。

彩霞：哦？那很好哇！

贾宁：我们从去年就开始研究了，但是实际中遇到很多困难。我们是用55的拖拉机改装的，首先要改变前后行驶时的方向，这个问题倒是解决了。我们在拖拉机的后方装了两层齿轮，为的是把秸秆收进来之后要切断然后揉碎。可是现在这个转速达不到，因此就不能够实现我们的目的。

彩霞：是这样啊！

贾宁：现在我们县里有好几个奶牛厂，他们都在为奶牛的饲料发愁，因为饲料的价钱很高，根本就喂不起。而每年家家户户都有大量的玉米秸秆堆放在村里，既污染环境，又有火灾的危险。而且收拾的时候非常麻烦。我们的机器把秸秆切碎就是奶牛的上等的饲料。

彩霞：这就等于是变废为宝了。

贾宁：就是呀！眼看现在玉米就开始收了，可是恐怕今年还是用不上。

彩霞：别灰心，我们可以一起想办法呀！

贾宁：你真的有信心吗？我们科技小组的人员都要放弃了。

彩霞：这么好的创意一定不能放弃。

贾宁：好啊！有你加入我就更有信心了，你要说话算数哇！

彩霞：当然算数了！不信拉钩。

两个人的小手指头拉在一起。

贾宁突然想起了什么，不好意思地说：彩霞，你还记得我们小时候也拉过钩吗?

彩霞回忆说：当然拉过，但是不记得什么事了！

贾宁：我记得。我们曾经拉钩，长大了你要做我的新娘。

彩霞哈哈大笑起来：是吗？

贾宁很深情地看着彩霞，彩霞感到有些尴尬，贾宁很羞涩地说：彩霞……

彩霞站起身来，打断贾宁的话：不早了，我要回家了。

贾宁失望地叹了口气。

73. 迪厅里　夜／内

迪厅里放着节奏强烈的迪曲，灯光一闪一闪的，很多人随着DJ和领舞忘我地扭动着身体。燕京和王小丽也疯狂地摇头跳舞。

二人在吧桌上喝酒，桌上堆着很多啤酒瓶。

音乐慢下来，王小丽拉着燕京走到舞池里跳舞，她主动地把两只手钩在燕京的脖子上，燕京两只手也紧紧地抱着王小丽的腰，陶醉而缓慢地移动着脚步。

在不远处的地方，海琳正在和一个男人搂抱着跳舞，海琳忽然看见了燕京和王小丽，海琳若有所思，有些不明白。

74. 彩霞家—迪厅卫生间　夜／内—内—外

彩霞躺在床上，拿出手机打燕京的电话，对方仍然关机。彩霞无奈地挂掉电话，没有关机，而是放在枕头旁边，希望燕京会给她回电话。手机突然响了，彩霞兴奋地从床上坐起来接电话，接听后才知道是海琳打来的。

海琳用一只手捂着一只耳朵，大声地说：彩霞，你怎么还不回北京啊？

彩霞：海琳哪，我本来是今天到北京的，可是家里出了点儿事儿，所以暂时回不去了。

海琳：家里能有什么事儿呀？我劝你还是赶紧回来吧，再不回来燕京就跟人跑了。

彩霞紧张地问：你这话什么意思？

海琳：我在迪厅里看见他和小丽在一起跳舞，好像都喝醉了。

彩霞无语，停顿了一下说：哦，我知道他们在一起。

海琳：什么？你知道？

彩霞：我知道了，再见！

海琳：喂？彩霞……（海琳看见燕京和王小丽互相搀扶着离开了迪厅）

彩霞挂了电话，发愣，然后把手机关了，披了件衣服走出屋门，坐在院子里抬头看着满天星星。

愁，因为饲料的价钱很高，根本就喂不起。而每年家家户户都有大量的玉米秸秆堆放在村里，既污染环境，又有火灾的危险。而且收拾的时候非常麻烦。我们的机器把秸秆切碎就是奶牛的上等的饲料。

彩霞：这就等于是变废为宝了。

贾宁：就是呀！眼看现在玉米就开始收了，可是恐怕今年还是用不上。

彩霞：别灰心，我们可以一起想办法呀！

贾宁：你真的有信心吗？我们科技小组的人员都要放弃了。

彩霞：这么好的创意一定不能放弃。

贾宁：好啊！有你加入我就更有信心了，你要说话算数哇！

彩霞：当然算数了！不信拉钩。

两个人的小手指头拉在一起。

贾宁突然想起了什么，不好意思地说：彩霞，你还记得我们小时候也拉过钩吗？

彩霞回忆说：当然拉过，但是不记得什么事了！

贾宁：我记得。我们曾经拉钩，长大了你要做我的新娘。

彩霞哈哈大笑起来：是吗？

贾宁很深情地看着彩霞，彩霞感到有些尴尬，贾宁很羞涩地说：彩霞……

彩霞站起身来，打断贾宁的话：不早了，我要回家了。

贾宁失望地叹了口气。

73. 迪厅里　夜／内

迪厅里放着节奏强烈的迪曲，灯光一闪一闪的，很多人随着DJ和领舞忘我地扭动着身体。燕京和王小丽也疯狂地摇头跳舞。

二人在吧桌上喝酒，桌上堆着很多啤酒瓶。

音乐慢下来，王小丽拉着燕京走到舞池里跳舞，她主动地把两只手钩在燕京的脖子上，燕京两只手也紧紧地抱着王小丽的腰，陶醉而缓慢地移动着脚步。

在不远处的地方，海琳正在和一个男人搂抱着跳舞，海琳忽然看见了燕京和王小丽，海琳若有所思，有些不明白。

74. 彩霞家—迪厅卫生间　夜／内—内—外

彩霞躺在床上，拿出手机打燕京的电话，对方仍然关机。彩霞无奈地挂掉电话，没有关机，而是放在枕头旁边，希望燕京会给她回电话。手机突然响了，彩霞兴奋地从床上坐起来接电话，接听后才知道是海琳打来的。

海琳用一只手捂着一只耳朵，大声地说：彩霞，你怎么还不回北京啊？

彩霞：海琳哪，我本来是今天到北京的，可是家里出了点儿事儿，所以暂时回不去了。

海琳：家里能有什么事儿呀？我劝你还是赶紧回来吧，再不回来燕京就跟人跑了。

彩霞紧张地问：你这话什么意思？

海琳：我在迪厅里看见他和小丽在一起跳舞，好像都喝醉了。

彩霞无语，停顿了一下说：哦，我知道他们在一起。

海琳：什么？你知道？

彩霞：我知道了，再见！

海琳：喂？彩霞……（海琳看见燕京和王小丽互相搀扶着离开了迪厅）

彩霞挂了电话，发愣，然后把手机关了，披了件衣服走出屋门，坐在院子里抬头看着满天星星。

74. 王小丽家　夜/内

二人出电梯,燕京醉醺醺地说:怎么回来了,继续喝酒,我还要喝!

王小丽不理他,开门之后把燕京扶在了沙发上,燕京倒头便睡,王小丽把燕京的鞋脱掉。

王小丽自己进屋洗澡,换好衣服后拿着一条湿毛巾走到燕京身边,蹲在地上给燕京擦脸,王小丽看着燕京英俊的脸,禁不住用手轻轻地抚摸燕京的两颊,王小丽把唇凑过去吻了燕京的唇,燕京翻了一个身,恍恍惚惚地说:你为什么要骗我,为什么?……

王小丽:我从来没有骗过你,我一直爱着你,你知道吗,燕京?

75. 彩霞家　夜/外—内

彩霞站起身来走回屋子,上床睡觉了。

76. 贾宁办公室　日/内

一张图纸铺在办公桌上,几个人围在一起议论纷纷。

同事甲:现在主要就是齿轮旋转的速度提不起来。

彩霞:那我们在里面安装一个变速箱可以吗?

同事乙:变速箱能够使速度增快一倍才可能实现目标,那么齿轮的大小要做严密计算。

贾宁点头:我们不妨先算算看。

彩霞指着图纸说:是呀!我觉得如果真的速度达到我们所需的话,那么切碎的秸秆应该直接能够收起来。

同事甲:我们在后面跟着一辆车收哇!

彩霞:那样太麻烦了,最好是在机器后面装一个储料筐,关键是通过什么输送过来呢?

贾宁：如果里面再装一个抽风机，靠输送轮通过一个管道输送过来，直接装到彩霞说的储料筐里。这样很好哇！

大家都觉得非常好，非常高兴。

同事乙：那好，小贾和李子你们负责抽风机、输送轮，还有储料箱的设计。我负责变速箱的问题。

彩霞：这样的话你们这个发明今年就能够投入使用。

77. 网吧里　日／内

彩霞又在网吧里查资料，她发现有一个果汁集团，而且老板也姓王，她有些疑惑，思前想后。她拨通了海琳的电话，海琳：怎么，你回北京了吗？

彩霞：没有呢，我暂时不回去了，我正在想办法把村里的水果怎么销出去。

海琳：你疯了，你还真打算在家里落地生根了？

彩霞：我问你一件事？你记得王小丽他爸爸公司的名称叫什么吗？

海琳：好像是果汁厂的！

彩霞：确定？

海琳：应该是，你想找她爸销水果。

彩霞犹豫了一下：你觉得行吗？

海琳：你现在好意思向王小丽张口吗？她可是视你为强敌呀！

彩霞：我也觉得她不会帮我！算了，再说吧！

彩霞放下手机，还是把这个果汁厂的电话记在了笔记本上。

78. 王小丽家　日／内

燕京醒过来了，他感觉头疼，用力甩了甩头，睁眼一下看见挂在墙上王小丽的照片，这时才意识到自己在王小丽家。他站起身来准备离开。

　　王小丽从卧室出来：不说声谢谢就走哇！

　　燕京：昨晚我喝多了。

　　王小丽笑笑：是有点儿多。

　　燕京：怎么，我昨晚没有对你……

　　王小丽：对我怎么样？

　　燕京：对你……有什么……冒犯吧？

　　王小丽大笑，神秘地说：不告诉你！

　　燕京很尴尬地说：对不起，我真的记不起来了。

　　王小丽清清嗓子说：记不起来，以后还有时间慢慢想。现在我饿了。

　　燕京说：好，我请你吃饭。

　　王小丽非常高兴：等我五分钟（王小丽进卧室关门，若有所思的诡异地笑）。

　　燕京坐在沙发上，回想昨天的事情，心事重重，他打开手机，没有短信也没有电话，失望地装在口袋里。

　　…………

电影《毕业总动员》拍摄现场

在电影《毕业总动员》客串一名技术工人

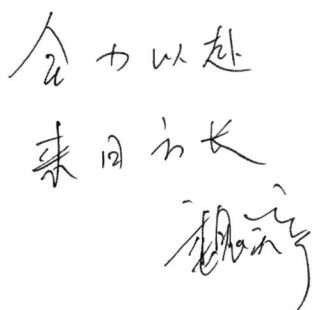

魏笑宇，入选中青年文艺人才"燕赵秀林计划"。1981年7月出生，河北省秦皇岛人。影视编剧。河北省作家协会会员，河北省影视家协会理事，中国广播电视协会电视剧编剧工作委员会会员，中国电视剧制作产业协会青年工作委员会委员。

先后出版《刀锋所向》《绝地刀锋》等十余部长篇小说。创作电视剧剧本《特警力量》《特种兵之霹雳火》《王牌》等；创作电影剧本《特种兵归来》系列等。电视剧本《陇原英雄传》和《利刃出击》分别获2019年广电总局重点剧本项目奖和二十九届中国电视剧金鹰奖电视剧作品奖提名，《王牌》获北京广电局推广期优秀剧本，并入选2022年全军重点项目。电影剧本《雷霆行动》获评为第三届中国网络电影周腾讯年度电影。

魏笑宇自幼爱好文学，喜欢写作，尤其喜爱军事题材小说。2006年开始文学创作，在起点中文网发表长篇军旅类小说《铁血兵魂》。作品以现代军事题材为主，文

个人介绍

笔酣畅，情节跌宕，深受广大青年读者喜爱。该小说上传后，点击量迅速破千万，成绩斐然。《铁血兵魂》的成功为魏笑宇后面的小说创作奠定了良好基础。

2007—2011年，与新世界出版社、时事出版社等合作，出版《刀锋所向》《血狼》《淬火玫瑰》《红色猎人》等长篇小说总计10部。

2011年至今，一直从事影视剧编剧职业。

2012—2013年参与电视连续剧《一个人的战争》《兄弟们开火》《铁在烧》等电视剧的剧本创作，担任初稿编剧、剧本修改、文学统筹等工作。

2014年与由甲编剧工作室合作，创作电视剧本《壮丁也是兵》，并担任该剧文学统筹。

2015年4月编剧《特警力量》在湖南卫视播出，获黄金时段电视剧收视率第一名。魏笑宇入选本年度编剧金牌榜年度最佳编剧TOP10。

2015年参与创作电视剧剧本《血地娘子军》《深渊行者》《血战到底之截杀》等。

2016年编剧《特种兵之霹雳火》在江苏卫视播出，稳居黄金时段电视剧收视率前三名，首播网络播放量破50亿。

2017年与甘肃省委宣传部、八一电影制片厂合作，创作电视剧本《陇原英雄传》，现名《猎狼刀》，该剧本获得2019年广电总局重点剧本扶持项目奖，并于2019年于江苏省电视台播出，获江苏电视台"2019年国剧颁奖礼年度之星第一名"。

2018年编剧《利刃出击》，在江苏卫视播出，网络播放量均超过 50 亿次，获第二十九届中国电视金鹰奖电视剧作品奖提名。

2018 年与捷成新纪元公司合作，先后独立创作网络大电影特种兵归来系列之《血狼之怒》《黑色罂粟》《绝密战场》，定档腾讯视频独播，连续打破多项网络大电影播放纪录，并获得 2019 年上海国际电影电视节"年度精品网络电影"奖项。本人获得 2019 年最具合作价值网络电影编剧第一名。

2019 年与北京二十四影视公司合作长篇军旅题材电视剧《王牌》，荣获 2020 年春交会北京广电局推广期优秀剧本奖。

2019 年与解放军总后勤部金盾影视合作军旅题材院线电影《刀锋所向》。

2021 年编剧电影《特种兵归来 4：替身疑云》《特种兵归来之绝地营救》，先后在腾讯视频独家播出，播放量分别超过七千万次、五千万次。

2022 年编剧电影《雷霆行动》在腾讯卫视独家播出，获第三届网络电影周年度电影奖。

电视剧本《王牌》获北京广电局"十四五"规划重点项目，并入选总政治部全军重点项目。

2023 年编剧电影《猎黑行动》在爱奇艺播出。

电影剧本《奋斗吧兄弟》入围河北省 2022 年优秀电影剧本。

电影剧本

《失控人生》（节选）

故事梗概

在北上广影视圈打拼多年的刘飞达精心为自己设计了一个圈内成功大腕的人设，实际上却是一个为了制片梦辛苦拼搏的边缘角色。终有一天意外得到担任一部网络电影制片人的机会，却没想到遭遇了诈骗，所有的违约责任落在了他身上。刘飞达为了完成项目四处借钱，却没想到平日里称兄道弟的酒肉朋友们对他避之唯恐不及。走投无路的刘飞达黯然回到老家县城，他想陪母亲一段时间，就回去承担自己该承担的责任。

心神不定的刘飞达刚一下车就把储存着电影项目书和合同的文件袋丢在了司机老黄的出租车上。此时的老黄也正面临着人生巨大压力：妻子王荷花是一名慢性粒细胞白血病患者，刚查出来耐药突变，必须要更换高价的三代靶向药，并尽快进行骨髓移植。尽管如此，老黄依然乐观地面对这一切，回家安顿好妻子，又骑上三轮车，到夜市经营一个小小的糖炒栗子摊。

刘飞达在母亲和大壮等儿时好友面前继续维护自己成功大腕的人设，又承受着甲方的压力，苦不堪言。而和昔日的梦中情人小荣的意外重逢又让他内心充满了尴尬和矛盾。心情不佳的刘飞达再次遇到了炒栗子的老黄，跟随老黄回家拿丢失的资料，却没想到连同剧本在内的项目书已经被意外晕倒的王荷花烧成了废纸，他伪造的成功人士人设也因为网红大壮的直播意外暴露，彻底崩塌，刘飞达感觉自己的人生已经完全失控，万念俱灰。

刘飞达拒绝了大壮为了挽救他策划的馊主意，决定安顿好母亲后回去承担法律责任，看着年迈的母亲依旧在批发市场的菜摊上劳碌着，刘飞达心如刀绞。

借酒消愁的刘飞达再次遇到没了摊位正在夜市打零工的老黄。老黄夫妇带刘飞达去了莲花岛，一路上他了解了老黄的故事，又拜访了当初曾经让老黄夫妇放弃轻生念头的书院徐院长，这一切让刘飞达濒临绝望的内心受到极大震撼，但很快甲方的电话又让他回到现实。这次刘飞达没有再逃避，而是决定背水一战，完成电影的拍摄。

刘飞达在老黄夫妇和大壮的帮助下，开始筹划拍摄，尽管手中有王荷花重新撰写的剧本，但巨大的资金缺口让他们举步维艰。关键时刻，小荣、老黄、大壮和儿时的好友们全都伸出援手，暂时解决了启动资金的问题。整个县城沸腾起来，刘飞达的电影成了小县城最热的话题，也成了人们实现自己影视梦的窗口，人们纷纷来到剧组，为电影的拍摄贡献自己的力量。

就在电影即将开机之际，王荷花接到医院电话，已经找到了骨髓配型，但捐献者即将出国，需要尽快移植，高额的移植费用却让老黄夫妇望而却步。

刘飞达毅然叫停了开机，将前期筹到的所有费用都给了老黄夫妇。王荷花最终移植成功，刘飞达的拍摄计划却再一次回到了原点。就在此时，事情意外转折——刘飞达放弃电影拍摄的故事通过网络快速传播开来，被他感动的投资者和网友纷纷伸出援手，电影终于顺利开机。

刘飞达最终完成了这部最简陋却又最用心的电影，也在电影拍摄过程中找回了自己的初心。电影如期在网络视频平台上映，再次成为县城的热点事件，小城的人们在影片中找到了自己的影视梦，也纷纷用各自的方式宣传着电影。很快，这部低配版的电影在网络上引发了如海啸一般的点播热潮，点击率一路飙升。

刘飞达用电影的分账收入支付了演职人员的报酬，自己回到北京，找到甲方老板金总负荆请罪，却没想到金总对他拍摄的电影十分认可。这时候好消息传来：卷款逃走的嫌疑人被抓获了，警方追回了甲方的投资。金总最终免除了刘飞达的违约金，同时又把投资翻倍，和他签订了下一部电影的拍摄合同。

刘飞达并没有选择回到北上广，而是将公司注册在了自己的家乡，成为家乡青年返乡创业的带头人，在他的影响下，越来越多的青年人回到家乡，参与到家乡的建设中，在家乡政府的支持下，影视城项目也在稳步进行着，创业成功的刘飞达也终于收获了他和小荣的爱情。回味之前的种种，他感觉到这世界上其实没有失控的人生，只要不放弃努力，就只有奋斗的人生！

人物介绍

1. 刘飞达：小刘怀着影视梦进京打拼，目标达成之时却成了他的至暗时刻，逆境的小刘找回了初心和失去的亲情、爱情、友情。

2. 黄飞龙：名字很有气势的老黄在现实中是个被生活压得喘不过气来的中年人，生活压力巨大，但老黄从未放弃乐观的人生态度。

3. 李壮壮：名叫大壮其实除了嘴之外，身体和胆子哪个也不壮。整天满嘴跑火车，不着边际地经营着自己的人生，憧憬着美好的未来。

4. 徐晓荣：小荣是小刘童年的对门邻居，两人可谓青梅竹马，小刘顺风顺水时，她不去依附，但当小刘山穷水尽时，第一时间出现。

5. 王荷花：师范学院文学系毕业生，在人生最美好的时候得了白血病。本打算放弃自己的人生，在老黄的执着下选择了坚强面对。

1. 北京外景　日　外

一组外景画面，繁华的北京街景，繁忙的人群。

街上车流中，迈巴赫豪车入镜。

刘飞达OS（内心独白，下同）：每天走在北京三环，我都有很多感慨，那么多的高楼大厦，那么多的车，那么多的人，大家奔波劳碌，寻找属于自己的一片天地，芸芸众生，皆为名利而来，我也不例外。

2. 迈巴赫车内　日　内

画面给到驾驶位的刘飞达，衣着考究，戴着名表（劳力士），一副意气风发感慨万千的样子。

刘飞达OS：我叫刘飞达，名字是我爸给我起的，寓意飞黄腾达。我是混影视圈的，出来八年了。

3. 五星级酒店门口　日　外

迈巴赫车驶入豪华酒店。

刘飞达OS：八年前我离开家乡小城，到大城市寻找我的梦想，从北京到上海，从上海到广州、深圳，又回到北京，我徘徊于大城市之间，沿着自己精心规划好的人生稳步前行，我感觉到距离我的人生梦想越来越近……

迈巴赫车停在酒店大厅门口。

4. 迈巴赫车内　日　内

刘飞达意气风发地抬手看了一眼劳力士。

掏出手机拨号。

电话接通，刘飞达刚才的意气风发立刻变得无比殷勤：喂？鹏哥！我到酒店楼下了……

5. 酒店套间会客厅　日　内

杨鹏手里拿着项目书，对着手机：你先上来吧。

6. 迈巴赫车内　日　内

刘飞达：好嘞，鹏哥！我马上上去！

刘飞达挂了电话，一脸憧憬地：我的人生梦想，就是成为鹏哥这样的独立制片人。亲手操盘，制作出超级热卖的电影大片……

外面，服务生打断了刘飞达的憧憬：先生，麻烦您挪一下车。

刘飞达收回思绪，忙着去挪车。

7. 酒店套间会客厅　日　内

杨鹏表情高傲地看着项目合同书，特写项目合同书名字：《英雄不色》。

旁边，策划人李锐急切地看着杨鹏：鹏哥，这项目您看怎么样？

杨鹏淡然地：还……行吧！

李锐激动地：哎呀！鹏哥说行那就肯定行了！

扭头对旁边：二舅！您就等着赚大钱吧！

杨鹏对面，胖乎乎的金总也喜笑颜开，大声地对身后的壮汉：三儿！打钱！

三儿应声，就掏皮包。

杨鹏：不急！

都看着他。

杨鹏：您经营养牛场的，怎么想起要投资电影来了？

金总：我呀，我这个人从小就有个电影梦！可小时候咱家里穷，有梦也没啥用不是？这几年啊，我养牛挣了点儿钱，我寻思着我不能光挣钱啊！我得实现我小时候的梦想啊……

杨鹏看着情绪激动的金总，哑然失笑：十个投资电影的九个都说为梦想，还有一个为情怀。

李锐忙接话：当着真佛不打妄语。

金总：能赚钱那不更好？

杨鹏一笑。

8. 酒店走廊　日　内

刘飞达走出电梯间，找666房间。

9. 酒店套间会客厅　日　内

杨鹏：这个项目，金总打算投资多少钱？

李锐扭头看着金总。

金总热血沸腾地伸出三根手指：不惜血本！

杨鹏眼前一亮：三千万？

金总：闹呢？！

杨鹏坐直了身子：三个亿？

金总：闹呢？！

杨鹏腾地起身：您要投多少？

金总：三百万！现金！三儿！

三儿又掏皮包。

杨鹏一笑，把手中的项目书吧嗒放茶几上：李锐，我可是看你面子才来的！

起身要走。

李锐忙起身拦住：鹏哥！鹏哥！三百万我知道盘子小点儿，可他是现钱啊！

杨鹏：当我没见过钱？

杨鹏还要走，手机响了，是他老婆的，他不耐烦地推开李锐，接电话：喂？

金总不满地：牛脾气还不小！

李锐忙安慰金总：二舅您别急，我再跟他商量商量。

这边，在一旁打电话的杨鹏神色微变：我知道了。

他若有所思，下意识瞥一眼金总。

这边，李锐正在安慰金总。

刘飞达敲了敲开着的房门。

李锐：你谁呀？

刘飞达：我是鹏哥的助……

杨鹏：这是我徒弟！刘飞达！

都一愣。

刘飞达也愣愣地看着杨鹏。

李锐：鹏哥，您什么时候收徒弟了？

杨鹏：哦，达子跟我好几年了。我这摊子太大，有时候一个人忙不过来。

李锐：那是那是！您太忙了！

杨鹏：愣着干什么？达子，进来呀！

刘飞达忙入内，还有些发蒙。

杨鹏拿起茶几上的项目书递给他：达子，你看看这个项目。

刘飞达震惊地：我？

杨鹏：看看！

刘飞达忙接过来看项目书。

李锐和金总等人都诧异地看这一幕。

杨鹏扭头看刘飞达：达子，怎么样？

刘飞达：我看……还挺不错。

杨鹏笑：我徒弟的眼光跟我差不多！

都惊呆了。

李锐小心翼翼地：鹏哥，您的意思是……签？

杨鹏：老实说，金总的投资确实不大，我是被他的电影情怀打动的。

李锐：太好了！

金总：三儿！

三儿又掏出笔记本电脑。

杨鹏：不过……

李锐：鹏哥，您还有什么条件？

杨鹏：我手头的项目实在是太多了。这个项目，就交给飞达操盘，怎么样？

都一愣，看着刘飞达。

刘飞达震惊地：我？

杨鹏：你跟了我好几年了，这种小项目，你应该不成问题吧？

刘飞达从震惊到惊喜：不成问题！完全不成问题！

杨鹏扭头看着李锐和金总：你们觉得呢？

李锐：小刘操盘，这项目……

杨鹏：他是我徒弟，项目我当然负责到底！

李锐：二舅，您觉得呢？

金总：只要能圆我的电影梦。我都行！

杨鹏：那怎么着？签？

李锐：签！

刘飞达激动地：签！

金总：三儿！

三儿掏出电脑和 u 盘！

切场

茶几上的合同。

金总郑重地在甲方位置盖上了他的大印：金牛文化传媒有限公司。

都看一脸激动的刘飞达。

杨鹏：小刘！

刘飞达：哎！

颤抖着拿着笔在乙方位置签上了自己的大名。

金总笑呵呵伸手：咱们合作愉快！

李锐也伸手：大家合作愉快！早日开机大吉！

杨鹏拽着小刘，四个人的手握在一起：早日开机大吉！

特写刘飞达激动的表情。

10. 酒店大门口　日　外

金总的车和李锐的车相继离开。

刘飞达手里拿着装项目合同书的袋子，分别跟他们打着招呼。

杨鹏开着迈巴赫车驶来：达子，你先回去吧！

刘飞达：鹏哥！我……我再谢谢您！

鞠躬。

杨鹏一笑，疾驰而去。

刘飞达拿起文件袋，使劲亲了一口！

欢乐的歌曲背景下一组快节奏：

11. 街上　日　外

　　刘飞达扫了一辆单车，拿着文件袋在街上撒了欢儿地骑行。

12. 迈巴赫车内　日　内

　　杨鹏一边开车一边打电话。

13. 超市　日　内

　　刘飞达推着购物车，欢快地购买着啤酒和各种熟食。

　　刘飞达在自助款台结账，点击刷脸支付，满脸带笑地凑过去。

14. 出租屋楼下　日　外

　　刘飞达从出租车上下来，拎着购物袋快乐地进楼。

15. 出租屋　日　内

　　狭窄逼仄的出租屋里堆满了各类杂物，墙上挂着各种影视宣传海报。

　　刘飞达兴冲冲进门，将茶几上杂物推到一旁，将啤酒、熟食等摆上茶几。

　　打开手机找到朋友圈界面，从手机照片中找了一张自己和迈巴赫车的合影，配文字：付出的一切都会有回报。

　　然后又熟练地操作手机，把定位选择中央电视台，确定。

　　放下手机，特效：朋友圈下方不断增多的评论：牛掰！……达哥厉害！……向达哥学习……成功人士……我的榜样……

　　刘飞达意气风发地打开啤酒，一饮而尽！

　　刘飞达得意地看合同上自己签的大名。

　　向合同敬酒。

　　空啤酒易拉罐越扔越多。

喝多的刘飞达瘫在了沙发上，怀里还紧紧抱着文件袋，一脸满足。
黑屏，音乐停。

16. 过渡画面
昼夜交替。

17. 出租屋　日　内
黑屏。
手机铃声。
画面打开，刘飞达已经躺到了地板上，手里还抱着文件袋。
手机铃声还在响。
刘飞达睁开蒙眬的眼睛，胡乱地伸手摸索着，最后从空啤酒罐堆里摸到了手机。
手机显示大刘来电。
刘飞达接通电话：喂？刘儿……
电话那头大刘：达子！你在哪儿呢？！
刘飞达一愣：我在家呢？
大刘：我靠你没走啊？
刘飞达：我往哪儿走啊？
大刘：我看你朋友圈发的跟迈巴赫合影，以为你跟杨鹏跑了呢！
刘飞达：鹏哥跑了？往哪儿跑？大刘你是不是喝多了？
大刘：你真不知道还是装糊涂呢？现在全北京影视圈儿都知道杨鹏和他媳妇儿卷了好几个亿跑了！迈巴赫都扔机场了！
刘飞达一下子精神了！
大刘：喂？达子！达子？
刘飞达挂了电话，赶紧拨杨鹏手机，显示手机已关机，他又赶紧拨"鹏嫂"电话，同样是关机!

微信传来信息音，刘飞达打开微信，快速翻看!

信息画面叠加：全都是问他有关杨鹏跑了的事儿，微信群里也都在聊这个事儿。

刘飞达愣在当场。

18.（闪回）酒店套间会客厅　日　内

杨鹏接通老婆电话：喂？

杨鹏老婆：资金的事儿漏了！再不走来不及了！

杨鹏脸色骤变：我知道了。

挂了电话。

19.（闪回）酒店套间会客厅　日　内

李锐：刘老师，这个打款账户是不是得变更成您的工作室账号？

刘飞达一愣：我没有工作室啊！

杨鹏轻描淡写地：款先打到我公司账上，回头我再跟小刘签个补充协议不就行了？别让这种小事儿耽误项目！

金总：三儿！打钱！

三儿：好！

金总得意地：实时到账！

20.　出租屋　日　内

刘飞达直愣愣地，又赶紧翻出项目书和签订的合同。

特写合同：上面乙方位置白纸黑字签着他的名字和手印。

一段悲伤的背景音乐（曲目待定）。

刘飞达欲哭无泪，使劲给了自己几个嘴巴。

手机铃声响起，是李锐！

刘飞达一惊，调整了一下情绪，接通电话：喂？

李锐：刘飞达！你在哪儿？

刘飞达：我在家里呀！

李锐：在北京？

刘飞达：在呀！我不在北京在哪儿？

21. 养牛场办公室　日　内

李锐拿着开免提的手机，看了一眼怒气冲冲的金总：二舅，他还在。

金总瞪眼。

李锐赶紧继续：刘飞达！杨鹏跑了你知道吗？

22. 出租屋及养牛场办公室　日　内　风格画面

刘飞达：知道啊！现在还有不知道这事儿的吗？

李锐：那金总的钱呢？我可告诉你刘飞达！我咨询过律师了！合同是你签的，如果你不能履行合同，金总的投资款和违约金，都得你赔偿！

刘飞达目瞪口呆。

李锐：刘飞达！刘飞达你在吗？

刘飞达：我……在。

李锐：我刚才说的你听明白了吗？你是退钱，还是等着我们起诉你？

刘飞达盯着合同：合同是我签的，跟杨鹏有什么关系？

李锐一愣：没错。

刘飞达：我不是没跑吗？

李锐：对呀！

刘飞达：那我按期履行合同不就行了？

李锐：那钱呢？

刘飞达：钱……钱已经在我手里了。

李锐惊讶地：你是说，杨鹏走之前，把钱给你了？

刘飞达：对……我跟他这么多年，他要是坑我，他还是人吗？

李锐：我怎么听着不像真的呢？

刘飞达：信不信由你。我不耽误项目不就行了？

李锐语塞，下意识看金总。

金总转怒为喜，凑到手机前：刘老师，那我就放心了！祝咱们这个项目，早日开机大吉！

挂断电话。

刘飞达使劲薅自己头发。

23. 公安局门口　日　外

刘飞达神色憔悴地走出公安局。

24. 街上　日　外

刘飞达焦急地走着，一路拨打着电话：喂，权儿，我达子，哥们儿遇到难处了，想跟你借点儿钱……

权儿：达哥，您真看得起我，就我目前这状态，我没跟您借钱我就挺争气了。

刘飞达：喂？成哥，我，达子，我想跟您借点儿钱。

成哥：达子，你的事儿我听说了，钱我帮不上你！我自己还周转不开呢！你再想想别的办法吧！

刘飞达：哎，行。

成哥：那就这么着，回头咱聚聚，喝点儿！

刘飞达：行，回头喝点儿……

25. 立交桥下街上　夜　外

夜幕降临。

刘飞达还在打电话：喂？李浩？是李浩吗？

李浩：哟，达哥！吗事儿？

刘飞达：李浩，我有事儿请你帮忙……

李浩：喂？喂？达哥不好意思我这儿信号不好……

电话挂断。

刘飞达愤怒地想摔手机！

手机忽然又响了。

刘飞达一看是"佟总"，赶紧接通：喂？佟总！佟总您好！

佟总：小刘啊！我刚下飞机，看到你给我发的信息，我觉得有必要给你回一个电话！

刘飞达急切地：是！谢谢佟总！您能回我电话，我特别感动！

佟总：不客气，不客气，毕竟你以前帮过我很多忙。

刘飞达感动地：您都记得呢！佟总，那我跟您说的事儿……

佟总：小刘啊！这就是我给你打这个电话的目的！我知道，你遇到了难处，作为老大哥，我想分享给你一段话，这个马丁·路德金说过：我们必须接受有限的失望，但是千万不可失去无限的希望！小刘啊！这句话很有力量的呢！这句话的意思是说呢……小刘你在听吗？

刘飞达：不好意思佟总，我信号不好！

刘飞达挂断了电话，苦笑。

26. 立交桥上　夜　外

夜幕降临。

刘飞达绝望地站在桥边，下方是滚滚车流。

刘飞达将半瓶白酒一股脑儿灌进嘴里，闭上眼睛就想跳下去！

手机再次响铃。

刘飞达掏出手机准备砸下去，发现屏幕显示"妈"。

刘飞达赶紧接通电话：妈！

刘母（兴安口音，下同）：达达？你没睡吧？

刘飞达：妈，没有，我没睡。我……我在外面呢，您有事儿吗？

刘母：没事儿，没啥事儿。妈就是刚才做梦了，梦见你就跟小时候似的，在那儿哭啊哭啊，哭得妈心里怪难受的。妈寻思想跟你问问，达达，你挺好的呀？

刘飞达眼泪止不住地流下来，他强忍着掩饰着：妈，我……我挺好的，啥事儿都没有，挺好的。

刘母：那就好！那就好！妈就说啥来着，梦都是反的不是？

刘飞达：是，妈，你挺好的？

刘母：妈挺好的，你不用惦记妈！妈就是……就是有点儿想我大儿子了。

刘飞达眼泪止不住。

刘母：达达，你忙吧！妈挂了！妈睡一会儿还得上货去呢！

刘母挂断了电话。

刘飞达凝视着手机，又看着下方滚滚车流，他忽然下定决心似的走下来。

《北京　北京》的背景音乐下，刘飞达边走边打开铁路购票APP，搜索车票，凌晨两点有一趟车，他果断下单。

27. 滦河站　夜　外

特写站名。

深夜，人流中，刘飞达拖着大包小包出站，举目眺望，直奔出租车待客区。

28. 站前广场　日　外

刘飞达跟着人流，直奔一辆待客的出租车。

出租车司机老黄热情地下车帮忙拎行李装后备箱：嚯！您真没少带！

刘飞达看着老黄，愣住。

老黄：咋儿了小兄弟？

刘飞达：我看你长得像一个人。

老黄笑：这么说的不光你一个人！上车吧！

29. 出租车内　夜　内

老黄：小兄弟您去哪儿？

刘飞达坐在后座：城里。

老黄：哪个小区？

刘飞达抬手看表，想了想，随即：去万嘉批发市场。

老黄：好嘞！您坐好！

启动出租车。

出租车行驶在公路上。

老黄操作车载音箱。

音响里传来评剧《报花名》唱段。

老黄立刻陶醉其中。

刘飞达也被评剧触动思绪，目光所及，是公路远端山坡上的古长城。

30. （闪回）古长城烽火台　日　外

年轻的刘飞达穿得还有些土气，背着背包吭哧吭哧爬上了古城墙的烽火台，对着山外的方向用浓重的兴安话嘶吼：我！刘飞达！今儿个从这儿出征咧！我不混出个人样来，我揍不回来咧——

31. 出租车内　夜　内

刘飞达目光眺望着夜幕中的古长城，眼圈忍不住发红。

他下意识般从挎包里拽出文件袋，打开，拿出里面的项目合同、剧本等文件。

刘飞达烦躁且懊恼地把文件袋扔在一旁，疲惫地闭上眼睛。

32. **万嘉批发市场门口　夜　外**

特写万嘉批发市场深夜繁忙热闹的景象。

出租车停下。

33. 出租车内　夜　内

老黄回身喊着眯着了的刘飞达：小兄弟，小兄弟！醒醒！到地方了！

刘飞达惊醒。

34. **万嘉批发市场门口　夜　外**

刘飞达从后备箱拿下来行李。

老黄：小兄弟，再见！

离开。

刘飞达拖着行李箱，睡眼惺忪地看着眼前批发市场的景象。

35. 出租车内　夜　内

老黄有些疲惫地打了个哈欠。

下意识看后视镜，发现刘飞达遗落在车座上的文件袋。

老黄赶紧刹车，把文件袋拿过来。

电话铃响起，他赶紧接通：喂？

电话内王荷花：都几点了，你咋儿还没回家？

老黄：我寻思着白天得去医院，跟老张换了个班！

36. 老黄家卧室　夜　内

王荷花：连轴转，你不要命了？

老黄：花儿，你咋儿醒了？

王荷花：我有点儿发烧，老犯恶心。

画面给到床头柜上摆着的靶向药等一堆药盒。

37. 出租车内　夜　内

老黄急了：我马上回去！

想了想，把文件袋放在副座。

加速疾驰而去。

38. 万嘉批发市场内　夜　外

刘飞达拖着行李箱子，在忙碌的人群中寻找着母亲的身影。

他忽然停下。

前方，刘母正在奋力将一包包批发来的蔬菜往小电动三轮车上放，瘦弱的身体在劳碌中显得那么单薄和吃力。

刘飞达的泪水一下子涌出来。

赶紧跑上去，从母亲手里接过一大袋胡萝卜放到车上。

刘母：谢谢了！

猛地看到是儿子，大惊：达达？！

刘飞达：妈！是我！

刘母震惊地：我没做梦吧？你咋儿大半夜地跑这儿来了？！

刘飞达：妈！您没做梦，是我回来看您了！

刘母的表情由震惊到惊喜，伸手捧起儿子的脸颊，激动得泪花闪烁：哎呀！我大儿子真回来了！

刘飞达笑中带泪地感受着母亲的爱抚。

刘母：儿子，上车，咱回家！

刘飞达：妈，我开吧！

刘母：你哪儿会开这个呀！

刘飞达：上车吧妈，我会开。

刘母：中！

开心地上了电三轮车。

刘飞达把行李放到车厢里，启动了电三轮车。

电三轮车在市场内穿梭。

不断有人跟刘母打招呼。

菜贩A：大姐，这是谁呀？

刘母自豪地：我儿子！我儿子回来了！

菜贩B：这就是你那当大导演的儿子？

刘母自豪地：我儿子是制……啥来着？制片人！大导演都得听我儿子的！

菜贩C：儿子这么有出息，你还卖啥菜呀！在家享福呗！

刘母：我干惯了，闲不住！

刘飞达听得五味杂陈。

39. 老黄家客厅及洗手间　夜　内

老黄匆匆开门，听到了王荷花在洗手间的呕吐声，赶紧跑过去。

王荷花痛苦地呕吐着。

老黄赶紧进来焦急地给她拍后背：这咋儿又吐了？

王荷花：一阵儿犯恶心。

老黄扶着王荷花回到客厅坐下，又摸了摸额头：还是有点儿烧，我给你拿药去。

王荷花赌气地：我不吃！天天药不离口，我够够儿的了！

老黄耐心地：这有病不就得吃药吗？

王荷花哭：啥时候是个头儿啊！

老黄哄着她：你看你，属小孩儿的，说哭就哭上了。——行了行了，要不我给你唱一段？

老黄"搔首弄姿"地唱起了评剧小段（曲目待定）。

王荷花看着他，破涕为笑：别唱了！后半夜了，人家还以为闹猫呢！

老黄笑：啥闹猫啊，我这叫艺术！

王荷花：艺术！忒艺术咧！

老黄笑着上前搀扶妻子：走，吃了药你再睡会儿。

王荷花：你不睡？

老黄：我再出去拉会儿，天亮交了车，直接去医院。

40. 过渡画面

天亮。

41. 刘飞达家客厅　晨　内

沙发上摆满了刘飞达买的礼品。

刘母：达达，你咋买这么多东西呢？妈啥都不缺。

刘母穿着红色上衣站在镜子前：还挺合身。这得多少钱啊？

刘飞达：没多少钱，打折呢……二百！

刘母：打折还这么贵？这北京就是啥都贵！

刘飞达：妈，您喜欢就行。

刘母：喜欢！

（脱上衣。）

刘飞达：喜欢您就穿着呗，怎么脱了？

刘母笑：我穿这个卖菜去，人家还不寻思我疯了？你再睡会儿吧，锅里有饭你醒了吃，晚上妈回来给你包饺子。

刘飞达：妈，今天别出摊儿，歇一天呗！

刘母：那可不中！我菜都进完了。

刘飞达：放一天又坏不了。

刘母：不是这回子事儿！妈这菜摊儿，都是老主顾，我不去了，人家咋儿买菜？

（往外走着说：）咱做买卖得讲诚信！

刘母关门而去。

刘飞达若有所思。

他的目光下意识落到自己的挎包上，忽然一惊，匆匆上前翻看，里面没有项目书！

刘飞达一惊！

闪回：他把文件袋扔在了车座上。

刘飞达快速操作手机，找到微信付款记录收款方名片，联系收款方（微信名：荷花）：师傅，我的文件袋落您车上了……

42. 老黄家卧室　晨　内

   手机屏幕显示刘飞达的信息。

   画面打开，王荷花睡得正香。

43. 人民医院门口　晨　外

   老黄把车交给对班：走了老张！

   匆匆朝医院走去。

   特写：手里拿着刘飞达的文件袋。

44. 人民医院检验科　日　内

   老黄一路穿梭来到检验科窗口：你好，我来取王荷花的骨穿报告。

   医生：外送的？

   老黄：对，外送的。

   医生递给他报告。

   老黄手哆嗦着，颤抖着接过来。

45. 刘飞达家客厅及卧室　晨　内

   刘飞达没有得到回复信息，又发了一条：师傅，文件很重要，收到信息后请尽快联系我！

   疲劳地起身，回到卧室，躺下。

46. 血液内科医生办公室　日　内

   老黄焦灼又紧张地看着正在看妻子报告的医生：刘主任，我媳妇儿她……

   医生眉头紧锁地：检查结果很不乐观！王荷花出现了慢性粒细胞白血病中最麻烦的315i耐药突变，而且现在她体内的原始细胞比例显示，她已经进入了慢粒加速期！

老黄：医生，那咋儿办啊？

医生：现在只有一条路，马上服用三代靶向药，压制住融合基因，同时寻找合适的骨髓配型，尽快骨髓移植！

老黄：行！刘主任！您说咋儿治！我们就咋儿治！

医生：老黄，三代靶向药目前还没有纳入医保，一个月用量一盒，一盒的单价就是三万元，经济压力可是不小啊！

老黄愣了愣，依旧坚定地：治！砸锅卖铁我们也治！

47. 医院门口　日　外

老黄一手拿着检查报告和刘飞达的文件袋，心事重重地走着。

想了想，又把检查报告塞进文件袋里。

48. 老黄家客厅　日　内

老黄夹着文件夹，拎着塑料袋进屋，看到王荷花正坐在沙发上。

老黄：睡醒了？

王荷花：你咋儿才回来？

老黄：我去了趟市场，买了根儿大棒子骨给你熬汤。

王荷花：你去医院了吗？

老黄：去了。

王荷花：结果出了没？

老黄：出了！

王荷花：哪儿了我看看？

老黄把文件袋放到鞋柜上：都给刘主任存档了。

王荷花：结果咋样？

老黄：还行，就融合基因有点儿波动。

王荷花：波动多少？刘主任咋儿说？！

老黄故作轻松地笑：你看你紧张啥？刘主任说了，波动不大，可能跟你吃这个药副作用太大影响吸收有关，她又推荐了一个新药。

王荷花：换药？

老黄：换，有好的咱不吃差的。

王荷花：贵吗？

老黄：不贵，这药刚上市，价钱跟咱们吃的这个差不多。

王荷花：那就行。

老黄：你歇着吧，我给你炖汤去。

49. 老黄家厨房　日　内

老黄进来准备清洗大棒子骨。

王荷花走过来：以后别买大棒子骨了，挺贵的。

老黄：贵也得吃，你这病就得多补充营养。

王荷花：我是心疼你挣钱不容易。

上前从身后亲昵地搂住老黄，心酸地：你都瘦成啥样了……

老黄：我瘦没事儿，又不是炖我。再说了，你别看我瘦，我骨头里都是肉！

王荷花被逗笑了，脸贴在老黄背上，一脸幸福。

50. 过渡画面　日　外

兴安城特色街景，标志性建筑等。

夕阳西下。

51. 刘飞达家卧室及客厅　夜　内

熟睡中的刘飞达忽然被手机振动惊醒，他摸索着掏出手机。

手机忽然显示来电"大壮"。

刘飞达接通电话：喂？

大壮：达哥！你不够意思啊！你这回老家也不说一声，你不知道兄弟我对你那是朝思暮想啊？这一日不见如隔三秋你自个儿拿计算器算算咱俩都隔了多少个秋了……

刘飞达把手机远离耳朵，听着大壮啰哩啰嗦的一大串儿。

大壮：喂？喂！

刘飞达：你怎么知道我在老家？

大壮：你可是大名人啊！你这一回来，整个兴安城都乱晃！

刘飞达：别扯！

大壮：不跟你扯了达哥，我今儿个路过菜摊儿，听阿姨说的。

刘飞达：哦……我是回来了。

大壮：达哥！赶紧下楼！小北街，大军家常菜，不见不散！

刘飞达震惊地：什么不见不散啊？

大壮：哥儿几个给你接风洗尘啊！我都安排好了！你赶紧来！

电话挂断。

刘飞达被整蒙了，想了想，无奈地起身，走出卧室。

厨房，刘母：醒了儿子？你这都睡了一天了。饿了吧？饺子马上下锅！

刘飞达：妈，我得出去吃。

刘母：咋儿出去吃呢？

刘飞达：还不是您，把我回来的消息跟大壮说了，这小子组织一帮人非要一块儿吃个饭。

刘母：这大壮每回见我都问你，我寻思着你回来我就告诉他了。去吧，饺子妈给你留着，少喝酒啊！

刘飞达应了一声，走到镜子前看着自己，略作纠结，还是回身打开自己的拉杆箱，取出自己那身名牌衣服，又从衣兜里掏出名表。

切场

刘飞达又焕然一新，将名表戴上，颇为复杂的表情凝视着镜子里的自己。

52. 老黄家　夜　内

老黄已经换上了棉大衣，戴上棉帽子，把一个小音箱揣兜里，回身对餐桌旁的王荷花：花儿，那汤都喝了啊！

王荷花：有点儿腻，我明天再喝。

老黄：别忘了喝药！

王荷花：知道，你早点儿回来啊！

老黄：知道。

戴上口罩。

拎着一个大袋子出门。

53. 老黄家小区　夜　外

老黄下楼，直奔楼下一辆用破帆布蒙着的电三轮，车顶有个招牌：老黄手工糖炒栗子。车上装着用汽油桶焊的简易的糖炒栗子的炉灶，大铁锅和装铁砂的袋子，他又把大袋子板栗放在车上，上车。

54. 街上　夜　外

老黄骑着三轮车在寒风中行进。

一辆出租车迎面驶过。

55. 大军家常菜门口　夜　外

刘飞达下了出租车，走到大军饭店门口，发现店门关着。

他有些诧异地发微信给大壮：我到门口了，你人呢？

饭店门口的音箱忽然播放出《拉德斯基进行曲》。

刘飞达吓了一跳！

紧接着，饭店门打开，一个服务员快速把红地毯使劲往外一抛，几个男女服务员和厨子列队迎出来，两个服务员用扫把棍扯出来一个别人婚礼用剩下的红色条幅，上面用纸歪歪扭扭写着"欢迎刘总飞达莅临指导"，横幅背面可见新郎新娘名字。

紧接着，大壮等五人热情洋溢地鼓掌迎了出来。

刘飞达目瞪口呆地看着这一幕。

大壮：达哥你迈巴赫呢？咋儿没开来？

刘飞达硬着头皮：也没多远，我正好活动活动。

大壮：知道了！我哥低调！不愿意在发小儿面前显摆！

都附和。

大壮指着其他几位：达哥还记得这几位吗？大军！小利！二胜子！海永！栓头！

刘飞达：都认识！

大壮：欢迎刘总进店！

刘飞达在掌声中有点儿小迷失，踩着红毯进小饭店，一个趔趄差点儿没摔倒。

大壮忙扶住他。

大壮忽然惊呼：别动！

刘飞达吓了一跳。

大壮撸开他的衣袖，露出"劳力士"：达哥你表，得几十万吧？

小利：劳力士，那必须几十万！

大壮：我说啥来着？达哥就是这么低调！

都附和。

刘飞达讪笑着收回胳膊。

大壮：达哥！请！

众人簇拥着刘飞达进屋，服务员立刻将一个"本店打烊"的牌子摆到门口，重新关门。

56. 饭店内　夜　内

众人入内，饭店桌椅归拢到一旁，只有正中央一个大圆桌，上面摆满了当地菜和酒。

大壮得意地：怎么样刘总，满意吗？

刘飞达：就咱们一桌儿？

大壮笑着指着大军：大军家常菜，这饭店就是大军的！

大军：达哥！今儿我让厨师准备的都是咱们家乡菜，比不上你在北京常去的大酒店，你就当忆苦思甜了！

海永：达哥，这酒是我带来的，咱自家酒厂酿的，比不上你喝的那茅台国窖五粮液啥的，就想让达哥吃过见过的尝尝，给我提提意见。

刘飞达掩饰着心虚：行，我尝尝。

大壮：哥儿几个别愣着了！坐吧！达哥你坐上座！

众人附和下，刘飞达入座。

大壮挨着刘飞达坐下，拿起酒瓶：满上！满上！

57. 夜市　夜　外

人声鼎沸，各类当地特产小吃和日用品、服装摊位。

老黄把三轮车停在小吃摊位一个空出来的位置，忙活着卸车，他人缘不错，旁边摊位都跟他打招呼，上来帮他卸炉子。

有个大姐对不远处一群吃麻辣烫的年轻人喊：刚才谁想买糖炒栗子来着？出摊儿了！

立刻有俩姑娘过来：我买二斤！……我要一斤！

老黄：别着急啊！马上开炒！

一组快切画面：老黄点着炉火，将铁砂倒进大锅，将颗粒饱满的栗子倒进铁锅内。老黄掏出随身带的小音箱，按下播放键，赵丽蓉老师的唱段开始播放。老黄的铁铲子上下翻飞。

58. 饭店内　夜　内

酒至半酣。

大壮摇摇晃晃起身：达哥，我跟你说吧，哥儿几个混得都不错！

他依次指着这几个人，依次：大军，在餐饮行业现在那是风生水起！海永，这几年开酒厂，就咱喝的这个，不错吧？这酒马上要冲出本市走向全省咧！

海永：大壮哥你真能替我吹，我这小厂子在达哥面前算个啥啊！

大壮：那是当然！你在达哥面前啥也不是！

大壮：达哥！小利，现在干工程公司的，一年不少挣！

小利讪笑：哪儿那么多啊！我这点儿流水都不够达哥一块表钱！

大壮：二胜子，现在干商贸公司的，鼓捣咱们兴安的特产往国外卖！

又指着最后一个：栓头！这小子现在在万嘉开了个蔬菜批发站，生意火爆！栓头，阿姨去你家进货你给优惠不？

栓头笑：那必须的！阿姨从我那儿进货，我不挣她钱！

刘飞达：谢谢兄弟！

又讪笑着：大伙儿混得都挺好。

大军：大壮，说来说去，你还没介绍你自己呢！

大壮大大咧咧一坐：我寻思着我学达哥，低调一点儿呢！

刘飞达：大壮你现在做什么呢？

大军笑：达哥，你不知道？现在大壮可是咱们这儿的名人！大网红！几十万粉丝呢！

大壮：别网红网红的，我这叫互联网商业信息孵化。

栓头：大壮，你这孵化得挺大吧？

大壮：还行吧！我个人独资的大壮文化传媒有限公司，今年总运营额预计……差不多……有一个多亿！

众人惊叹。

刘飞达也震惊地看着大壮：大壮，没看出来，你太厉害了。

大壮：低调，低调。

拿起酒杯：哥儿几个！今儿个主题是给达哥接风洗尘！咱干一个？！

众人附和着端起酒杯。

刘飞达拿起酒杯，发泄似的：干一个！

背景音乐下，一组画面：刘飞达和大壮等人一杯接一杯地喝酒，都醉了，各种窘态。

大壮打开了手机直播，自拍他和刘飞达：铁子们！都看看！这是我达哥！我好大哥！著名制片人！

刘飞达已经喝多了，迷迷糊糊地看着直播屏幕比画着 V 字手势。

大壮：哥！刘德华熟不熟？

刘飞达：熟！华哥我们经常一块儿吃饭！

大壮：黄渤呢？黄渤熟不？

刘飞达：熟！太熟了！我跟他喝酒，他喝不过我！

栓头：杨幂！杨幂你熟不？

刘飞达：熟！都好哥们儿！

栓头：杨幂不是女的吗？

大壮：你懂啥呀？那跟女的熟到一定程度那才叫哥们儿呢！

刘飞达：哥们儿！都哥们儿！

59. 饭店外　夜　外

深夜。

刘飞达和大壮几人醉醺醺勾肩搭背地出门。

大军：哥儿几个慢点儿，我就不送了！

栓头：达哥，我叫个代驾送你回去，你别嫌我车破！

另外俩也争着要送。

刘飞达摆手：不用！不用！走你们的！我自己回去。

大壮：你们走吧！我送达哥回去！

60. 街上　夜　外

刘飞达摇摇晃晃走着。

大壮跟上来：达哥！我扶着你！

刘飞达：不用！我自己能走，你回去吧！

大壮：你跟我客气啥呀？咱哥俩啥关系？从小撒尿和泥！你撒尿我和泥！

刘飞达：真不用……

忽然一个趔趄扑上前！

一辆电动车疾驰而来，赶紧急刹，差点儿撞上！

大壮忙上前扶住刘飞达，气呼呼地：你瞎了？你差点儿撞上多大人物你知道吗？

高速画面：电动车上的人拽下了头盔，是小荣。

《窗外》的背景音乐响起。

刘飞达直愣愣看着小荣，小荣也看清楚是刘飞达，略有惊讶。

刘飞达：小荣，好久不见了。

小荣淡淡地：回来了？

刘飞达：啊，我回来看看我妈，马上就得回北京，那边儿项目太紧……

　　大壮：哎呀！是荣姐呀！刚才我草率了！

　　抢上前：荣姐呀！荣姐！你是不知道啊！现在达哥混得可好了！那叫风生水起呀！达哥跟刘德华、黄渤、大幂幂那都是哥们儿！

　　刘飞达制止他：大壮！

　　大壮一愣：哥……

　　刘飞达话锋一转：这些小事儿不要跟谁都说！

　　大壮像得到了鼓励：荣姐是外人吗？荣姐！我跟你说……

　　大壮又抓着刘飞达的手腕儿：荣姐！你看我达哥这表！劳力士啊！好几十万手腕子上戴着呢！

　　刘飞达借题发挥地：大壮！别说了！帮哥低调点儿！

　　又对小荣：这小子，没见过世面。

　　小荣脸色冰冷：我今天算见了世面了！

　　骑车而去。

　　刘飞达愣在当场。

　　大壮还在喊：荣姐！荣姐我告诉你个秘密，我达哥当年临走的时候，去你家楼底下唱《窗外》来着，哈哈，我陪着他去的……假如我有一天荣归故里，再到你窗外……

　　刘飞达恼羞成怒地：你给我住口！滚蛋！

　　大壮愣在当场：哥你咋儿还阴晴不定的呢？

　　怀旧背景音乐下，一组快切画面。

61. 街上　夜　外

　　刘飞达失意地走着。

62. （闪回）小荣家楼下　夜　外

　　几年前土里土气的刘飞达站在楼下，仰望着小荣家窗户。

　　一旁，大壮在一旁推着自行车。

63. 街上　夜　外

　　小荣骑着电动车，头盔露出的双眼中似有幽怨。

64. （闪回）小荣家屋内　夜　内

　　几年前的小荣悄悄掀开窗帘，略有伤感地望去：大壮载着刘飞达离去的背影。

65. 街上　夜　外

　　刘飞达伤感的表情。

66. （闪回）剧组拍摄现场　日　外

　　穿着场工服的刘飞达在现场拼命搬运道具箱。

　　放饭时间，刘飞达放下盒饭，脱掉场工服，猛跑向一个准备上保姆车的明星，点头哈腰地请求下跟人家合了个影。

67. 街上　夜　外

　　小荣骑电动车行进着。

68. （闪回）小荣家屋内　夜　内

　　小荣看到微信朋友圈，刘飞达和那位明星的合影，配文：好兄弟合作愉快！

69. 街上　夜　外

　　刘飞达已经伤感惆怅到了极点，前方有个小超市，刘飞达走了过去。

70. 超市　夜　内

　　心情不爽的刘飞达把两提啤酒放在款台上。

　　看超市的老太太：32！

　　刘飞达掏手机结账，发现手机自动关机了，抬头：能刷脸吗？

　　老太太瞪眼：刷脸？！

　　刘飞达：对呀！

　　老太太冲屋里喊：老爷子！

71. 超市门口　夜　外

　　刘飞达被老头儿用墩布轰了出来：滚滚滚！跑这儿吃白食来咧！

　　刘飞达焦急地解释着：我说的刷脸是支付方式，不是吃白食！

　　老太太：你当你那脸多值钱呢？你个臭不要脸的！

　　刘飞达哭笑不得：跟你们说不清！

　　转身走。

　　迎面，大壮惊讶地：达哥？！

72. 街上　夜　内

　　大壮拎着那两提啤酒跟上刘飞达：达哥！

　　刘飞达：你怎么没走啊？

　　大壮：我多了解你呀！我就知道你见了荣姐心里肯定伤感。

　　刘飞达不无感慨地看了他一眼。

　　大壮：前边有夜市，我再陪你喝几罐儿！

刘飞达：算了……

大壮抬了抬手机：有钱，不用你刷脸！

73. 夜市　夜　外

人很少了，摊位都在忙着收摊儿。

老黄还在炒栗子。

旁边正收摊儿的烤串大姐：老黄大哥，还不收？

老黄：我等会儿铁厂那波下夜班的！

烤串大姐：那中，那我先收了。

推车准备走。

老黄：妹子！

烤串大姐回望他：啥事儿？

老黄又笑了笑：没事儿，晚上骑车小心点儿。

烤串大姐：好嘞，老黄大哥！

离开。

老黄看着摊主们散去的背影，有些落寞。

他摘下手套，掏出手机，操作了几下。

特写屏幕：显示银行卡余额1726。

老黄叹了口气。

栗子爆响。

老黄一惊，赶紧继续翻炒栗子。

切场

刘飞达走来，正看到夜市摊主们都在收摊。

大壮：坏了，来晚了。

刘飞达扫视全场，就看见远处的老黄还在炒栗子，他看着老黄摊位上的招牌，目光一动。

切场

大壮和刘飞达匆匆走过来。

大壮在前：老板！

老黄：买栗子啊？

大壮：来一斤新炒的！

老黄：好嘞！

老黄把炒好的栗子装牛皮纸袋里拿过来：慢慢吃着，凉了我再给你们热热！

大壮分别打开两罐儿啤酒，把其中一个递给刘飞达：达哥！感情深，一口闷！

扬脖就干了一罐儿。

刘飞达目瞪口呆地看着大壮喉结一上一下，又拿着空罐子看着自己，硬着头皮也干了一罐儿。

大壮又打开两罐儿，重复动作：感情厚，喝不够！

咚咚咚又干了，看着刘飞达。

刘飞达：大壮……

老黄看着两人喝酒，按下小音响播放键，音箱里传来《打工奇遇》的片段：我做的是，爆肚炒肉熘鱼片，醋熘腰子炸排骨……

大壮不满地：我们哥俩说话呢，你吵吵啥呀！关了！

老黄：好嘞！

刘飞达拦住：别关！

老黄诧异地看着他。

刘飞达：当年我离开家去北京，大巴上，播了一路就是这个。

闪回

74. 大巴上　日　内

疾驰的大巴上，年轻的刘飞达和其他乘客全都一脸笑容地看着车载播放器上的《打工奇遇》。

75. 夜市　夜　外

刘飞达：我当时想，赵老师也是小地方人，她那么大年纪都能成了大明星，我刘飞达还年轻，我只要努力，我肯定也能成功！

大壮：哥你已经成功了！

刘飞达看着大壮，苦笑。

音箱里，赵丽蓉已经唱到了"宫廷玉液酒"，刘飞达醉醺醺地跟着大声唱：宫廷玉液酒！一百八一杯！

炒栗子的老黄被他感染了，兴致勃勃地搭话：这酒怎么样？

刘飞达站起身，发泄似的吼：你听我给你吹！

老黄：你吹？你吹？

刘飞达：瞧我这张嘴呀！一杯你开胃！

老黄：我喊了一声美！

刘飞达：二杯你肾不亏！

老黄：嘿嘿还是美！

刘飞达：三杯五杯下了肚！保证你这小脸啊！

老黄从摊位上走出来，迎合着刘飞达表演起来：怎么着？

刘飞达：黑里透着红啊，红里透着黑……

老黄随着刘飞达的唱腔把棉口罩给摘了下来：这都什么色儿啊！

刘飞达看着他愣住。

大壮也惊讶地指着音箱：你长得还挺像啊！

刘飞达：你挺像白天那位出租车司机啊！

老黄也愣住：你这么一说我瞅你也面熟呢？

刘飞达：还真是你！我的文件袋是不是丢你车上了！

老黄：对呀，是丢我车上了！

刘飞达：我从收款码上给你发信息你怎么不回复？

老黄：我收款码绑定的是我媳妇儿的手机。

刘飞达：东西呢？

老黄：在我家呢！

76. 夜市外街上　夜　外

老黄开着电三轮在路上疾驰，刘飞达和大壮坐在他车上。

老黄：也不至于这么着急吧？我栗子还没卖完呢！

刘飞达：找到东西，你的栗子我全包了！

老黄：这可是你说的！坐好了！

猛踩油门！

77. 旧小区楼下　夜　外

老黄的电三轮戛然而止。

刘飞达和大壮全都从车上骨碌下来捂着肚子直吐。

刘飞达：黄师傅你开出租也没这么猛啊！

老黄：你那时候也没说要包圆儿我的栗子呀？

刘飞达：你家在哪儿？

老黄指了指楼上：五楼。

78. 老黄家厨房及客厅　夜　内

炉灶上放着正在煮着的中药罐子。

王荷花坐在旁边，边看着煎药边翻看手机里老黄的收款记录，她发现了下午刘飞达的留言：文件袋？

　　起身去客厅。

　　王荷花从鞋柜上拿起了文件袋，返回厨房，好奇地打开文件袋想看看什么东西。

　　药罐子忽然沸腾溢水。

　　王荷花赶紧把药罐子拿下来，想去关火，忽然停手，她的目光转向地上的文件袋露出来的自己的检查报告，赶紧把文件袋拿起来，抽出检查报告看。

　　特写检查报告上"激酶区 315i 突变""耐药"的字样。

　　王荷花如遭雷击，忽然一阵眩晕，人瘫软下去！

　　文件袋正好掉落在炉灶火上！

79. 老黄家门外　夜　内

　　老黄：到了！

　　敲门，没人开。

　　大壮吸了吸鼻子：什么味儿？

　　老黄猛然一惊，赶紧掏钥匙！

80. 老黄家客厅及厨房　夜　内

　　老黄猛推开门，看到倒在厨房地上的王荷花和炉灶上燃起的火！

　　老黄：荷花！

　　冲上去！

　　老黄三人一阵扑腾灭了火，把王荷花抬出来。

　　老黄焦急地：荷花！荷花？！

　　王荷花清醒过来，哭了：你为啥骗我呀！

老黄下意识看厨房地上散落的报告单,他明白了。

刘飞达也看到了厨房灶上冒着烟的文件袋,猛冲上去抓起文件袋,掏出里面的剧本和项目书,已经烧得面目全非只剩下残骸了。

王荷花意识到不好,低声:我当时正看报告,我眼前一黑我……

刘飞达瞪着王荷花怒吼:你眼前一黑干吗烧我东西?你知道这是什么吗?这是剧本!你知道这项目对我多重要吗?!

王荷花惊恐地看着刘飞达。

老黄忽然像暴怒的狮子般挡在妻子面前:你吵吵啥!你给我听好了!我不管你多大项目!我赔你!你说个数儿!我一分钱不少我赔你!你不能跟我媳妇儿吼!你没这个资格!

刘飞达愣在当场。

厨房,大壮拿着合同:达哥!这是项目合同吧?万幸没烧坏!

他打开,看到了合同里的投资数字:哎呀我的老天爷!三百万啊!

老黄愣住。

王荷花又哭了。

老黄又坚定地:荷花别哭!多少钱咱都赔他!

王荷花:你拿啥赔呀?

老黄:我……我贷款,我……我分期,我……

刘飞达没理他,把剧本残骸扔地上,走了。

大壮:达哥!达哥?

忙跟上。

老黄还在喊:多大点儿事儿!你吼我媳妇揍不中!

身后,王荷花哇哇地哭:老黄,你别管我了!我净给你惹祸!我不活了!

老黄:别瞎说!谁不管你,我都管你!我当初追你的时候答应你了!

81. 街上　夜　外

刘飞达拿着合同失意地走着。

大壮跟上来：达哥！达哥！你别生气了！咱合同又没烧坏！那剧本肯定有电子版，你再跟甲方要一份不就完了？

刘飞达不理他。

大壮兴冲冲又跟上：达哥，不至于！咱这大项目啥时候开机啊？哥你说吧，我能为你干点儿啥？

刘飞达：大壮，你回家吧！

大壮急眼了：刘飞达！我就没见过你这么不够意思的人！你混好了，风生水起了，飞黄腾达了，你就忘了小时候你撒尿我和泥了，对吧？你瞧不起我！

刘飞达气呼呼走回来：我怎么瞧不起你了？你不是混得挺好吗？你不是互联网商业信息孵化吗？你的公司不是一个多亿营业额吗？

大壮尴尬地：我那是吹呢，我公司是有，可现在属于项目孵化阶段，我还没孵化出来呢……

刘飞达愣了愣，扭头走。

大壮追上去拽住刘飞达：反正达哥你现在发达了！你得管我！你不能忘了小时候你撒尿我和泥！我就跟你混了！

刘飞达不胜其烦地摆脱他，摆脱不掉，最终一把推开他，发泄似的：你觉得我混得好？

大壮下意识看刘飞达手里的合同：你这不是三百万的合同吗？

刘飞达：三百万的合同没错，可现在这个三百万的合同对我来说就是三百万的债！

大壮：啥意思？

刘飞达：简单地说，就是我被人骗了，资金被人卷走了！完不成甲方的项目，我就要赔人家钱！

大壮：你逗我。

刘飞达：我有必要大半夜逗你吗？

大壮：那……那也问题不大，达哥你现在是大腕儿，三百多万对你来说还算事儿？

刘飞达发泄地：我是个屁大腕儿！我就是个装货！我这些年混得屁都不是！

大壮：那你朋友圈儿跟明星合影……

刘飞达：那是我在剧组干场工、干助理的时候，求着人家照个相，回来发圈儿装的！

大壮神色难看：那你那迈巴赫……

刘飞达：别人的，就卷钱跑了那小子的！我就是给人家当司机当助理！

大壮神色更难看了，强装笑容：达哥你就会逗我！你那个，那劳力士，好几十万呢！

刘飞达从手腕上扯下劳力士，使劲砸在了地上！

假表摔在地上，碎片飞散！

大壮愣住：假的？

刘飞达看着大壮：还有什么问题吗？

大壮脸色极度难看，抬手指着刘飞达：刘飞达，你浪费我感情！

转身走了。

刘飞达看着大壮离开的背影，苦笑又哀伤的表情。

画面渐隐。

82. 过渡画面

大鼓背景音乐下，清晨的兴安城街景。

83. 炒货店外　日　外

装修精美的"张强炒货店"招牌两侧广告：本地特产，绝对正宗。

出租车停在门口，老黄下车，表情复杂地看了一眼招牌，走进炒货店。

84. 炒货店内　日　内

炒货店顾客寥寥，摆着南瓜子、葵花子、巴旦木等各种炒货，正中间的大容器内是糖炒栗子。

老黄溜达着进来，径直走到糖炒栗子跟前，拿起一个栗子放进嘴里咬开，嚼了几下，吐了出来。

店员：大叔，你咋还吐了？

老黄：不好吃还不让吐？

店员：你是砸场子的吧！

店员还要说话，老板张强走来：别人说不好吃是砸场子，老黄说不好吃，我服！

老黄笑而不语。

张强：老黄，你有事儿吧？

老黄：前阵子，你不是跟我说过想入股我夜市上那个摊儿吗？

张强：你不是拒绝了吗？

老黄：我又同意了。

张强：你说吧，怎么个入法？

老黄：你拿三万块钱入干股，扩大摊位规模，我负责经营，咱俩三七分账。

张强笑而不语。

老黄有些没底：四六？不能再多了！

张强：我出三万，你把那个摊位转给我，并且保证不在城里另外出摊儿就行了。

老黄愣住：你炒这东西……

张强：要没有你老黄，我炒这东西挺好。

张强一副吃定了老黄的笑。

85. 刘飞达家卧室及客厅　日　内

刘飞达裹着被子熟睡着。

咚咚的砸门声传来。

刘飞达烦躁地下床。

开门。

大壮一头撞进来，直奔餐桌，掀开锅盖，下面露出一碗粥和煎饺子。

大壮狼吞虎咽地连吃带喝：我就知道我婶儿得给你留饭！

刘飞达目瞪口呆地看着大壮：你……昨晚上不是走了吗？

大壮：我走了我就不能回来？

刘飞达：你不是说我浪费你感情吗？

大壮：我那是恨铁不成钢！气话！咱哥俩儿啥感情？撒尿和泥的感情！啥叫哥们儿啊？哥们儿那就得同甘苦共患难啊！你飞黄腾达的时候我跟着你沾光，你山穷水尽的时候我得帮你遮风挡雨！共渡难关！

刘飞达摸了一把脸上被大壮喷的粥米粒儿：大壮你这么一说我还有点儿过意不去……

大壮：客气话以后再说，赶紧换衣服！

刘飞达惊讶地：去哪儿啊？

大壮：去了你就知道了！

86. 大酒店外（名字待定）　日　外

出租车停下。

大壮和刘飞达下车。

刘飞达看着饭店：来这儿干吗？

大壮：快点儿都等着呢！

87. 豪华包间外及内　日　内

大壮带着刘飞达上楼。

服务员：先生您好哪个包间？

大壮：哪个包房来着？就那个在花园里挖呀挖呀挖那个……

服务员：花开富贵！

大壮：对了！

服务员：这边请！

刘飞达跟在大摇大摆的大壮身后，一头雾水。

服务员打开包间大门：两位请！

大壮：刘总到！

一个请的姿势。

刘飞达诧异地进门，看到大厅里二十人的大桌除了主位和旁边空座，其余坐满了人：除了大军、栓头、海永、二胜子、小利之外，还有十来个陌生面孔。

大壮：大伙儿欢迎啊！

满桌人真的起身鼓掌起来。

大壮撺掇着刘飞达坐到主座，他挨在旁边：兄弟们都坐！坐吧！

众人落座，大壮又喊：服务员！走菜！

服务员连珠转地上菜、倒酒，一色儿山珍海味。

栓头：达哥，你看咱们人都到齐了，你该宣布一下了吧？

刘飞达一愣，看大壮：宣布？宣布什么？

其他人也都诧异地看大壮。

大壮：啊！是这样的，达哥太忙，早上刚跟几个明星通了几个电话，这会儿思绪有点儿乱。关于有关这次聚会的基本情况，我电话里基本都跟大伙儿唠明白了。

众人都点头。

刘飞达一头雾水。

大壮：那剩下的事儿，就是大伙儿表态的事儿了！

栓头：达哥，我投二十万！

海永：达哥，我跟栓头一样二十万！

兄弟A：两位大哥！你们不能仗着是达哥的发小儿就这么霸道啊！你们分走了四十万，剩下的我们这么多人哪儿够啊！

都附和，现场争吵。

大壮暗中使眼色：达哥，都等着你说话呢！你点个头就行了！

刘飞达：大壮，你得让我明白这到底是怎么回事儿吧？

大壮狂递眼色：这不就是昨天晚上我跟你说的那个事儿吗？

刘飞达：你要不说我可走了！

起身要走。

栓头：不是昨天晚上咱们从大军那儿散了以后，你和大壮又去新天地会所喝了一顿吗？

刘飞达：嗯？

海永：然后大壮灌你酒，你不小心泄露天机，你这次短暂休假以后，回去要操盘一个投资一个亿的大电影。

小利：大陆港台一线明星全都争着抢着参演，谁演谁火，全都得达哥你来定，挨个儿试戏。

二胜子：所有投资商争着抢着要投这部电影，谁投谁稳赚，基本上三到五倍的回报。

栓头：大壮义薄云天，替兄弟们从你那儿争取了五百万的投资份额，他近水楼台先得月先投了二百万，剩下三百万机会让给我们！达哥我跟你说二十万我觉得我投少了！你要是同意我想投三十万！

海永：都是一样的兄弟！栓头投多少我就投多少！

又吵起来。

大壮得意地看着这一幕：达哥，你忍心看着兄弟们为这事儿吵起来伤了和气！你点个头！

都停下争吵，看着刘飞达。

刘飞达：都别听大壮瞎说，昨晚我俩喝多了，我逗他呢！

都愣住。

栓头拍案而起：行了达子！你用不着跟我们演戏了！我们都明白咋回事儿了！你发你的财，咱哥们儿档次不够，不配跟你掺和！

拂袖而去。

大军：刘飞达，我算看明白你了！

也走了。

其余人也纷纷起身往外走。

大壮焦急地：哥儿几个别走啊！达哥跟你们开玩笑呢！达哥你说话呀！

刘飞达不作声，闷头给自己倒酒。

大壮追到门口，眼睁睁看着最后一个兄弟拂袖而去。

他气急败坏地冲到刘飞达面前，抓起他的酒杯砸到地上：你喝你奶奶个篡儿！

刘飞达抓起酒瓶子啪地砸到地上：高大壮，我没想到你的办法是诈骗！

大壮：我诈骗？我不是想着先解了你的燃眉之急吗？你有了钱不就能拍电影了吗？你赚了钱还他们不就行了！

刘飞达：你以为只要拍出电影来就能赚钱吗？你知道这行有多难吗？

大壮：行！你牛！你自己想招儿去吧！

刘飞达：我有的是招儿！用不着你！

服务员：打扰一下！两位谁买单？

大壮指着刘飞达：他买单！

气呼呼坐在桌旁：这顿饭，就当咱俩的散伙饭！

拽起一个肘子就啃，想了想，又放回原处，掏出手机开直播，换了个语气：老铁们！今天这菜够硬吧？给我点个关注！哥们儿一个人都吃了它！

刘飞达目瞪口呆看着这一幕。

手机响起，他一看是李锐，一惊。

88. 酒店楼道　日　内

刘飞达接通电话：喂？

李锐：刘老师，项目筹备得如何了？

刘飞达：这才几天你催什么？

李锐：我也是食人俸禄，忠人之事。按照我的工作流程，每隔一周我就会询问一下您的项目进展情况，您千万别嫌我烦，只要有一次您拒接我的电话，我就找律师提起诉讼。

刘飞达强忍着情绪：我知道了。

李锐：期待早日开机。

电话挂断。

包间里传来大壮的声音：老铁们！刷个礼物！刷个礼物我把这盘菜干掉！……喜欢吃肘子是吧？喜欢吃肘子你刷个火箭！我三口吃光！

刘飞达绝望地靠到墙上。

89. 老黄家客厅　夜　内

老黄从挎包里掏出一盒靶向药放在王荷花面前：从明儿个开始，一次四片，隔一天吃一次。

王荷花瞪着药，又瞪着老黄：你抢银行去了？

老黄：我这身板儿我能抢银行？

王荷花忽然扑上去撩老黄后腰。

老黄挣扎着：你干啥呀？

王荷花：你没卖肾吧？

老黄：没有没有！俩腰子都好好的呢！

王荷花盯着他：那你哪儿来的这么多钱？

老黄故作得意地：我那个炒栗子摊儿，有人入股了。

王荷花：谁这么缺心眼儿啊？

老黄故作嗔怒地：你操那么多心干啥？你吃药就中了！

王荷花：哟哟哟还飘上了！

拿过药，幸福地：行，我就好好吃药！不辜负我老公对我的好。

老黄：这还差不多。

拿过杯子起身去倒水。

王荷花：今儿个还出摊儿吗？

老黄倒水的手微微一颤，随即：出啊！必须得出，人家都投资了我还能偷懒？

90. 旧小区楼下　夜　外

老黄同样的一身穿着下楼，走到自己的电三轮前，掀开帆布。

他看着车上"老黄手工糖炒栗子"的招牌，踏上三轮车，启动。

91. 街上　夜　外

老黄在寒风中骑着电三轮，招牌已经放倒横在了车厢里。

背景音乐下，一组无声画面。

92. 老黄家客厅　夜　内

王荷花服下药片。

93. 刘飞达家客厅　夜　内

刘母和刘飞达在吃饭，笑呵呵给儿子盛了一大碗打卤面。

94. 大壮家洗手间　夜　内

大壮坐在马桶上，正在痛苦地腹泻。
外面的餐桌上摆着中午打包的剩菜。

95. 夜市外围　夜　外

老黄骑着电三轮从市场外围掠过，始终没有往夜市里看一眼。
夜市里本来他的摊位，换成了"张强炒货"，炒栗子的工具已经换成了电动的旋转炉。

96. 街边　夜　外

老黄将三轮车停在了路边偏僻的角落。
下车，拿棉垫子，落寞地坐在街边。
寒夜星空，万家灯火。

97. 老黄家卧室 夜 内

王荷花坐在写字台前,手里拿着烧得只剩下残骸的剧本若有所思。(桌上有台老式台式电脑)

98. 小荣家卧室 夜 内

小荣坐在电脑前翻看照片,偶尔翻到当初和刘飞达的中学合影。

99. 刘飞达家卧室 夜 内

刘飞达也在看着手机里同样的照片。

手机弹出微信信息,李锐:刘老师,项目进展怎么样了?

刘飞达神色一变,他烦躁地扣下手机,用被子蒙住了头。

又露出头,拿起手机,想了想,回信息:放心,如果不能按期履约,我会负法律责任!

他将手机放下,望着屋顶,若有所思。

100. 小区楼下 晨 外

刘母推着卖菜车前行,后面忽然有人助力,她转身,看见是刘飞达。

101. 菜摊 日 外

刘母的菜摊,刘飞达在卖力地帮妈妈卖菜,一旁的刘母看着儿子,一脸开心。

不远处,小荣骑车走过,略有些诧异地看着这一幕。

102. 路上 日 外

夕阳下,刘飞达骑着车载着刘母回家,娘俩有说有笑。

103. 刘飞达卧室　夜　内

刘飞达呆呆地看着合同上的项目启动截止日期：开机时间不晚于×年×月×日。

104. 过渡画面

特效：时间不断过去，距离金总一个月的限期不断缩短，最后只剩下十五天。

105. 老黄家中　夜　内

老黄正在给王荷花洗脚，边洗脚边眉飞色舞说着什么，王荷花被逗得哈哈大笑。

106. 大壮家卧室　夜　内

大壮穿着道具服装，在卖力地各种搞怪直播。

107. 大排档　夜　外

食客众多。

老黄把三轮车停在不远处，若有所思。

108. 刘飞达家客厅　夜　内

刘母穿着广场舞裙子，正在给儿子跳舞。

刘飞达笑着用手机给母亲录像。

刘飞达画外音OS：我妈说，这是自打我爸去世以后，她过得最开心的日子，我本来以为这应该是我最难熬的日子，想到自己精心计划好的人生即将面临的结果，我欲哭无泪。但我不得不承认，偏偏这段时间，也是我这八年来内心最平静的日子……

109. 过渡画面

　　特效：时间只剩下两天。

110. 刘飞达家客厅　日　内

　　刘飞达默默地收拾着自己的行李。

　　刘母不舍地看着儿子：达达，不多待两天了？

　　刘飞达：妈，我都待了一个月了，该回去了。

　　刘母：你说你这一走，妈心里怪不好受的……

　　刘飞达：妈，这些年我一直在外边，您不是已经习惯了吗？

　　刘母：傻孩子，天底下哪儿有当妈的愿意儿子不在身边的？说是习惯，那不是没法儿吗？

　　刘飞达停下手，转身心酸地看着抹泪的母亲。

　　刘飞达放下手里的衣服，上前安慰着母亲：妈，你看你咋还哭上了。妈，你放心吧，我这回回去，我肯定好好干，我不能对不起我爸给我起的名字！飞达，飞达，他生前不就是希望我飞黄腾达吗？

111. 夜市烧烤摊　夜　外

　　大壮在聚餐的人群中搜寻着，找到了刘飞达。

　　刘飞达已经喝了好几瓶啤酒，小方桌上摆满了烤串。

　　大壮上来坐到他对面：挺丰盛啊！这散伙饭咱不是都吃过了吗？

　　刘飞达瞥了他一眼：从小到大吃多少回了，你差这一回？

　　大壮笑了，自己给自己倒上酒，两人干了一杯。

　　刘飞达：我明天回北京。

　　大壮的笑容顿时僵住了：这事儿没缓儿了？

　　刘飞达摆摆手：该我承担的，我就得承担。

　　大壮焦急地看着他。

刘飞达：大壮，这顿酒不是散伙饭，是我真得求你件事儿，我这一回去，指不定什么时候……

大壮打断他：你放心吧，你妈就是我妈，你也没媳妇儿，我负担不算太重。

刘飞达苦笑，一把抓起啤酒瓶。

大壮同样拿起酒瓶俩人对瓶吹。

喝光了酒的刘飞达放下酒瓶，摇摇晃晃起身往外走。

大壮一惊：达哥你干啥去？

对烧烤摊儿老板：东西给我们留着啊！

赶紧跟上去。

112. 小荣家小区外街道　夜　外

刘飞达摇摇晃晃走来。

大壮一路跟着：达哥！达哥！

刘飞达站到街边，看着小荣家窗户（临街的单元楼）扯着脖子唱了起来：今夜我又来到你的窗外，窗帘上你的影子多么可爱……

刘飞达的歌声立刻引起全楼的关注，不断有人开灯看热闹。

大壮在一旁捂着脸焦急地：哥快走吧！太丢人了！

113. 小荣家屋内　夜　内

正在看书的小荣也听到了刘飞达的歌声，一惊，忙到窗口看，看到了扯着脖子唱《窗外》的刘飞达。

114. 小荣家客厅　夜　内

小荣从屋内冲出来，抓起外套大衣，又从餐桌上拎着一瓶酒就往外走。

小荣父母惊讶地看着女儿。

小荣妈：小荣！小荣你干啥去？

115. 小荣家楼下　夜　外

小荣怒冲冲走出楼门，直奔刘飞达。

大壮一惊：荣姐，他喝多了！

小荣站到刘飞达面前。

刘飞达不唱了：小荣，我就知道……你得出来。

小荣：你想说什么？！

刘飞达：小荣！这首歌，当年我离开兴安的时候在你家楼下唱过，不过那时候我是在心里唱，当时我想着就像歌里唱的那样，有一天荣归故里，我一定跟你表白，告诉你我喜欢你很久了！可是八年后，我混得什么都不是！我追求的一切都不存在！小荣，我对不起你！对不起你……

小荣看着伤感的刘飞达：你这算是酒后吐真言吗？

刘飞达点点头。

小荣：好！

她从大衣兜里掏出白酒在刘飞达面前晃了晃：刘飞达你看好了！

她甩掉瓶盖仰头就干！

刘飞达和大壮大惊：小荣/荣姐！

小荣干了多半瓶二锅头，呛得直咳嗽，一把甩开刘飞达扶她的手：刘飞达！我今天也跟你酒后吐真言！你混好与不好，跟我无关！我，韩小荣不是你励志的工具！

啪地将酒瓶子摔得粉碎，跌跌撞撞返回楼里，满是伤感。

刘飞达愣在当场！

…………

创作的电影剧本《奋斗吧兄弟》获河北省 2022 年优秀电影剧本征集活动"入选剧本"荣誉

采风

好作品能在时代的对语中展现出旺盛的生命力。

吕久胜

　　吕久胜，入选中青年文艺人才"燕赵秀林计划"，国家二级导演。河北省影视家协会会员。2009年入职河北广播电视台，先后在农民频道、经济生活频道担任导演、总导演，现任河北广电影视文化有限公司演艺中心主管。

　　从事广电行业十余年，作品曾荣获中宣部精神文明建设"五个一工程"奖、中国电影金鸡奖、电视剧"飞天奖"等奖项。2020年入选河北省"三三三人才工程"。

　　作品多次获得河北省精神文明建设"五个一工程"奖、文艺振兴奖、广播影视节目奖等。代表作有：电视节目《大地欢歌》《全民总动员》《超级宝宝秀》《万万没想到》《百姓大舞台》；演艺活动《美丽河北》主题展演，省委、省政府春节团拜会，实景演出《遇见·鹿泉》，舞台剧《印象·老白干》《永远跟党走》群众歌咏活动；音乐电视《打起手鼓唱起歌》MV、《岁月征程》MV、《奋斗吧！中国》MV、《晶莹之爱》MV等。

　　吕久胜的创作之路有一条明显的线，就是从了解河

个人介绍

北到爱上河北，再到讲述河北。这也是祖籍河南的吕久胜，在扎根河北工作后自身的深刻体会。2009年，吕久胜在河北广播电视台担任《绝对有戏》栏目的责编，"河北梆子"打开了他了解河北的窗口。在频道工作中，他从责编走到导演、总导演，参与打造了《大地欢歌》《超级宝宝秀》《万万没想到》《百姓大舞台》《美丽河北主题展演》等栏目和大型晚会，以及"老爸老妈大声唱""走进美丽乡村""永远跟党走"等大型活动。丰富的一线工作经验，让他多角度了解了河北的人文、历史和精神，也奠定了他日后讲述河北的"底气"。

自2018年担任演艺中心主管以来，吕久胜和他的团队开启了"讲述河北"模式。制作了多届省内旅发大会演出，包括山水实景演出《遇见鹿泉》、明星演唱会《平山别样红》、舞台剧《我和祖国共成长》等，将河北故事精彩呈现在不同的舞台上。同时借助短视频的传播优势，创新讲好河北故事，深耕音乐电视领域。2019年创作中宣部庆祝新中国成立七十周年《打起手鼓唱起歌》MV，由关牧村出演并在央视展播；2021年创作庆祝建党一百周年主题歌曲《岁月征程》MV，该作品获第十四届河北省精神文明建设"五个一工程"特别奖；2022年创作《奋斗吧！中国》MV、《晶莹之爱》MV、《飞扬吧！冰雪》（导演兼作词）MV，三部作品均获第十四届河北省精神文明建设"五个一工程"优秀作品奖。

电影剧本

《山河之间》（节选）

故事梗概

  燕山脚下、娘娘河畔的山河之间有个西庄村，距首都北京和石阳市都仅两小时车程。因其便捷的地理位置，村里的中青年都去了城市工作，西庄村变成了名副其实的空巢老人村。眼下乡村振兴这个题，让"老人村"的村"两委"一筹莫展，还被福泽县多次点名批评。

  江小河研究生毕业，得知父亲诊断出阿尔茨海默病，放弃了银行工作，回乡当了特聘村主任。江大山在石阳市遭遇"三十五岁危机"被辞退，借着母亲忌日，回乡躲避失业、二孩、学区房这"三座大山"。他们的父亲江振军，在村里当了半辈子的队长，对于走出山村的俩儿子，又回到山村无法释怀。父子矛盾虽不断升级，可他也为有这样的儿子而自豪。

  江小河想抓住京津冀协同发展的大机遇，发起共享农场项目。在动员会上，他的规划无法被村民理解，从往日的"西庄村之光"沦为了"西庄村骗子"。眼看项目走进了死胡同，村里最邋遢的羊老三却成为第一个想吃螃蟹的人，主动出钱要参与共享农场的建设。大山、小河兄弟俩演了一处双簧，说服嫂子林佳将原计划买学区房的三十万，用作了项目的启动资金。"太阳农场"建成后无人问津、暴雨夜袭、县领导视察发现违规用地……

"太阳农场"的成败，关乎乡村振兴，更关乎西庄村的未来。危急时刻，小河、大山、耿书记、林佳等农场的"主创"们孤注一掷，发起了决定农场生死的最后一搏。最终，在全村人的共同努力下，完成了一场史无前例的直播发布会，"太阳农场"一炮走红。从北京市和石阳市来认购农场的顾客络绎不绝。"太阳农场"绝处逢生。

"太阳农场"成了福泽县乡村振兴的重点项目，农场扩建提供了更多的就业岗位。西庄村的外出务工人员回到家乡成了"新农人"，老人们盼来了久违的团聚。阳光洒在燕山脚下、娘娘河畔的这片土地上，大山、小河兄弟俩凝望着山河之间生机勃勃的西庄村……

人物小传

江小河：二十七岁，研究生，开朗帅气、眼里有光。曾是"西庄村之光"，毕业回乡任村主任发起项目，却成了"西庄村骗子"。

江大山：三十六岁，江小河哥哥，在石阳市拼搏多年。遭遇"三十五岁危机"被辞退，无奈回乡创业，成为太阳农场创始人。

老六队：江振军，六十一岁，小河、大山父亲，擅长耍"关公刀"，西庄村六队队长，热爱土地又想让儿子离开村庄。

耿良策：六十岁，老党员，西庄村老支部书记，耿直脾气冲，对于管理颇有手段，一心想振兴西庄村，却苦于没有良策。

江梓滔：六岁，江大山儿子，机灵的小大人，招人待见。喜欢跟爷爷习武，手中常攥着一把迷你"关公刀"。

耿思彤：六岁，耿良策孙女，甜美可爱。父母在外打工，平常跟外公外婆在县城上学，假期跟爷爷奶奶在农村生活。

林　佳：三十五岁，江大山媳妇，汽车销售，擅长视频直播。近期为儿子小学择校、要二孩、老公失业而烦躁。

梁书凡：二十六岁，电视台"三农"节目记者。在"头雁计划"结业典礼上认识了江小河，产生倾慕之情。

耿　剑：二十七岁，耿火眼儿子，孝顺鲁莽，在村里口碑差，一直没娶上媳妇。闯祸达人，大错不犯、小错不断。

羊老三：原名耿伟，二十九岁，早年父母双亡，是一名放羊的孤儿。话不多、事儿实在。造型邋遢，独来独往。

许教授：国家知名农业教授，在北京市某大学任教。致力于乡村振兴项目策划和人才培养。

时间：2022年夏　中国·北方

1. 燕山山脉/娘娘河/太阳农场　日　外

青山绵延，沉默巍峨。

艳阳高照，山下娘娘河里的水波镶着金光。

一片油绿的农田，抹在山河之间。

田间一舞台悬挂红色"太阳农场丰收节"条幅。各种蔬菜成堆摆在舞台上。乐队和现场观众合唱摇滚版《种太阳》，声响铺天盖地。

乐队主唱：我有一个美丽的梦想，长大以后……

全体：要播种太阳！

群情亢奋，一组老人、孩子、青年合唱的特写镜头。

2. 西庄　日　外

羊老三在村里急促奔跑。村里墙上画着蔬菜瓜果、健康养生、传统文化等各类主题五彩缤纷的涂鸦。

3. 太阳农场　日　外

　　江小河将滚落在地上的西红柿捡起来，擦干净重新放到了舞台上。

　　江小河（羞涩）：我是"西庄骗子"江小河（台下大笑）。原来外村人总笑话我们说："西庄村真是尽，一代更比一代穷。"现在我们西庄村从县里的笑话，变成了县里的神话，因为我们的太阳农场火了！

　　音箱（OS）：（突然出声）着火了！主任，祠堂着火了！

　　羊老三喘着粗气、满头大汗，手里拿着话筒。

4. 将相祠/西庄　日　外

　　△"将相祠"牌匾下，人声嘈杂，有端着脸盆有拎着水桶挤着进祠堂。

　　老书记：（抬头看着祠堂）狗日的，谁干的？调监控。

　　△一手机拨110。手机贴到耳朵边：喂，我自首！

　　△俯瞰西庄村背靠燕山，被娘娘河环绕。天空白云朵朵，黑烟徐徐。

　　出片名：《山河之间》。

　　左下角出字幕：一年前。

5. 燕山山脉/西庄村　夜　外

　　娘娘河里明月闪烁，西庄村依山静卧。

　　蛐蛐窸窣，田里菜芽破土伸展。

　　暖黄色的点点路灯，不均匀地铺洒乡间阡陌。

　　冷山暖村，恰似一幅油画。

6. 老六队家外墙/院内　夜　外

　　一双蓝拖鞋沿着外墙缓移，一人影越拉越长。

一个烟头被嘬得吱吱通红。

烟头接触到鞭炮捻子的瞬间，火光喷向四周。

一只手将火光甩进院内。

噼里啪啦的鞭炮炸响，把村庄的幽静震个稀碎。

叼着烟卷的嘴在月光下笑得发抖，鞭炮的火光在烟雾中跳动。

爆竹声声，家犬齐声狂吠，氛围好似过年。

7. 江大山家主卧/卫生间　夜　内

林佳：（大喊）江大山，你能不能把盖掀起来，滴答的哪都是。

大山叹了口气不应声。通过半开的卫生间门，林佳坐在马桶上翻手机。点开日历，7月11日（壬寅年六月十三）备注写着"婆婆祭日"。

林佳：（大喊）江大山，今天是你妈祭日啊！

大山腾地一下坐起来，怒气挂在脸上。

大山：（怒道）是你妈祭日！你有病吧！

林佳：你他妈有病！

林佳手里拿着一片卫生纸，满眼怒火，定在了那里。

8. 耿火眼家院子　夜　外

耿剑：我不知道今天是大娘忌日。你让我蹲了七天，我才放两天炮！便宜你了！

老六队左手持"关公刀"，右手拧着耿剑的手腕。耿剑妈在一旁拉架。老六队右手往上一提，耿剑"哎哟"一声，耿剑妈也"哎哟"一声。

老六队：浑沁（方言），打架你还没蹲够，还敢放炮，打个电话让你再蹲七天。

耿火眼：妈了个巴子真难揍，一天天净闯祸。给你大伯认错！

耿剑：老六队，我打架，你打110，挨你蛋事儿了！

耿火眼猛地抽了耿剑一个大嘴巴。

耿剑妈：（急得跺脚）干吗呢？孩子不懂事儿。我替他认错了！

老六队：炮明天上交了，敢再放真拘留。打架堵不上穷窟窿，出去找个正经事儿干吧。

耿剑：（小声）咸吃萝卜……

耿火眼：（瘸着一条腿往前送两步）江大哥，慢点儿啊……

耿家三口看着老六队离去的背影，松了口气。一只蓝拖鞋从围墙飞进来，"嘭"一声掉在了耿剑的脚底下。耿剑尴尬一笑，耿火眼紧锁眉头，咬紧了牙关，粗糙的大手掌又举了起来。

9. 西庄村口　早晨　外

"啪"一声鞭响，划破早晨的宁静。"啪啪"又两声，羊老三的鞭打在羊屁股蛋儿上。羊一哆嗦，一串羊屎蛋落了下来。一辆汽车鸣笛飞驰而过，差一点儿撞上了羊老三的羊。

羊老三大喊：（对着汽车飞驰的方向）畜生！畜生！

喇叭：哎、哎！

羊老三两只手捧着玉米啃，抬头望着喇叭。

喇叭：班子成员，各大队长，8点钟麻溜到村委会开会！8点钟麻溜到村委会开会！群里没回复"收到"的麻溜补个"收到"，注意组织纪律，不能请假！麻溜过来！不能请假！麻溜过来！

羊老三：（对着喇叭戏谑敬礼）麻溜收到！

喇叭：有村民反映地里的玉米被羊啃了，羊老三管好你的羊，羊老三管好你的羊！

吓得羊老三一哆嗦，上劲啃了两口，右手一甩，玉米芯连同羊鞭都扔了出去。

10. 西庄村胡同口　早晨　内

老六队用吸管喝着牛奶,精神矍铄向村委会走去。胡同口坐着稀疏白发的老头,手里拄着一根拐棍;另一位大爷端着粥,喂白发老头喝。

拐棍老头:(不急不慢)六子,吃奶呢?

老六队:(笑了)二伯,还真是越不正经,越年轻啊,今年八十八了吧。

拐棍老头:(眯着眼笑)八十九了!

老六队走到拐棍老头面前,用老头的围嘴儿,给老头擦了擦嘴角的粥。

老六队:这身体,给我水哥再找个后妈都行!(老头乐了,只有一颗牙)

端粥大爷(水哥):老六,小河毕业了吧?

老六队:研究生刚毕业,参加银行入职培训呢!(拐棍老头竖大拇指)

端粥大爷:真有出息!

不远处耿剑坐在门口盘核桃,不屑地看着。脸上的巴掌印,依稀可见。

耿剑:(朝地上啐了一口)臭显摆!

11. 大学阶梯教室　日　内

阶梯教室正中悬挂红色条幅:乡村产业振兴人才培育"头雁"计划第一期结业典礼,座位上有青年也有中老年,一个个精神焕发,斗志昂扬。

金属镜框透着一双紧张又坚定的眼,江小河身着白色T恤淡蓝色牛仔裤。他深吸一口气面带微笑向发言台走去，如一道阳光投射进教室。

小河：大家好，参加完培训，不知道我父亲还让不让我进家门。

台下的学员面面相觑，惊讶不已。

小河：我出生在一个叫西庄的小山村，父亲的愿望就是让我走出山村，别像他，一辈子和土地打交道。所以，我学了金融，成了村里第一个研究生。他以为我现在正在接受银行的入职培训……

12. 西庄村委会　日　内

村委会会议室里党旗、国旗悬挂在北墙中央，下面贴着"民族要复兴　乡村必振兴"十个大字。长条会议桌旁不整齐地坐着十几个人，目测年纪都在五十以上。

江会计：（扯着嗓）书记很生气，这个会，大家要严肃对待。昨晚书记去镇上开会，被镇上领导骂了！镇上领导骂书记，是因为镇上领导昨下午去县里开会，被县领导骂了。县领导骂镇领导，是因为昨上午县领导去市里开会，被……

耿良策（耿书记）：别废话了！

其他十几个人哄堂大笑，互相议论起来。

九队长：骂啥了？

江会计：你有脸问，我没脸说。书记您说！

耿书记：（瞪了一眼江会计）……

江会计：（意识到说错话了，提高嗓门）请书记讲话，鼓掌！

耿书记：（示意大家别鼓掌）隔墙撂娃娃，真丢人啊！上半年考核出来了，咱村垫底拖了镇里的后腿。不该啊！咱村脱贫立了功，振兴咋成这熊样了？

十几个人低头侧目不言语。

耿书记：小辛庄种了百亩向日葵、宋庙村搞采摘种草莓、十五里铺建大棚种"千禧果"，就连一直不如咱们的东庄种"多肉"都人均增收800多块。咱村上半年人均收入比去年人均少了八十六块钱。（会议室一片死寂）

耿书记：（怒）咱们实现了负增长！

耿书记：（大怒）负增长！

耿良策随着"负增长"一字一顿怒拍了三下桌子，震得大茶缸咣当当响。"叭"一声，九队长打火，点上了一根烟。

江会计：（小声向九队长）给我来根！

耿书记：（盛怒）把烟掐了！

刘副书记和二队长端杯停在空中，不敢放、不敢喝。空气安静凝固了。

13. 大学阶梯教室　日　内（切入镜头）

江小河站在发言台娓娓道来，齐聚了所有人的目光，包括一台摄像机。

小河：我的家乡现在美得安静，安静得没生气。各家能出去打工的都出去了，成了一个"老人村"。年轻人一出去就是一年，中秋吃不上团圆饭，过年一家人也难聚齐。城里晚上热闹非凡，农村晚上几乎没有声音。我看过一新闻，农村独居老人去世五天才被发现，而五天手机上竟没一个未接来电。可悲的是他有儿有女，都在城市打工。看完新闻，我就赶紧给我爸打了个电话，电话里他边咳嗽边让我照顾好自己。他六十一了，我妈走了以后，一年到头都是独居，那一刻我感觉他很孤独，我想陪他……

穿插代表部分农村冷清现状的画面。

・空空的胡同，有些杂草。

- 一排排的民房，无人出入。
- 大树下的几个老年人目光平静。
- 河边一只孤独的木船。
- 屋里一老太太抱着孩子喂饭。
- 夕阳下一只猫蹿上墙，一只狗在田野狂奔。

江小河声音有些颤抖，眼里闪着泪花。女学员有开始抹眼泪的。

小河：（**深深地呼了一口气**）我没什么伟大梦想，只想多陪陪我爸，并尽力建设好我的家乡，让更多年轻人回来，让更多家能团圆。

摄像机旁的女记者，眼含热泪，望着江小河，手鼓得异常起劲。

14. 西庄祠堂　日　外

耿剑仰着头，看着"将相祠"的牌匾若有所思。

祠堂旁有几组耄耋老人坐在马扎上，堆叠的皱纹下波澜不惊，看着耿剑拎着一个黑色塑料袋，走进祠堂。一只黄狗跟在耿剑后也进了祠堂，不一会儿听到狗的一声惨叫，狗飞奔出祠堂。

15. 西庄村委会　日　内

耿书记：不聋不哑的，都张嘴说话。

一头发稀疏的大爷弓着腰，站在会议室门口往里看。大爷打了个喷嚏，所有人像发现了避风港，扭头盯着被风吹散的喷嚏。

耿书记：别看了，我点名了。老六队，咱村脱贫时你立的头功，说说你咋想的。

老六队：书记让说，那我就说说。咱村九个大队二百三十八户，一千零七十一个人……

九队长：上个月哑巴姑死了，少了一个！

老六队：行，一千零七十人，常住人口不到三百人，有几个不到五十岁的?

九队长：羊老三、火眼家耿剑、二巷两口子都是"80后"。还有……

九队长停住，一时想不起来还有谁。

老六队：（瞪了一眼九队长）年轻人上学打工都走了，留一堆老胳膊老腿咋振兴？人老了就没新想法了。

"叭"一声，耿书记打火，点上了根烟。九队长盯着耿书记谄媚地笑了。耿书记夹烟的手朝九队长微微一扬，示意他抽吧。

"叭"九队长也打火点上，把烟和火推给了江会计。江会计点上后，又把烟和火推给了刘副书记，烟和火就这样在会议桌上传递了起来。

刘副书记：老六队说的是关键，缺少年轻的人才啊！

耿书记：别人还有啥想说的?

一群人支支吾吾地，隐约听到"都一样"。

耿书记：（熄灭烟头，脸上阴转晴）那就不浪费时间了，告诉大家一个好消息，县里考虑到咱村的实际情况，给咱村派了一位特聘村主任，是个研究生，这几天就上任。乡村振兴咱西庄村必须挺起来！后面大家要好好配合新主任的工作，都表个态！

九队长：（大喊）必须支持！（其他人随声附和，支持、支持！）

耿书记：（高高兴兴地喊）散会！

耿书记大步流星往外走。众人发蒙，你看我，我看你，摸不着头脑。

九队长：（对江会计说）这会……像吊起来的冬瓜——头重脚轻呢？

江会计：没尽兴？

九队长：还没骂呢，意犹未尽。

江会计：要么把大家叫回来，你哭一炮，压个轴。

九队长：哭你娘！

16. 国际汽车贸易园区　日　车内

一辆蓝色国产小型 SUV 停在路旁，林佳脸上挂着泪珠，又怒又悲。

大山：（给林佳递纸）妆花了，还上班呢。

林佳：（带着哭腔）上屁班！我说你这段时间不对劲呢。老黄就不是东西，喝酒时候和你称兄道弟，骗你加班干活儿，奸着呢。

大山：哎，不说了！

林佳：就说，你没了工作，我们怎么过啊？

林佳说完又哭了起来，江大山也不耐烦了。

大山：是结构调整，没办法的事儿！

林佳：狗屁结构，一共没二十人还结构。（咬牙切齿）就你好骗，看你岁数大了开除你，故意的！都半个月了，你找得到工作吗？

大山：（被说急了）行行行行，上班吧你！

林佳：（擦着鼻涕）我告你，过了户滔滔才能上外国语小学，家里就三十五万，首付差八万，以后月供要八千多！你想招儿吧！

林佳说完下车，重重地关上了车门。车窗外林佳穿着深色短裙工装，身姿挺拔，快步前行。

江大山把收音机音量调大，歌曲《我相信》从喇叭里传出来"我想要飞上天，和太阳肩并肩……"。大山把头放头枕上，闭上了眼睛。

大山回忆画面：

黄总把一个信封推到大山面前。黄总：兄弟，结构调整，对不住了！

17. 大学校园　日　外

许教授从包里拿出了一本《乡建笔记》送给了江小河。

许教授：这是乡村建设一线人员写的，推荐你看看。送你一句书里的话:"希望青年人对社会的关注能超越狭隘的自我关注,从而把自己的命运和农民的命运结合在一起。"

小河看着许教授,有些不解。

许教授:(微笑)遇到问题随时找我。

摄影师:国家要复兴……

全体人:乡村必振兴!

咔嚓一声,画面定格。照片写着:乡村产业振兴人才培育"头雁"计划第一期学员留念。

18. 写字楼下　日　外

大山从高耸的写字楼走出,显得异常渺小。手机铃响,他接通电话。

小河:哥,今天是咱妈祭日,我现在赶不回去了,你回家了吗?

大山:呀,忘了。我现在回去。

大山发现车挡风玻璃上,有一大片鸟屎,愤怒地将一摞纸摔在副驾。

19. 大学校园　日　外

清爽的马尾辫,在太阳下发出健康的光泽。女记者微笑着站在江小河旁边。阳光下的两人,如青春初恋般的美好。

小河:您有事儿吗?

梁书凡:(笑着)我是省台"三农"节目记者。你刚才的演讲很好,后续我想再跟进一下报道。(微风吹乱梁书凡额头的碎发)

20. 马路边/自动洗车房　日　车内

玻璃水喷射,雨刮摆动,玻璃上的鸟屎被均匀刷开。大山拿出一瓶矿泉水倒在车玻璃上，用抹布擦。他低头看到胸前衣服沾了一坨鸟屎，一气之下把矿泉水瓶和抹布甩了出去，朝着车门柱打了两拳。

全自动洗车中。副驾的一摞简历上贴着江大山二寸免冠照片，阳光透过玻璃上的水流再投射到简历上，简历上光影流动，像流淌的泪痕。

21. 田间乡道　日　外

乡村公路横切湖面，一辆蓝色的轿车行驶在公路上，一件白色衬衣被绑在竹竿上，穿过天窗，随风飘摇。江大山光着膀子开着车，握着方向盘的手贴着两个创可贴。

（OS）收音机女：二十岁的他经历车祸，抢救了两天。二十一岁到北京闯荡，父亲病逝，为还债在北京拼命写歌。八年后他一鸣惊人，成为华语乐坛的传奇。今天我们一起听，他为普通人创作的歌曲《麻雀》……

《麻雀》的歌声在田野飘荡。歌里唱道：一日为了三餐，不至于寒酸……我飞翔在乌云之中，你看着我无动于衷，有多少次波涛汹涌在我心中……

车里大山轻声合唱默默流泪，泪水一直流到他光着的肩膀上。蓝色轿车行驶在如绿丝带的乡村道路上。

突然，从车窗飞出一堆纸屑。纸屑落在地上，看到"简历"二字。

22. 郭兰墓前　夕阳　外

裁切成正方形的金箔纸被陆续扔进火焰中。

墓碑上刻着"爱妻　郭兰之墓"，老六队蹲在一旁拔草，江大山和江梓滔跪在墓前磕头。

三人迎着夕阳走去，无言。

23. **老六队家次卧　夜　内**

手机里林佳正在直播，流利地解说着一辆新能源汽车。江大山半躺在床上，脚耷拉在床边，认真地看着。江梓滔提着小号"关公刀"进来。

江梓滔：妈妈有话让我给你说。

大山：（吓一跳）嗯？

江梓滔：（用关公刀指着大山）江大山，别把我的话当耳旁风！

大山：（皱眉）被教坏了！

江梓滔：还有一句（凑到大山耳朵边），阳光总在风雨后，老公最棒！（大山笑了）

老六队：滔滔吃饭了！

江大山迅速在直播间送了林佳一捧鲜花，和儿子向厨房走去。

（OS）林佳：感谢山哥送的鲜花，咱们这辆车是硬派越野加智能房车……

24. **西庄村委会门口　日　外**

村委会门口拉着简易的条幅"热烈欢迎　乡村振兴　有你同行"。条幅下聚集了好几十号人，有穿着红绿秧歌服的妇女，有张罗着鼓、镲、锣等乐器的，与众不同的是老六队拿着关公刀，九队长拿着双锏，立在中央。

黑色轿车刚一冒头，锣鼓喧天、秧歌翻腾、村民鼓掌。老六队和九队长亮出兵器，西庄村版"关公战秦琼"上演，民间社火气质拉满。

耿书记下车开门，江小河、李镇长从后排下车。

江小河拎着两瓶牛栏山二锅头。锣鼓队看见是江小河后一惊，停住了。"关公"和"秦琼"正打得不可开交，锣鼓点一停，也回头看。这一看，老六队愣在了原地。江小河带着尴尬的微笑，走过去。

小河：（有点儿胆怯）爸，回来工作好，我想多陪陪你。从北京买的正宗二锅头。

老六队上下打量着江小河。突然怒目圆睁，高高举起关公刀，狠狠地劈向了"二锅头"。

25. 西庄戏台　日　外

戏台前第一次站满了人。戏台上站着村"两委"班子和几个队长。

耿书记：老少爷们儿，县里为帮咱村加快振兴，特派来一名村主任。大家都不陌生，就是老六队的二小子江小河，咱村的第一个研究生，他回来建设家乡，我代表村"两委"表示感谢，请小河主任给大家说两句，鼓掌！

江小河：各位叔伯、大娘、婶婶，父老乡亲们好！来的大都是我的长辈。我回来就一个目的，发展咱村的产业，让务工的人回家来挣钱，和家人团聚。我知道，疙瘩婶的闺女三年没回来了，会计叔的儿子在深圳打工两年回来一次，桂枝婶都五十多了还去北京做保姆。咱村八月十五能吃上团圆饭的没几家！

台下乡亲们认真地听着小河说话，老六队在台上，表情带着点儿骄傲。

江小河：我记得以前村祠堂、胡同口、麦场都是人，忙了一起下地干活儿，闲了串门唠嗑。我们几个小子闻着味儿，谁家炖肉去谁家蹭饭。现在，一起长大的四五年见不了一面，都在外谋生呢。咱村再不发展行吗？再不发展人走没了，村也就没了，想回来也回不来了！（台下乡亲们小声议论）

疙瘩婶：小河，再说我就啼呜了，婶的金豆豆可不值钱。你是高才生，有招儿吗？（台下乡亲们附和着）

小河：有啊！我培训时，把咱村情况给专家说了。国家级的专家

经过分析,帮咱村制定了一个振兴的方案。按这方案,每户年收入可增收两万块,还能解决一个就业岗位……(耿书记拦住了小河)

耿书记:方案还在商讨,等成熟了就告诉大家。

小河:如果感兴趣,明天来村委会,我给大家详细讲解。

耿书记:今天就到这,散了吧,散了吧。

人群四散,江大山和江梓滔站在远处朝江小河挥了挥手。剩下羊老三和他的羊站在台下。羊老三满脸堆笑。

羊老三:(举起手大喊)我参加!

江小河:好!

耿书记:老三,回去拿簸箕把羊拉的铲走。

26. 西庄村委会大院 日 外

小河:咋不让我说完呢?

耿书记:先沉住气儿,没影呢就承诺了,两万块、一个岗位。要兑现不了,你就麻烦了。

小河:说的是预期效益。他们都看着我长大的,不能为难我。

耿书记:我和他们一起长大的,能为难死你。

27. 老六队家次卧 日 内

大山翻着手机,找寻招聘信息,电话咨询。

电话:招满了!

大山:我36……

电话:嘟嘟嘟(挂断的声音)。

大山:随时能上班。

电话:我们老板都没你大,再找找吧……

大山垂头丧气地放下电话,看见窗外,江梓滔有模有样地挥舞小号关公刀，旁边一小女孩儿笑嘻嘻地看着。

28. 健身广场　日　外

大山在村里溜达，路过健身广场。两个老太太荡着秋千。

七八个老人坐在各家椅子上，围成一个圆，中间一个黄色瑜伽球，被他们缓慢地踢来踢去。

29. 将相祠　日　外/内

大山信步走到祠堂。见儿子江梓滔左手拿着"关公刀"，右手牵着小女孩儿。

江梓滔：将，相……后面的字认识吗？

耿思彤：不认识！

江梓滔：念祠，祠堂的祠，这是纪念祖宗的地方。

耿思彤：你懂得真多！

江梓滔：（松开了耿思彤的手，绘声绘色讲起来）我爷爷讲的。将相祠有三百多年了。以前"耿"家"江"家是死对头。你猜怎么着？

耿思彤：快说！

江梓滔：土匪来抢劫，"耿"家和"江"家的男人们联手打败了土匪，用的就是我这关公刀。但死了好多人，就建了祠纪念他们。这叫"耿不离江、江不离耿"。

耿思彤：所以你叫江梓滔，我叫耿思彤。

江梓滔：对！（江梓滔重新拉起耿思彤的手）

江大山走到俩人旁边。

大山：走，带你们进去看看！

"将相祠"是一座二进的院子，三人走向堂屋。大山掀开门帘，屋内灯光昏暗，中央挂着两幅清朝人模样的画像，香案上三个盘子里各摆有一块饼干,香炉里空无一物。屋两边的三张方桌满满当当坐着村里的老人,两桌在打麻将,一桌在下象棋。看到大山带孩子进来,原本嘈杂的屋里,一下安静了,所有人都停下来一愣。

村民甲:是大山吧!

大山:是,叔!

村民乙:来,坐会儿!

江大山手机铃响了,正好出去接电话解了围。

江大山:喂,是我……今天下午吗?哦,没问题,能赶到!

江大山:滔滔,爸爸要回市里,你不是想妈妈了,跟爸爸走吧!

江梓滔:(看了一眼耿思彤)爸爸,我能先不想妈妈吗?

江大山:(对儿子竖起大拇指)能!

30. 路边大排档　夜　外

地上七零八落摆着二十多个啤酒瓶,桌上的烤串摆在菜盘子上。江大山和小刘、李刚都已经喝得差不多了。江大山张罗着继续喝酒。

大山:再来六瓶!

小刘:山哥,今天大开杀戒啊!

李刚:这是给嫂子种上了?哈哈哈!

大山:不种了,喝酒!

小刘:山哥,掏心窝说,跟你干活儿是真好。新来的小王八蛋太坏了,鸡蛋里挑骨头扣工钱,总他妈告黑状。

李刚:(摇头)提那个恶心玩意儿干啥,扫兴!

大山:说谁呢?

小刘:公司顶你位置的,王鑫,老黄外甥。

大山:公司结构调整,执行的活儿不都外包了?

李刚:调鸡毛,老黄多抠啊!你……不知道?

江大山眼里闪过一丝杀气，掏出手机点了黄总电话。

黄总：喂，兄弟！

大山：我去你 M……

在"妈"字喊出的同时，江大山"哇"的一声吐了一地。

31. 江大山家　夜　内

林佳看着两道杠的试纸，表情看不出悲喜。听到开门声，林佳将试纸扔进垃圾桶，又扔了一张卫生纸盖住了试纸。江大山和朋友道别关门进屋，已经无法站立，靠在墙上，将鞋踢飞。林佳一脸嫌弃，却赶紧扶住江大山。

林佳：工作没了，命也不想要了！

大山：（唱了起来）我一无所有，你会不会跟我走……

林佳：真烦，别进屋，睡沙发！

江大山将自己摔在沙发上，林佳给他垫上枕头，盖上毯子，关上灯准备进卧室。江大山拉住林佳的手一拽，林佳坐在枕头边，江大山自说自话。

大山：你说啥时候离婚？

林佳：睡吧！醒了再离。

大山：离了我再追你！还去地里给你偷玉米、偷西红柿，还在摩天轮上跟你求婚……

林佳：（露出一丝笑容）再求婚，得买个戒指。

大山：没给你过买钻戒，没买过"神仙水"，买不起学区房，工作也没了！（带着哭腔）离吧，我太失败了！

林佳：不失败，你太累了。

大山：面试……让我看大门，媳妇，我不想看大门。

林佳：（心疼地看着江大山）好的，不看大门。

大山：媳妇，离吧……

　　江大山说着说着睡着了，泪水缓缓从林佳眼里滑落。林佳像抚摸孩子一样，一手抚摸江大山的头，一手抚摸自己的肚子。

32. 西庄戏台　日　外（**本段使用急推拉风格镜头，跳剪营造节奏**）

　　戏台前坐满了人，羊老三在最后站着，拿着奶瓶给小羊羔喂奶。江梓滔依然左手拿着"关公刀"右手牵着耿思彤，两人站在一辆农用三轮车的车斗里，从上往下看。

　　戏台上放着一块小黑板，江小河站在旁边讲解，不时在黑板上写下关键数据。台下村民全神贯注。耿书记、江会计和各队长等，坐在戏台左侧。

　　小河：咱村最大优势离北京、省会近，车程不到两小时。最大劣势也是近，务工方便。虹吸效应，把咱村的人吸走了！所以，咱们也要利用优势，把城里人吸来咱村，挣他们的钱！

　　村民：（欢呼）好！

　　小河：城里人想要啥？

　　村民：豪车、别墅！

　　小河：咱给不了，再想……

　　村民：（七嘴八舌）美女、旅游、美食……

　　小河：想要健康、安全、休闲，我们能给吗？

　　村民：不能！

　　小河：能！

　　小河：有机蔬菜健不健康（**健康**）？不用农药安不安全（**安全**）？全家周末一起种地算不算休闲？

　　村民：不算！

　　小河：算！对他们来说算。往上数三辈都是农民，对土地都有感情。把地租给他们，让他们来咱村自己种菜，咱收租金好不好？

村民：（起哄）好！那咱们不成地主了？

江会计：不是地主，咱们是新农人，农场主。

小河：这就是咱们要打造的共享农场。

村民们高兴地鼓掌。耿剑在盘核桃，羊老三喂羊的奶瓶已经空了，江梓滔和耿思彤一起吃着一根冰棍儿。

小河：一亩地分成十二块小农田，每块租金一年一千五。一亩地一万八千！

村民：这么多！

小河：前提统一改造水电，装摄像头、围栏……每亩改造费六千，向政府申请补贴两千。一亩地咱自己出四千。

谈到钱村民脸色变了，小声讨论起来。

小河：（继续解释）项目第一期村口那片自留地，五十来亩。有六队和九队共二十六户。每户投八千左右。请专业公司统一管理，每户每年管理费六千。

每户还能有一人在农场上班，月工资一千五。一年每户累计收五万四，除去投入和成本，预计收入超三万，非常可观……

江小河说的同时，村民的议论声逐渐变大。有人听不下去打断了江小河。

村民甲：投的钱谁给，村里给吗？

小河：每户自己出钱，先投一万四，一年后能收益三万……

议论声变成了吵吵声，已经听不到江小河说什么了。黑板已经被江小河写满，却没有等到村民预期激动的掌声。

耿剑：（站起来喊）要没人租，地也没了，钱也没了，找谁啊？这不是骗子吗，对不对？

村民：对，骗子！

小河：大家放心，村里会做好营销宣传的……

　　不断有人喊"骗子""骗子"淹没了江小河的解释。耿书记等人一脸尴尬，老六队的脸更是通红。阳光照射在耿思彤的脸蛋上，泛起一层白细细的小绒毛。江梓滔突然在耿思彤的脸上亲了一口，耿思彤"哇"的一声哭了出来。

　　村民们骂着、讨论着，搬起椅子、马扎一哄而散。台上的队长们也陆续走了，留下了耿书记、江会计、老六队和九队长。"咩"台下羊老三抱着的小羊羔发出了软软的叫声。

　　小河：爸、九队长，你们再给各户做做工作？

　　老六队：别说了，弄不成！

　　耿思彤边哭边叫着"爷爷"朝戏台走去。

　　耿书记：彤彤咋了？

　　耿思彤：（哭着说）滔滔亲我！

33. 西庄自留地　日　外

　　江小河独自向自留地深处山坡上走去。他回头俯瞰养育自己的这片土地。燕山脚下、娘娘河畔，山河之间很美、很静，安静得没有一点儿生气。

　　画外音：亚洲铜，亚洲铜，祖父死在这里，父亲死在这里，我也会死在这里，你是唯一的一块埋人的地方……

34. 高架桥　日　车内

　　江会计开车，江小河坐在副驾，耿书记和一只花公鸡还有一筐白皮鸡蛋坐在后排。车喇叭声和公鸡叫声，交相辉映。

　　小河：辛苦书记了，还得让您来找投资。

　　耿书记：咱都为了村里。李总是咱镇里走出去的企业家，对家乡有感情。

　　江会计：当年他开造纸厂，耿书记帮过他不少忙。让他投几十万，小钱！

35. 爱相随纸业会议室　日　内

　　江小河、耿书记局促地坐在十多米长的会议桌前。江会计按住在桌上挣扎的花公鸡。

　　李总进来，满面春风。走到耿书记面前，就是一个热情的拥抱。

　　李总：哎呀，老哥！这一晃多少年了。我没去看你，你这来看我了！对不住啊！

　　耿书记：嘿，顺道来看看你这大企业。带了你爱吃的大公鸡、土鸡蛋。

　　李总：还是老哥懂我。（示意秘书将特产拿走）给我放好了。老哥你别客气，有啥事儿就直说。

　　耿书记：还真是无事不登三宝殿，村里想弄一个项目……

36. 西庄村口　日　外

　　西庄村口马路的电线杆上，拴着四只羊。羊老三不断张望。一辆农用三轮车驶来，司机和羊老三一起将羊抬到车斗里。

37. 爱相随纸业会议室　日　内

　　一位满脸职业堆笑的女子开门走进会议室。

　　何秘书：（自来熟）耿书记，好消息啊！

　　耿书记：（一脸诧异）您说！

　　何秘书：股东们都通过了，愿意拿五百万投这个项目。我们一次性改造三百亩，农场周边配套我们也一次性配齐。

耿书记：那好啊，咱们可以聊聊细节。

何秘书：股东们提出了两个条件。一是需要村里出面做土地流转，租金呢给我们打个折，每亩地一年按一千二百块给村民。二是农场建议不用村民，我们自己招工、运营。

江小河：这和我们之前聊的不太一样啊。

何秘书：结果一样啊。村里GDP噌噌长，业绩就有了！

耿书记：不一样！我们找李总再聊聊吧。

何秘书：（礼貌性假笑）李总有急事出去了，有问题和我说吧……

38. 城市公路　日　车内

江会计拉着脸，江小河耷拉着脑袋，耿书记看向左边的窗外。

江会计：真偏，给钱都不要。五百万的投资，咱村能立马振兴。

小河：那不是投资，是资本买断，是用合法手段挤压西庄村民当下的生存空间，和未来的发展空间……

江会计：别别别，别弄这一套，我听不懂。

小河：振兴和GDP不能画等号。

耿书记：我同意小河决定，卖地换振兴这事儿，不能干，缺德。

江会计：行，咱都守着德。反正没白来，以后擦屁股不愁纸了。

后排放满了"爱相随"卫生纸，挤得耿书记几乎没地坐。

39. 城市公路　日　外

破面包车开走，江小河拎着两提卫生纸独自站在路边。

小河：（打电话）去哪儿找你？

40. 男浴池　日　内

江大山、江小河湿着头发、身上裹着浴巾，向桑拿房走去。

大山：上次一起洗澡，是你初中时候吧！

小河：2008奥运会那年。不是洗澡，是全家一起去水上乐园。

两人聊着走进桑拿房，大山往石头上浇了一瓢水，热气迅速弥漫。

大山：对，全家一起。妈说水上乐园真大，像大海。

小河：你笑话爸妈在照相馆拍的背景海合影。说挣钱了，带着全家一起去看真的海。

大山：哎……没做到啊。

大山眼眶红了，把湿毛巾盖在了脸上。

大山：（声音从毛巾下传出了）以前瞎忙啥呢？去个海边能用几天，能花几个钱。

小河：哥，你存有多少钱？

41. 西庄　日　外

老六队领着江梓滔，拿着从地里摘的黄瓜、西红柿往家走。老六队没有热情地给胡同口的乡亲们打招呼，拉着江梓滔闷头走。但隐隐约约能听到大家小声地议论"骗子""对，西庄骗子"。

路过耿火眼家时，耿剑盘着核桃站在门口。

耿剑：老六队，给我介绍个活儿干呗。

老六队：（没搭理耿剑）

耿剑：要不介绍，我可跟着小河当骗子了。

老六队：滚一边去！

老六队拉着江梓滔快步往回走。江梓滔手里掉了一个西红柿，耿剑追上去捡起来就咬了一口。老六队到家门口时，发现羊老三站在门口。

羊老三：（拽出什么面额都有的一摞钱）我投钱！

老六队：先拿回去。

耿剑：（在远处喊）羊老三，放羊放傻了吧！

羊老三：滚！

耿剑：你妈要活着，还能让你气死一回。

羊老三：你个牲口！

"啪"一声鞭响，羊老三向耿剑飞奔过去。

42. 江大山家　夜　内

晚上林佳加班回家，敲门没人开。拿钥匙开门，被眼前的一幕惊到。餐桌上杯盘狼藉，一堆外卖盒和酒瓶。江大山和江小河正在拍桌子吵吵。两人说话已经介于半醉半醒的状态。

大山：（大山站起来拍着桌子）说得简单，不管滔滔了，不管你嫂子了。我回得去吗？

小河：发展好了，让嫂子回来一起干，一家团聚，有什么不好？

大山：不能让我们一家人陪你一个人冒险。

小河：在这儿，你有啥可留恋的？不愿回去，就是怕我用你的钱。

大山：江小河，说话得有良心！

林佳看着这一幕，赶紧走过去劝解。

林佳：咋喝成这样了，都坐下！小河，喝点儿水！

大山：别管，今天我给他说明白了！给我提钱！你读大学的生活费、考研两年不工作，是谁给钱养你的？我不欠你的！

小河：（红着眼眶）可你欠家里的，一年你回去几天，有半个月吗？回去也是不停地打电话。妈生病你一天没伺候，妈走之前最后一面你见了吗？钱能买回来吗？你不后悔吗？

大山：你给我闭嘴！

林佳：（大喊）别吵了，有啥事不能好好说！

大山：（语气一转）好好说，他让我拿三十万回去创业，能干吗？

林佳看了看大山和小河，没吭声。

　　小河：嫂子，我想让他回去，还有个原因。

　　林佳：你说。

　　小河：（泪水流了下来）爸查出老年痴呆了，怕过几年谁是谁都不认了。所以，我想让他回去多陪陪爸，别落遗憾。

　　听到这个消息，林佳和江大山眼里都充满泪水。

　　大山：不早说呢！

　　小河：（小河瞪着大山）有机会给你说吗？你多忙啊。你失了业，咱俩才第一次单独喝酒。

　　大山：扯淡！

　　林佳：你闭嘴！医生说咋治？

　　小河：医生让吃药维持，没啥办法。爸自己不知道，以为吃的是降压药。

　　林佳：（对小河）你清醒吗？（嗯）给我说说怎么创业。

　　小河：好！

43. **城市广场　夜　外**

　　满目霓虹、车水马龙，统一服装的广场舞队。广场舞音箱：我把我的梦想，卖了三两三，换来了……

　　江小河的电话铃响。

　　大山：小河，你善良的嫂子同意了。可你演得太过了，以后不能拿爸的身体开玩笑。

　　小河：爸的病是真的。（说完直接挂了电话）

44. **西庄戏台　日　外**

　　一众村民坐在台下，江小河、江大山和村委、队长们站在台上。

羊老三还抱着羊羔喂奶，江二巷两口子戴着情侣太阳帽，江梓滔还牵着耿思彤的手站在车斗里。不同的是，这次江梓滔戴了一个儿童口罩。

小河：钱无偿借给大家，还有啥问题吗？

疙瘩婶：借给我们的钱，有利息吗？

小河：无偿，没有一分的利息，但每户要出一个劳动力，项目干成了，借的钱从工资里扣。

耿剑：要干不成呢？

大山：干不成算我的，大家不用还！

耿剑：能有这好事儿……

云香：大山，你把钱借给大家了，你怎么挣钱？

大山：我挣管理费的钱，以后咱们项目扩得越大挣得越多，而且，来咱农场的人多了，餐饮、民宿，咱们有的是挣钱的法儿。

云香：在城里待过，脑子就是灵。我们家我去上班，让二巷看超市。

二巷：凭啥你去啊？我也想去。

大山：你家是无人超市，还用人看吗？

云香：无人驾驶，还得有人坐旁边呢。机器都是死心眼，没人活泛。

云香的话惹得众人哈哈大笑。

耿书记：（站起来）行了，大山想干事儿，村里想让大家挣钱。大山的钱不是大风刮来的，这次算咱村集体创业，所以，大家要拧成一股绳，打起十二分精神，让"将相祠"的祖宗看到咱们的振兴，老少爷们儿行不行？

众人：行！

台上台下掌声雷动。羊老三乐成了一朵花。

两双小手鼓得起劲，耿思彤在江梓滔的口罩上亲了一口。

45. MV 段落　一首类似《男儿当自强》风格的励志歌曲

　　一轮红日，从天际喷薄而出。低沉有力的鼓声由远及近。红日中四个剪影，持四把"关公刀"，齐声一喊，刚劲开练。老六队、江小河、江大山、江梓滔在田间练刀的镜头与下面的内容平行剪辑。

　　·村民排队签协议，在协议尾部轮流按手印，手印组成了一个"发"字。

　　·两位老人在荡秋千，张开没牙的嘴大笑。

　　·小河、大山去县城综合服务大厅办理各种手续。

　　·村民扛着工具，成群结队行走在田垄上。

　　·翻地、起垄、钉栅栏、刷七彩油漆，村民忙得不亦乐乎。

　　·货车拉来改造材料，大山、小河等人一起搬货。耿剑盘着核桃，张望大家干活儿，不好意思参与。大山一招手，耿剑把核桃装进口袋，也参与进来。

　　·耿书记在一旁指挥，江会计带着人拿着卷尺量来量去。

　　·祠堂里有五六桌在打麻将。一人说：没咱队的事儿，打牌吧。

　　·羊老三背着竹筐，竹筐里放着羊羔，正在给一根木桩上钉钉子。

　　·江梓滔、耿思彤在田里奔跑、逮蚂蚱。两人坐在田垄上，夕阳下两双清澈的眼睛，看着大人忙碌。

　　·云香霸气十足骑着三轮车来到田间，给大家盛菜分馒头。大伙大口吃饭，大声说笑。

　　·夜晚，在村委会会议室，小河在黑板上画着规划设计，大家认真听着。江梓滔、耿思彤在一旁打瞌睡。

　　·摄像头转动，疙瘩婶用手机看着监控里的农田改造的画面，激动不已。

　　·老六队、九队长和众人一起把拱形木门拉起，"太阳农场"的牌子在阳光下铺满画面。众人鼓掌、欢呼。

·镜头升起，看到改造好的农场，如在土地上画满了七彩的田字格。

·太阳农场，日落又日升。

46. 村委会大院　日　外

耿剑和羊老三薅着对方的头发，一堆人拥着他俩，走进了村委会大院。

耿剑：你松手！（耿剑使劲儿）

羊老三：你先松！哎哟！（羊老三也使劲儿）

耿剑：哎哟！

耿书记、江会计等人从会议室出来，向耿剑和羊老三走去。

耿书记：干啥呢？都给我松手！

耿剑：他抢我的顾客。

羊老三：我没抢，（哎哟）是人家挑中了我的地。

耿剑：我家的地在前面，按顺序来知道不？！（哎哟）

耿书记：还不松手？给我把剪子拿来。

两人松手，龇牙咧嘴揉着头。

江会计：顾客选哪块就是哪块，不能按你的顺序。

耿剑：那不行，晚租一天就少挣一天钱。

疙瘩婶：这半个多月过去了才租出去几块地，大家急啊。

耿书记：我更急，这儿一直开会想办法呢，都先回去。

耿剑：租不出去，别扣我的钱。

47. 西庄会议室　日　内

二十多个村民穿着印有"太阳农场"的T恤，鱼贯走入会议室，排成了两横排站立，不大的会议室基本被填满了。

所有员工：太阳农场，耕耘梦想，种瓜得瓜，幸福开花。（一起

鼓掌）

耿书记：好！一下都年轻了二十岁。快说说你们的计划。

小河：我们把宣传要做成一个新闻事件，要举办一个让全省轰动的活动。

会议桌前的人都起立围了过来，像一次密谋。

48. 插叙混剪段落

小河、大海：我们找了咱村好多在北京和省城工作的人才。秀姊现在是裁缝，春鹏是婚礼摄像，思思在影楼做化妆师，小洁在做服装批发，娜娜自己开了一家礼仪公司，我嫂子林佳是汽车销售主播。

大海：最重要的是我，做了十多年的活动策划。

画面配兄弟两人在不同地方找人洽谈。（降格拍摄，速播呈现）

- 大山、小河在裁缝铺里笑着给人捏肩、捶背。
- 小河在婚礼现场喂摄像吃冰棍儿。
- 大山举起好几杯奶茶，让化妆师选。
- 小河在服装批发市场帮忙扛包、装卸货。
- 大山、小河拎着好几双高跟鞋，追着一个人跑。身后的女孩儿们在笑。
- 大山，在林佳上班的地方，为她戴上一条项链，林佳笑美了。
- 兄弟俩相视而笑，擦了擦额头的汗、击掌、跳跃、画面定格。

49. 西庄村　日　外（组合推进段落）

以林佳为首的一众人，从地平线走来，帅气十足。江梓滔兴奋地跑过去拉住林佳的手，迷你关公刀一亮，萌帅萌帅。村民把自家里的桌子椅子都搬到了农场，大山指挥着大家摆放。

大山：桌子摆成一条直线，找东西把下面垫平。

娜娜（礼仪公司老板）领着一群高挑的模特从胡同口走过，村里的男性眼都看直了。二巷扭一百八十度看，云香给了他一大嘴巴。

云香：再看，抠了你的眼！

小洁（服装批发小贩）在村委大院临时搭建起一个服装店，种类繁多的衣服围成了三面墙。村里的老奶奶看着这些衣服乐。村委大院，村民各家送来了各种蔬菜，秀婶（裁缝）和疙瘩婶将菜码成一堆一堆。

疙瘩婶：还缺啥？

秀婶：红辣椒、莲藕……

太阳农场，春鹏（摄像师）带着人，架起了四台摄像机。通过小型切换台正在看现场效果。

春鹏：二号机，你的位置太低，找个桌子把机器放上去。

太阳农场，林佳拿着稿子在背诵。

林佳：全家出行的新选择，让身体回归自然，让灵魂回归家园……

村委大院，模特们穿上了各种稀奇古怪、过时的衣服。羊老三和村里的男人们站在旁边看着，其中还有一个拄着拐棍。

模特甲：太搞笑啦，这什么衣服？

模特乙：二十年前的吧。

秀婶：都过来，让我拍照。小洁，这衣服能剪吗？

小洁：婶，都压着卖不出的货，随便剪。

思思（化妆师）围着看热闹的羊老三转了一圈，看得羊老三心里发毛。

思思：你去洗澡理发刮胡子，抱着羊来找我。

吓得羊老三抱着羊赶紧跑。老头们看着，乐得皱纹都粘住了。

50. 村委会会议室　夜　内/外

村委会会议室灯火通明，秀婶带着村里的几个妇女正在连夜赶制衣服。大家边聊天边干活儿，气氛融洽。窗户边站着一位老太太往里张望，秀婶看见了，走了出来。

秀婶：妈，你咋来啦。

老太太：不见你回来，你爱吃的茴香饺子，都凉了。

秀婶接过裹了好几层布的饭盒里的饺子。

秀婶：妈，你回去吧，我不定到几点呢。

老太太：建国最近没去工作吗？

秀婶：送外卖把胳膊摔了，都快好了。

老太太：哦，宁宁咋也不回来？

秀婶：宁宁去杭州打工了，过年我们争取回来。

老太太：好，好！

秀婶看着老太太的背影，揉了揉鼻子。转身进了会议室。

疙瘩婶：二姑都七十多了，一个人在村里不容易。

秀婶：（抹了一下眼泪）哎，没本事接她走，我们也没本事回来。

51. 西庄/太阳农场　日　内/外（即兴寒暄）

西庄村委、太阳农场一片热火朝天。村委会里，思思给模特们化妆，小洁、秀婶帮模特穿衣服……太阳农场，村民们都穿上了工作服，小河、大山忙活在各个角落，春鹏用对讲和摄像沟通做最后的调整。

农场中央用各家桌子摆成的"T台"，又土又洋气，两侧椅子上坐满了观众，有村民也有慕名而来的，大家笑着，对各个地方指指点点。一辆写着"三农前线"的车停在农场口，梁书凡从车里下来，耿书记、小河过去握手。林佳在舞台前摆好了手机支架，整理着头发。

一辆黑色的轿车驶来，耿书记、江小河、江大山赶紧迎上去，李镇长和梁县长下车，互相握手。梁书凡诧异地看着。梁县长走进农场和梁书凡擦肩而过，像不认识一样，谁也没和谁打招呼。梁县长在一个不显眼的位置坐下。

农场道路两旁，印着"西庄村共享农场产品发布会"的道旗迎风飘扬。

52. 太阳农场　日　外

江小河：三、二、一，开始。

音乐响起，梁书凡率先走上舞台。

梁书凡：大家好，我是《三农前线》栏目的记者梁书凡，这里是西庄村共享农场产品发布会。我面前这一片五彩斑斓的农田，叫"太阳农场"，大家可以带上家人来租田、种菜、游玩，在回归田园感受自然的同时，还能收获自己耕种的有机蔬菜，是当代人健康时尚的新型休闲方式。

江小河激动地紧紧攥着拳头。江大山和耿书记紧张得不敢呼吸。

梁书凡：这是一次土地和生活的碰撞，更是一次健康休闲的革命。今天的产品发布由西庄村的村民共同完成。让我们一起看看，在"太阳农场"都能种出什么蔬菜？产品发布现在开始！

音乐变成大牌时装发布会的走秀音乐。这是服装和蔬菜的完美结合。傲气自信的模特，一出场就惊艳了众人，穿戴着坠着红辣椒的牛仔短裤、用白菜做成的风衣、长豆角做成的挎包、紫甘蓝做成的婚纱、小番茄做成的耳坠，手里还拿着各种各样的农具……

台下掌声雷动。梁县长笑着鼓掌。

53. 城市各地　日　内

京津冀城里的观众通过手机看着直播。在家里的、办公室的、等公交的、地铁上的……有年轻的有年长的。

观众甲：又土又潮，有创意！

观众乙：真好，想去现场看！

54. 太阳农场　日　外

景深处在走秀，林佳在手机前直播。

林佳：家人们放心，蔬菜不会浪费，消毒清洗后还能吃。今天下单的福利特别多，赠送一年的蔬菜种植、肥料、水电费，亲们还可以通过手机监控看自家蔬菜的生长。

城市里多个家庭围着手机看。

手机画面里林佳：咱周末带着孩子来农场，大人孩子一起劳作，亲近自然都不玩手机了，夫妻关系、亲子关系更近了，还有咱的有机蔬菜，能自己吃，能馈赠亲友，这是一举多得。这购买的是什么，是和谐健康幸福！来小黄车上一波……

观众丙：咱租一块，种点儿菜试试？

观众丁：这比在阳台种韭菜有意思。

电视里播着活动现场走秀的画面。

55. 太阳农场　日　外

现场气氛热烈，当江梓滔、耿思彤的组合出来时，全场沸腾了。

江梓滔还是左手拿着迷你关公刀右手牵着耿思彤，两人萌萌地走在"T台"上。耿思彤穿了一件用油麦菜做的百褶裙，挎着一个白萝卜做的迷你化妆包，江梓滔穿了一件用胡萝卜做的兜肚，下巴戴了一个用蒜薹须做的髯口。

现场观众笑得前仰后合，纷纷掏出手机拍照。通过电视和手机看直播的观众笑得也合不拢嘴。

多个手机支付页面。林佳直播间销量不断更新。

作为压轴的羊老三，燃爆了现场。羊老三胡子刮了，头发理成了小平头，原来是个酷帅酷帅的男人。他面无表情，走姿蛮横，肌肉结实。穿着用莲藕片做成的坎肩，胳膊上戴一摞用芹菜做成的手环，更扎眼的是，他拿着一根胡萝卜喂着羊羔，羊羔身上穿着用韭菜编的罩衣。

手机前的女孩儿：好 MAN，好帅啊！

许教授在手机前：哈哈，有点儿意思。

最后所有模特集合，摆出漂亮的造型。现场观众起立报以欢呼、鼓掌。

林佳：家人们，最后五单，剩最后两单。哇，感谢家人们，全部售空！

梁书凡站在舞台中央。穿工作服的村民站在两旁。

梁书凡：太阳农场，耕耘梦想……

全体：种瓜得瓜，幸福开花！

梁书凡：直播到此结束，谢谢大家。

俯瞰太阳农场，人声鼎沸，如一口沸腾的锅。

56. 西庄　日　外

在走向村委会的路上，邻里不断地给这三父子打招呼。

大爷：老六队！

耿剑：小河主任。

小河：不叫我骗子了！

耿火眼：别跟他计较。

大娘：大山，娶了个好媳妇啊！

父子三人精神百倍，越走越高兴。

57. 村委会会议室　日　内

三父子兴高采烈走进会议室。

会议室里，梁县长坐在一边，对面坐着铁青脸的李镇长和脸掉在地上的耿书记、刘副书记。江会计站着，给小河使了个眼色。

梁县长：你们坐！

三父子看这情况也没敢坐。

梁县长：这是给你的兵，送来就不管了？我来之前，镇里有人来过吗？无监管、无指导。李镇长，这就是你们鸿昌镇的工作风格？

李镇长低着头，一言不发。

梁县长：你们讨论吧，尽快解决！

梁县长说完站起来就走，其他人也都站了起来，却没人敢送县长。

大山：梁县长，您慢走。

小河：(抬头看了一眼，想说话，没敢开口)

梁县长又回头看了一眼江小河，没说话，转身走了。梁县长的黑色轿车走了，会议室里所有人，隔着窗户，目送车辆离开。

58. 村委会会议室　日　内

梁县长走后，李镇长发飙了。

李镇长：谁批准的，这一般农田你们说改就改了？

耿书记：农场要建门头和入口，没多想，就把那一小块平成路了。

李镇长：没多想，这是违法占用农田，赶紧拆了，恢复农田。

大山：镇长，恢复不了，下面走着水电呢，拆了是大工程。而且，今天地都租出去了，后天正式营业签约。没法给大家交代啊。

李镇长：(站了起来)没法给大家交代，你们说怎么给梁县长交代！

小河站在旁边，始终一言不发。

李镇长：停业！整顿！

59. 老六队家院子 夜 外

一家人难得聚在一张桌子上，除了江梓滔都耷拉着脸。

老六队：先吃饭吧，今儿是你妈走了以后我最高兴的一天，别扫我的兴。

江梓滔：我也高兴！

老六队：好孙子，吃饭。

屋里郭兰的遗像如往常一样慈祥，香炉里，三柱青烟直上。

60. 太阳农场 夜 外

大山、小河兄弟俩坐在农场的田垄上，都点上了一根烟。小河抽了一口，咳嗽，掐灭了。

小河：哥，你怪我不？

大山：不怪你，今天也是我最高兴的一天。

小河：你觉得我尿吗？

大山：你放弃银行回村里，你胆大包天啊。

小河：可今天面对县长、镇长，我有想反驳的话，却不敢说。

大山：都是你领导，影响着你以后的发展。有顾虑不敢说，正常。

小河：嗯，就是我有私心，只关注自己了。许教授送过我一句话，他说：希望青年人能超越狭隘的自我关注，从而把自己的命运和农民的命运结合在一起。

大山：狭隘的自我关注？在职场中这也算自保啊！哥吃过亏，有时候你还真得为自己多考虑。

夜幕下的山河之间，远处灯光点点，兄弟俩显得异常渺小。

大山：不说农场了，走一步算一步。我问你，是不是对省台的那个女孩儿有意思？

小河：（一惊）没有啊！

大山：嘴硬，看人家朋友圈把照片放那么大，我都看到了。

小河：（尴尬笑）

大山：（站了起来）你嫂子还有几万，加上预售的钱，能够整改。就是时间上得晚半个月，需要给租户一个说法。走吧！

小河没起身，独自坐在田垄上，看着大海离去的背影。

…………

91. 梁县长书房　夜　内

梁县长和梁书凡看着江小河奔跑的背影。

梁书凡（OS）：你又刁难他，这一晚他都别睡了。

梁县长：不是刁难，是锻炼。没岩石、暗礁，激不起美丽的浪花。

92. 导向结尾段落

・一辆辆私家车进入西庄村，好多个家庭在农田里播种。身着"太阳农场"工作服的村民，指导顾客种地。

・航拍看见农场的七彩田字格里，每一格都有家庭在忙碌。

・江梓滔、耿思彤手牵手走入县里小学。

・迎着夕阳，江小河胆怯地牵起梁书凡的手。

・美术学院的学生在西庄的墙上涂鸦。

・阳光洒在海面，老六队、江大山、江小河、江梓滔、林佳走在沙滩上。老六队掏出和郭兰的"海边合影"抚摸着。林佳抚摸着显怀的肚子。

・夜晚，燕山山脉闪出一道光，天雷滚滚，暴雨如注。村民来到农场，将竹竿扎进地里，绑上油毡，四角撑开，保护地里的蔬菜。

・农场口，车灯闪烁。十几辆车里下来二十多个人，撑着伞跑进农场。村民、江小河、江大山、江会计和城里的农场合伙人，被雨浇透，一起不断地撑起油毡,保护着田里的蔬菜,如守护梦想、故土。

・雨中,人们相视微笑。同频共振,温暖感动。

・画面隐黑。显字幕"一年后"。

93. 太阳农场　日　外（接开场）

摇滚版《种太阳》歌声响起。

青山绵延,沉默巍峨。

艳阳高照,山下娘娘河里的水波镶着金光。

一片油绿的农田,抹在山河之间。

田间一舞台悬挂"太阳农场丰收节"条幅。群情亢奋,人们手里拿着茄子、青椒、黄瓜、西蓝花、芹菜等打着节拍。伴随着起哄声,江小河被众人推上了舞台。

江小河（*羞涩*）：我是"西庄骗子"江小河（*台下大笑*）。原来外村人总笑话我们说："西庄村真是尻,一代更比一代穷。"现在我们西庄村从县里的笑话,变成了县里的神话,因为我们的太阳农场火了!

音箱（OS）：书记、主任,祠堂着火了!

94. 西庄村委会监控室　日　内

耿书记、江小河、江大山、老六队等人,围在监控室察看祠堂的监控。监控画面：一只狗偷吃祠堂香案上的烧鸡,打翻了蜡烛,蜡烛点燃了香案前的桌布,紧接着"噼里啪啦"一顿鞭炮声,屋里浓烟四起。

老六队：鞭炮,（*回头看*）耿剑呢?

95. 西庄　日　外

警察从监控室走出来。景深处是一面"荣誉墙",墙上贴着照片。

耿剑耷拉着脑袋站在旁边，其他人围过来。

警察：这火是意外，和鞭炮没有关系，但私藏鞭炮违法，谁藏的？

耿剑：我，去年藏的忘了拿了。

警察：自首就对了，情节较轻，按照治安处罚条例处五日拘留。

耿书记：咱祠堂多少年了，都是点灯不供肉，哪个傻货放的烧鸡？

耿剑：我……今年挣钱了，想让祖宗吃点儿好的。

耿火眼一巴掌打在了耿剑的头上，要再打被其他人拦住了。

耿书记：(指着耿剑) 走吧，早去早回。

警笛声在山间飘荡，祠堂的房顶烧黑了一片。

喇叭（OS）：祠堂着火是因为耿剑一片孝心，引发的一场意外。万幸只烧了房顶和桌椅破烂，祖宗画像完好无损。祖宗意思是不让你们再打麻将了。

耿剑听着喇叭声，从警车后玻璃往村里看，露出了笑容。

耿书记：(对着话筒) 今年都挣钱了，现号召各户捐款翻修"将相祠"，多少随意，发群里就行。

焕然一新又帅气的羊老三给喇叭敬了个礼。大喊：收到！

"西庄村一家亲"群里弹出一连串转账信息，其中耿剑转账"五二〇"。

96. 结尾段落

· 片尾曲起。

· "将相祠"修葺一新，堂屋灯光明亮，陈设考究。

· 耿书记、老六队、江大山、江小河等一众人站满了祠堂，在耿书记的带领下祭拜祖先、上香。

· 地平线走来一群拎着大包小包的返乡年轻人，家人跑过去拥抱。

· 俯瞰山河之间的西庄村，健身广场上跳起了广场舞，太阳农场一片蔬菜长势甚好，胡同里进进出出都是人，二层屋顶，羊老三和一个模特在说情话。镜头落在老六队家院子上空，（老六队、大山、林佳抱着孩子、江梓滔、江小河、梁书凡）一家人吃着火锅，突然一个声音入了画面。

耿思彤：江梓滔，吃火锅怎么不叫我？！

阳光下的西庄村背靠燕山，娘娘河环绕，山河之间生机勃勃。

97. 片尾设计

·片尾曲延续。

·画面左侧放采访画面。采访全国各地返乡创业青年。

采访示例：我在狮子口村承包了六十亩梨园。一年能挣十五万，很幸福。

身份字幕：河北省沧州市返乡青年　王瑞志　年龄三十七

返乡前：北京市某公司平面设计师

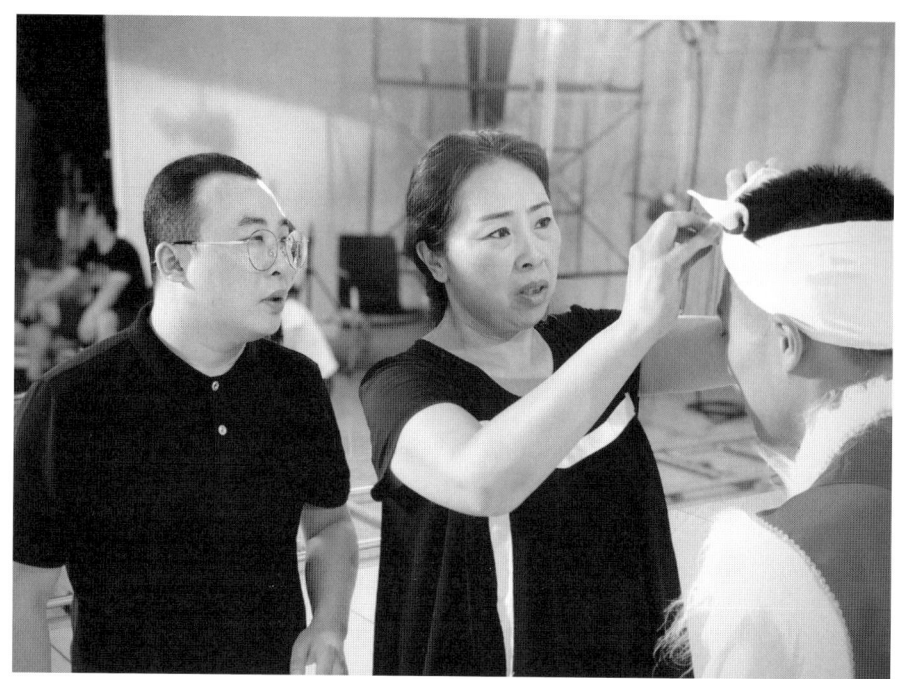

拍摄《打起手鼓唱起歌》现场工作照

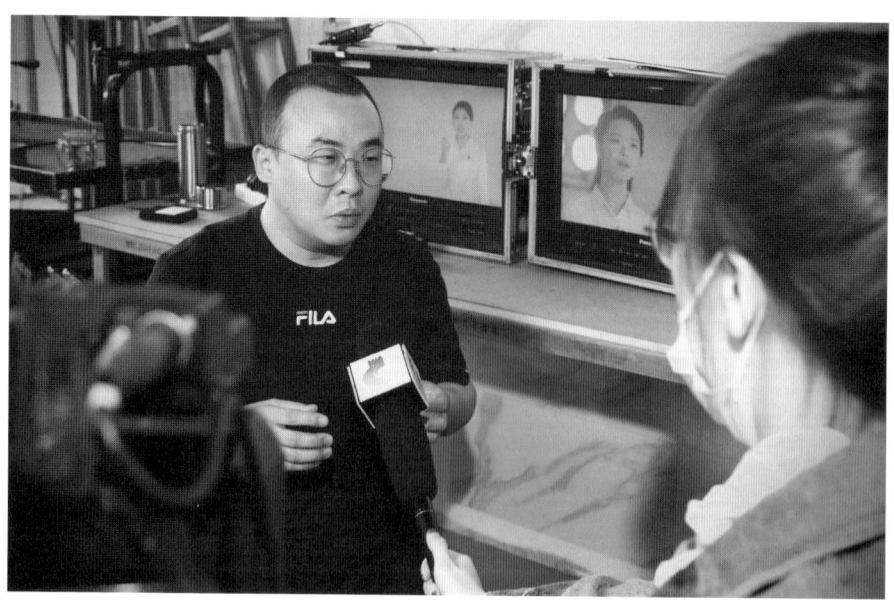

拍摄《岁月征程》MV现场接受记者采访

勇往直前，无畏无惧。
激励自己不断前行，勇敢面对每一个挑战。

任意飞

任意飞（原名任志江），入选中青年文艺人才"燕赵秀林计划"。"80后"邯郸籍导演、编剧、制片人。河北省影视家协会会员，邯郸市影视家协会副主席。现任河北任意飞文化传媒有限责任公司总经理、艺术总监。

主要作品有网络电影《一夜疯狂》《一夜疯狂2》，院线电影《村里来了个洋媳妇》，95集网络短剧《麒麟赘婿》等。2021年3月其编剧导演的农村喜剧电影《村里来了个洋媳妇》在北京中国电影家协会举办观摩研讨会，受到与会专家一致好评，引发热议；2022年全国院线公映，由中央总台译制中心译制成英语、法语、斯瓦希里语、豪萨语四种语言，入选"中非情缘第三季"非洲展映影片。

《村里来了个洋媳妇》讲述的是在非洲工作的农村小伙郭小军，带着非洲黑人姑娘璐璐回乡，经过一段激烈、搞笑的"较量"，最终小伙与黑人姑娘共同留在农村建设

个人介绍

美丽家乡的故事。该片延续了农村现实主义题材电影的成功经验，拓展了农村电影的新视角。

任意飞是邯郸电影圈一个"特别"的存在。他不缺剧本，因为他本身就是剧本制造机。写剧本，在他看来，是一个既痛苦纠结，又甘之如饴的奇妙旅程。他喜欢创造出新鲜的、前所未有的，却又接地气的人物形象。比如《诗人杀手》，他笔下的人物是一个集诗人与杀手于一身的全新形象。再比如《村里来了个洋媳妇》里的洋媳妇是黑皮肤的非洲美女，这在农村题材的电影中极为少见。他说："别人拍过的桥段和故事，我再去做，味同嚼蜡，没什么激情。虽然剧作理论都是一样的，但人物一定要有独创性。"也正因如此，2021年3月23日在中国电影家协会举办的《村里来了个洋媳妇》观摩研讨会上，评论家对故事人物的设定赞誉有加，并提出："该剧在轻松愉快看电影的同时，还把时代需要表现的一些内容，比如中非友好、还我绿水青山等都纳入故事中，恰到好处地彰显了一种时代的主旋律。"

任意飞编剧、执导的新作品《第一个梦想》于2018年创作完成，2022年在国家电影总局立项并取得拍摄许可证。该影片是一部体育励志题材的儿童电影。讲述一个进城上学的农村女孩儿，努力寻找自己的第一个梦想，在一次意外接触足球后，爱上足球，并为足球梦想而奋斗的故事。业界专家认为，这是一部不可多得的优秀儿童电影，在促进少年儿童德智体美劳全面发展,帮助少年儿童从小养成良好思想道德、心理品质和行为习惯,形成正确的世界观、人生观、价值观,形成积极向上、乐观阳光的人生态度方面起到重要作用,为下一步打磨完善剧本提供了良好的思路。

作品

电影剧本

《第一个梦想》（节选）

故事梗概

　　程雨琪起床准备上学，却只找到了一只舞蹈鞋。妈妈在喂妹妹欣欣，爸爸在玩手机，老年痴呆的奶奶在帮妈妈照顾妹妹。忙乱的早晨，妈妈爸爸又因为琐事吵起来，没人帮程雨琪找她的舞蹈鞋。

　　邻居喆喆等来了程雨琪，她拿着被妹妹弄脏的舞蹈鞋。舞蹈课时，作为唯一跳舞的男生，胖喆喆把紧身的舞蹈服撑破了，受到了众女生的嘲笑，只有程雨琪在袒护他。

　　喆喆出来换衣服，足球队刘山枫和几个队友故意捉弄他，程雨琪跑出来制止他们，险些酿成冲突事件，幸好足球队李教练经过，刘山枫他们才跑回了教室。

　　体育课上，足球队的刘山枫一脚球踢向喆喆和琪琪，琪琪反应快，接住了这脚势大力沉的球，一脚精准的回踢，刘山枫狼狈躲闪，惊呆了球场上的众人。这次刘山枫很没面子，想要过去找事，忌惮在场的李教练，忍了。

　　课后，刘山枫和球队几个球员，把喆喆和琪琪堵在了教室里，琪琪为了维护喆喆，打开了教室里的干粉灭火器，刘山枫等被喷成了面粉人，琪琪依然不依不饶，穷追不舍，追出楼道撞伤了足球队唯一女队员常惠惠。

教导处，教导主任要追究程雨琪的责任。李教练向领导说要程雨琪进足球队顶替常惠惠，不然马上开赛的萌芽杯足球比赛就没法参加了。萌芽杯前三名才能拿到足球特色学校教育经费，足球队才能继续发展，不然就得解散。萌芽杯采用男女混合七人制比赛，场上必须有一名女队员才行。不得已李教练要程雨琪考虑加入足球队的事。

程雨琪跟父母说了要加入足球队的事，家人都不同意。程雨琪还没有向父母据理力争，双亲就又开始争吵了。

程雨琪思前想后，在喆喆的鼓励下选择了加入足球队。第二天要比赛了，程雨琪却一点儿不懂足球。上场充当人数的程雨琪，像个傻瓜一样，闹出好多笑话。但是由于他们球队实力强大，凭借着刘山枫及其他队友的出色发挥，还是大比分赢下了比赛。

程雨琪知耻而后勇，认真努力加入了球队，开始艰苦训练。刘山枫在内的队友，依然不接受程雨琪，故意戏弄她。小组赛开始前，李教练说给大家解释一下新队员，程雨琪重新走了进来，每个人象征性地跟程雨琪击掌，表示欢迎。只有刘山枫没有跟她击掌，刘山枫表示没有进球能力的队友我不接受。

第二轮小组比赛，经过一段时间训练，程雨琪明显兴奋过头，摔了几个跟头，很快调整，平静下来。开始给队友创造机会，助攻刘山枫打入一球。由于舞蹈功底，一字马门前补射，打入一球。赛后，刘山枫也跟她击掌庆祝。

李教练开会，跟球员说，不要骄傲。前几场咱们遇见的对手都太弱，现在进入半决赛，对手非常强，要认真对待。李教练特意夸奖了程雨琪进步很快。

父亲程峰从喆喆父亲那里得知程雨琪练足球了，特别生气把程雨琪的球鞋铰了。程雨琪面对喝得醉醺醺的父亲，百口莫辩。为此父母又是一场离婚闹剧。

喆喆因为走漏消息向程雨琪道歉，程雨琪把铰了的球鞋扔给他，他很内疚。把自己曾经那双球鞋送给她穿，程雨琪穿着大一号的球鞋，参加了半决赛。

赛场上，心不在焉的程雨琪失误送给对手一分，0：1落后。奋起直追的程雨琪，在比赛最后时刻，创造了一个点球，然而大一号的球鞋，却让程雨琪踢飞追平比分的点球。输掉了半决赛。

队友们赛后冷嘲热讽，程雨琪也羞愧难当。此时养伤的常惠惠伤愈归队，季军之战，又不容有失。程雨琪主动退出了足球队，球鞋让她扔进了河里。

回到家里，父亲的责备让她更加伤心，她痛哭着表示不再踢球。把自己关在屋里，不出门，装病不去上学。

季军之战在即，程雨琪没有来训练。李教练为此在喆喆的带领下来赵家家访，在李教练的质问下，父母才如梦初醒，对琪琪关心关注不够。

程雨琪纠结要不要回足球队，正在犹豫之时，获知姥姥走丢。一家人在寻找姥姥的过程中，又团结在一起。姥姥被找到后，老年痴呆的姥姥把吵架的父母骂了一顿，也明白了家人的重要。

第二天，程父带着全家送程雨琪去比赛，父亲拐了个弯，为程雨琪买了新球鞋。球赛已经开始，半场比赛结束，比分1：2，程雨琪他们落后。而伤愈复出的常惠惠，上半场又旧伤复发，不能上场。幸得程雨琪及时赶到，合适的球鞋，家人的支持，让程雨琪发挥神勇，与队友配合默契，程雨琪接到刘山枫传球，禁区内过掉防守队员，面对守门员果断射门，比分改写2：2。

最后时刻，刘山枫在对方禁区内被放倒，受伤严重，程雨琪在大家的注视下，主罚点球，这一次她没有辜负大家，3：2，他们赢得了比赛，赢得了尊重。

人物小传

程雨琪：女，十岁，五年级，在村里的学校舞蹈队练民族舞四年，一次意外，琪琪把校足球队唯一的女队员撞伤了。马上就是萌芽杯足球比赛，每队必须有一名女队员，程雨琪迫不得已上场踢比赛。因此与球结缘，热爱上了足球。踢赢了最重要的那场比赛，踢进了省体校足球队。

武喆喆：男，十岁，五年级，小胖子，程雨琪邻居，同班同学，原足球队队员，后喜欢跳舞进入舞蹈队，成为舞蹈队唯一的男生。热爱舞蹈，鼓励支持琪琪追求自己热爱的足球，在他的帮助下琪琪的父母也接受和支持琪琪练足球了。

刘山枫：男，十一岁，六年级，足球队队长。前锋。跟程雨琪不是冤家不聚头，开始对头，后来程雨琪进步很快，两人关系慢慢改善。后两人齐心协力赢得最重要的一场比赛。

程峰：男，三十八岁，村企小领导，程雨琪的父亲，不爱干家务，在家懒，爱跟老婆斗嘴吵架，不支持程雨琪练足球。看到女儿对足球的热爱之后，改变态度。

李教练：男，四十五岁，球队教练，前职业球队球员，发现了程雨琪身上的运动天赋，劝说程雨琪父母支持琪琪加入足球队，最终带领队员们赢得萌芽杯第三名，后又因第二名使用超龄球员被取消成绩，他们得以进入决赛，从而赢得冠军。

顾家明：十岁，男，足球队老球员。

赵泽坤：十一岁，男，足球队老球员。

常惠惠：十一岁，足球队唯一女球员，非常高大，身强体壮的女孩子，特别硬朗。意外被撞伤，无法上场踢球，只能让程雨琪代替上场。伤愈复出后，又被撞伤。程雨琪得以再次上场。

程母：女，三十六岁，琪琪妈妈，在家带孩子，照顾老人。刀子嘴豆腐心，每天都要奚落程峰，繁重的家务压得她怨言不断。

姥姥：女，六十六岁，琪琪姥姥，阿尔茨海默病（老年痴呆），总是把小外孙女欣欣叫成琪琪。

1. 内　卧室　日

《梁祝》音乐的闹钟声中，程雨琪睡眼惺忪地醒来，关掉闹钟看了一眼时间，猛地坐起来，匆忙穿上衣服，下床。

这时阳台上塑料杯电话上的小铃铛清脆作响，程雨琪拿起杯子。

程雨琪：喂。

电话的另一头，武喆喆正光着膀子在自己家阳台上拿着杯子电话的另一头说话。

武喆喆：琪琪，赶快，要迟到了。

程雨琪：好的，好的，知道了。

武喆喆：我在楼下等你，over。

程雨琪放下电话。

2. 内　客厅　日

程父坐在沙发前玩小游戏"跳一跳"，程雨琪叼着牙刷，手里拿着一只民族舞鞋走到程峰跟前。

程雨琪：爸爸，你看到我另外一只舞鞋了吗？

程父眼皮都不抬。

程父：没注意，问你妈去。

程雨琪看了一眼父亲，转身离开。

3. 内　餐厅　日

程母在饭桌旁，欣欣坐在儿童餐椅上，程母想给孩子喂维生素AD，可孩子却玩着手里的玩具，不老实。

程母：欣欣乖，来把它喝掉。

维生素AD挤到嘴里，程母随手拿起奶瓶要给孩子喂几口水。

程雨琪：妈妈，你看到我的另一只舞鞋了吗？

程母眼皮都不抬，欣欣不喝水，使劲摇头。

程母（烦躁地）：你没看到我这儿正忙着嘛，自己的东西自己不收拾好！

这时，姥姥端了一碗粥走了过来，满脸堆笑。

姥姥：来，琪琪最乖了，把这碗粥喝了。

程母起身拦住姥姥。

程母：哎哟，妈，刚才刚喂完孩子了，您这就忘啦？！

程母指了指旁边的程雨琪。

程母：再说，这是欣欣，琪琪这不是在这儿站着呢。

姥姥：哟，我这老糊涂了，琪琪都长这么大了，来把这碗粥喝了吧。

程母：妈，大清早的，您就别在这儿添乱了。

程母扶着姥姥往厨房走。顺手把水瓶递给程雨琪。

程母：琪琪，看一下妹妹，我扶你姥姥去吃药，你给妹妹喂点儿水。

程雨琪一手拿着水瓶，一手拿着舞鞋，叼着牙刷。看着妹妹，欣欣看也不看她一眼，拿着手中的摇铃一个劲儿地往桌子上敲。程雨琪放下舞鞋，拿水瓶给欣欣喂水，忽然闻到一股臭味，她一捏鼻子，皱着眉头。

程雨琪：这么小放屁就这么臭……

这时她发现餐椅旁边搭着一条粉色的舞鞋鞋带。程雨琪赶紧放下水瓶，抓着鞋带，把舞鞋从欣欣屁股底下拽了出来，鞋上沾满了黄色的大便。程雨琪大叫起来。

程雨琪：妈妈，你快来啊！

程母赶忙跑过来。

程母：怎么了？

程雨琪：你看啊，她把屎都拉到我的舞鞋上了，我还怎么穿啊！

程母赶紧把孩子抱起来，屎都弄到手上了，同时转身大喊。

程母：孩子他爸，赶紧过来！

程父这时候从客厅走过来，一边走，还在一边玩着手机"跳一跳"。

程父：怎么了？

程母：你说怎么了？孩子拉了！别玩了，赶紧收拾！

程父这才放下手机，扯了几张抽纸去擦儿童餐椅。

程父：怎么不给她穿纸尿裤呢？！

程母：孩子大腿根都是湿疹，还不多给她晾晾啊。你先别擦那椅子了，先把我手给擦擦，我好给孩子换衣服。

程父转过身来要给程母擦手。程母不耐烦的样子。

程母：哎，用湿纸巾！湿纸巾！这么大人了，什么都不会，就知道在那儿玩儿。

程父刚扯了一张湿纸巾，直起身来。

程父：什么叫就知道玩儿？我哪天不上班了？就这一早一晚能闲一会儿，你还唠叨。

程雨琪拿起脏兮兮的舞鞋，欲言又止。

程母：就你上班辛苦，我在家就不辛苦？这有老有小的，哪个不得照顾？谁心疼心疼我呀。

程父拿着纸巾给程母擦手，脸色铁青。

程父：行了，大清早的，别嚷嚷了。

程雨琪看了一眼旁边房间的姥姥，发现姥姥已经坐在摇椅上打起盹了。程雨琪瞪了一眼父亲母亲,转身走开。

4. 内　卫生间　日

程雨琪放下牙刷,漱了漱口,试图冲掉舞鞋上的污渍,却怎么也洗不掉,使劲用手搓,脸上有了汗珠,但还是洗不掉。她抬起头,看着镜子里的自己,皱起眉头。外面还传来父母的争吵声。

5. 外　家门口　日

武喆喆站在楼门口一边吃着卷饼一边等程雨琪,程雨琪从楼门走出来,一边走一边用纸巾擦着舞蹈鞋。

武喆喆:你怎么这么慢,舞蹈早课都要迟到了。

程雨琪不说话,两人并排走着。程雨琪看了一眼武喆喆。

程雨琪:你还真吃得下。

武喆喆:我爸说了,人是铁饭是钢,一顿不吃饿得慌。哎,你舞鞋上沾什么了?

程雨琪:没什么。

两人出画。

6. 内　舞蹈教室　日

《百鸟朝凤》的背景音乐声中,舞蹈老师在指导孩子们进行基本的动作练习。

程雨琪脏兮兮的民族舞鞋入画。程雨琪无精打采,表情有些尴尬。肥胖的武喆喆动作滑稽,但表情无比认真。

舞蹈老师:一二三四,五六七八。腿绷紧。武喆喆,再用点儿力。

舞蹈老师走到武喆喆身边,帮他做动作,武喆喆衣服紧绷绷的,表情痛苦。

舞蹈老师：武喆喆，你可是民族舞班唯一一个男孩子，既然你要跳，就要好好跳，你可要争气。

武喆喆依然表情痛苦，突然，刺啦一声，武喆喆的衣服开线了，裂开一个大口子，所有在场的学员除了程雨琪都笑出声来。武喆喆显得格外不好意思。舞蹈老师示意他出去，武喆喆狼狈地走出舞蹈教室。

舞蹈老师：好了，其他人继续，没有什么好笑的。一二三四，五六七八。

这时程雨琪旁边几个女生在议论她脏兮兮的舞鞋。

女生甲：你看她那舞鞋怎么那么脏！

女生乙：是啊，不会是踩屎了吧。哈哈。

程雨琪听到她们议论，回头瞪了她们一眼。舞蹈老师也看到她们在议论，指着她们。

舞蹈老师：不要交头接耳！专心练习。

舞蹈老师走到程雨琪面前。站在程雨琪身后帮她调整动作。

舞蹈老师：腿绷紧，腰放松。

程雨琪脸色不好。舞蹈老师走到她面前。

舞蹈老师：程雨琪，你今天怎么无精打采的，你这个练习态度汇报表演的时候我还怎么让你上台？

程雨琪低下头，没有说话。

舞蹈老师：民族舞鞋是一个舞者最重要的工具，要好好爱护。

程雨琪：老师，我……

舞蹈老师：好了，别说了，去看看武喆喆怎么还不回来。

程雨琪走开。

7. 内　楼道　日

　　武喆喆被刘山枫和另外两个足球队员顾家明、赵泽坤围在楼道窗台旁。

　　刘山枫：武喆喆，穿得挺洋气啊，舞蹈班果然比足球队舒服吧。

　　赵泽坤：武喆喆，你这球队的叛徒！

　　武喆喆局促地说不出话，只是用手捂着衣服上裂开的口子。这时顾家明把他的手扒拉开，大笑起来。

　　刘山枫：胖喆喆啊胖喆喆，你瞧你肥的，这么漂亮的舞蹈服都被你撑爆了，你快脱了吧！

　　说着，几个人七手八脚地就要给他脱衣服。

　　武喆喆：你们别闹了！

　　程雨琪：住手！

　　几个人停下来，看着正在走近的程雨琪。

　　刘山枫：你是谁，我们教育昔日队友，你管得着吗？

　　程雨琪上前把武喆喆往自己的身边拉了一把。

　　程雨琪：你们欺负人我就是要管。

　　赵泽坤：队长，她跟武喆喆是一个班的，我看到他俩天天在一块儿上下学。

　　刘山枫冲着武喆喆，充满不屑。

　　刘山枫：胖喆喆，你看你那德行，还要女生护着，害臊不害臊。

　　说着刘山枫上手拍了拍武喆喆的脸蛋，程雨琪护着武喆喆。这时，不远处李教练呵斥几个足球队员。

　　李教练：你们几个！干吗呢？

　　球员顾家明和赵泽坤赶紧规规矩矩地面向李教练站好，刘山枫并不是那么规矩，但也停止骚扰。

　　众球员：李教练！

李教练：赶紧各回各班，要不等会儿体育大课的时候都给我练体能去。

说完李教练看了一眼武喆喆就走开了，顾家明、赵泽坤赶紧跑了，刘山枫看了一眼武喆喆和程雨琪也走开了。程雨琪和武喆喆站在原地，武喆喆惊魂未定。

8. 内　五一班教室　日

同学们都端正坐好听老师讲课，只有武喆喆和程雨琪在座位上窃窃私语。

语文老师：这篇课文的作者陆定一是伟大的共产主义战士、杰出的无产阶级革命家、中国共产党宣传思想阵线的杰出领导人……

程雨琪和武喆喆都趴在桌子上，用课本挡住脸。

程雨琪：刚才那几个人怎么老欺负你。

武喆喆：以前足球队的，我从足球队转到民族舞班之后他们就看我不顺眼。

程雨琪：你不去告诉老师吗？

武喆喆：不用，这点儿小事我自己能摆平，就算你刚才不来，他们其实也不能把我怎么样，我就是懒得跟他们翻脸。我爸常说"好汉不吃眼前亏"……

语文老师打断他们。

语文老师：武喆喆！

武喆喆和程雨琪吓了一跳，赶紧目视前方，坐好。

语文老师：起立，把课文读一遍。

武喆喆站起身来。

武喆喆：金色的鱼钩！1935年秋天，红四方面军……

全班哄堂大笑。

语文老师：那是鱼钩！坐下，把这两个字各写五百遍，放学前给我！

9. 外　操场　日

体育课，程雨琪坐在简易看台上，百无聊赖地看着远处足球队在训练，她看到李教练在独自训练一个粗壮的女孩儿。这时候，武喆喆叼着冰棒走了过来，手里还拿了一根，他走到程雨琪身边，递给她一根，然后坐下来。两人吃着冰棒，看着操场。

程雨琪：足球队还有女生吗？

武喆喆：当然有啊，有的比赛是男女混合的，没有女生不行啊。

程雨琪看着女生练球。武喆喆嗫着冰棒。

武喆喆：那女生壮吧，上个学期刚转过来的，比球队好多男生都壮，我在球队时还被他撞飞过。可凶了，像火车一样冲过来……

这时，球场上正在练球的刘山枫注意到程雨琪和武喆喆坐在一边。他坏笑了一下，拉了一下球，面对着他们，猛地一脚把球踢出去，只见皮球飞速朝武喆喆飞过来。武喆喆紧急用手挡脸，程雨琪反应更快，直接双手把球挡了下来。她皱着眉头抖了抖手，和球场里的刘山枫互相对视一下，助跑几步，起脚，用足力量把球踢了回去。刘山枫也明显感到球的力量很大，赶紧蹲下身一躲，球打在了他身后的球门横梁上，弹飞了。两个人又相互对视。此时，不远处的李教练朝他大喊。

李教练：刘山枫，跑五圈。

刘山枫：为什么？

李教练：我叫你们练习射门，你往场外踢干什么，赶紧去跑圈。

刘山枫看了一眼程雨琪和武喆喆，擦了一下鼻子，然后去跑圈了。

李教练走向程雨琪和武喆喆，武喆喆显得很紧张，程雨琪不卑不亢。

李教练：体育课不是休息课，让你们自由活动不是让你们坐在这儿吃冰棒。去活动起来。两个人于是走开了，李教练看了一眼程雨琪，也转身回了球场。

10. 内　教室　日

武喆喆趴在桌子上抄课文，程雨琪站在窗台前。

武喆喆：哎哟，写得越多越不认识这两个字呢。

程雨琪：还差多少，其他同学都走了，就剩咱们俩了。

武喆喆：再等我会儿，还差五十遍。

这时刘山枫和另外两个足球队员顾家明、赵泽坤拎着足球网兜走进教室，慢慢走向武喆喆和程雨琪。他站在武喆喆课桌旁，把装着足球的网兜往课桌上一放，武喆喆抬头看着他。

刘山枫：你今天害得我被教练罚跑了五圈，这账怎么算？

程雨琪向前一步。

程雨琪：是你自己非要拿球踢我们的，干吗怪我们？

顾家明拦住程雨琪。

顾家明：这儿没你事。

刘山枫突然拽起武喆喆的衣领。

刘山枫：我问你话呢。

程雨琪要上前去拉，被刘山枫猛地一扒拉，摔到一边去了。刘山枫把武喆喆从座位上拽了起来，眼看就要动手，程雨琪情急之下，抄起墙角的干粉灭火器，对着他们大喊。

程雨琪：都别动！

刘山枫放下武喆喆，向程雨琪走过来。

刘山枫：你拿灭火器吓唬谁呢？

程雨琪：别动！我警告你别过来！

刘山枫还是向程雨琪慢慢靠近，程雨琪慢慢后退，气得浑身发抖，眼看就要靠在墙上了。这时，她拔掉了灭火器的保险拉环。

11. 内　楼道　日

刘山枫和两个足球队员顾家明、赵泽坤先从教室里冲出来，他们脸上身上都沾满了白色粉末。紧接着程雨琪也从教室里冲出来，手里拎着灭火器一路狂喷。整个楼道鸡飞狗跳，武喆喆也跟着程雨琪在后面跑。不停地劝程雨琪住手。

武喆喆：琪琪，你别追了！别喷了！

刘山枫：你疯了吧！

程雨琪不管别人说什么，就是这么一边喷着一边追，直接追到了楼梯拐角，追下了楼。拐角处，常惠惠正要上楼，她看着刘山枫三人从身边跑过还有些惊诧，接着程雨琪又窜了出来，由于互相没看清，程雨琪喷了常惠惠一脸，常惠惠吓了一大跳，脚下拌蒜从楼梯上滚了下去，躺在下面一动不动。程雨琪和刚刚赶到的武喆喆，愣住了，手里的灭火器发出诡异的声音喷出了最后一丁点儿干粉。

12. 内　教导处　日

教导主任坐在写字台后面，程雨琪站在写字台前垂头丧气。

教导主任：胡闹！真是胡闹！整个教室、楼道都弄得一塌糊涂！当了这么多年老师还是头一次见到你这种闹法！

程雨琪：是他们先欺负人的！

教导主任：现在就说你的问题！人家常惠惠是无辜的吧？因为你都送医院了！你的行为至少是个记过处分！

程雨琪低下了头。这时李教练推门走了进来。教导主任示意程雨琪先出去。

13. 内　楼道　日

程雨琪走出教导处，等在门口的武喆喆就迫不及待地上来问。

武喆喆：怎么样？

程雨琪：嘘！

说完，程雨琪趴在门上听里面的李教练和教导主任的对话。

14. 内　教导处　日

李教练关上门，走到写字台前。

教导主任：那个女孩儿伤怎么样？严重不严重？

李教练：没什么大事，处理一下就能出院了。

教导主任：那就好。

15. 内　楼道　日

程雨琪直起身来深呼了一口气，整个人都放松了。

16. 内　教导处　日

李教练：但是脚扭伤得不轻，至少要恢复两个月，这两个月里是不可能上场踢球了。

教导主任往后靠了靠，若有所思。

教导主任：那会不会影响咱们足球队在萌芽杯的比赛？

李教练：当然有影响。

教导主任：无论如何，也请李教练克服困难，这次萌芽杯对足球队是很重要的，只要能进前三名，下学年的足球经费就会有着落，这对学校也是好事，所以即使有再大的困难也请李教练尽量克服！

李教练：可萌芽杯是混合制比赛，每队场上球员必须得有一个女球员，咱们队就一个常惠惠，连个替补都没有，这样的话根本不符合参赛规定，再过几天就是预选赛了，上哪儿去找人啊。

教导主任：再找一个女队员呗，看看田径队或者其他的什么的，无论你想招谁，学校都会尽力配合，一切为了足球队，一切为了萌芽杯！

李教练：我想想办法吧。

说完，李教练开门出去。

17．内　楼道　日

程雨琪和武喆喆在门口偷听，差一点儿被李教练撞上，两个人赶紧转身快步要走。这时李教练喊住他们。

李教练：等一下。

程雨琪和武喆喆战战兢兢地转过身。李教练朝他们走过来。

武喆喆：教练，其实……那事都怨我，跟她没关系。

李教练：武喆喆，你先走吧，我跟她有话说。

武喆喆：啊，教练，真的是刘山枫他们先找碴儿的……

李教练：我知道，你先走吧。

武喆喆一步一回头地走了。

李教练：你叫程雨琪？

程雨琪点点头。

李教练：这次的事你闹得太厉害了，主任说要给你处分。

程雨琪：我知道，我不是故意弄伤她的。

李教练蹲下身来。

李教练：我有一个办法，可以让你不受处分。

程雨琪瞪大眼睛。

程雨琪：什么办法？

李教练：加入足球队。

程雨琪：可是我根本不会踢球啊。

李教练：站着你总会吧？不会踢的话，站在球场上就好了。

程雨琪：可是我是舞蹈队的啊，还要练民族舞。汇报表演就快开始了……

李教练打断她。

李教练：你考虑考虑吧，是挨处分还是加入球队，想好了就来找我。

程雨琪转身离开。

李教练：对了，上次你那脚球踢得不错。

程雨琪低着头迈着沉重的步子走开了。

18. 内　餐厅　夜

程父坐在餐桌旁边玩手机，欣欣坐在儿童餐椅上咬勺子，程母把姥姥搀了过来，喊程雨琪过来吃饭。

程母：琪琪，吃饭了。

程雨琪走到餐桌旁边坐下。程母拍了一下程父。

程母：别玩了，赶紧吃饭。破游戏玩起来没完没了的。

程父：好，不玩了不玩了，吃饭吃饭。

程雨琪一边吃饭一边偷偷地看大家。

程雨琪：我不想去练跳舞了。

程母：练得挺好的为什么不练了？

程雨琪：我要进足球队。

程父：足球那是男孩子们踢的，一个女孩子脏兮兮地去踢球干吗？

程雨琪：反正我做什么你们也不关心。

程父：反正话我说了，老老实实跳你的民族舞，坚决不许去踢球。

程母：这孩子，我们怎么不关心了，我们当然关心了。

程雨琪：那民族舞队下次的汇报表演你们会去看吗？

程父：爸爸上班忙，让你妈去。

程母瞪了程父一眼。

程母：就你忙，好像挣了大钱一样。我怎么去？带着我妈和欣欣一起去？丢了哪个都是麻烦！

程父：你这叫什么话，家里不是就我一个人工作吗，我忙还有错了？

程母：是，你最忙，刚在单位当上一小破领导就要上天了，家里还不是我一个人忙里忙外的，你帮过一把手吗？

程父：这家里家外的哪样不是我工资挣来的？

程母：这房子就不是你挣来的！还要我再说得难听点儿吗？

程父拿着筷子指了指程母，哑口无言。

程雨琪：你们别吵啦。

姥姥：琪琪多吃菜，琪琪几年级了？

程雨琪看了一眼姥姥，放下碗筷，回到自己房间。

19. 外　操场边　黄昏

程雨琪和武喆喆坐在操场边的简易看台上聊天。球场上有一些男孩子在踢球。

程雨琪：你之前为什么从足球队退出的？

武喆喆：因为我不喜欢踢球啊，是我爸爸非要让我去踢的，太野蛮了。

程雨琪：那你为什么要跳民族舞？

武喆喆：因为我喜欢啊，踮起脚来整个人都舒服，我妈妈以前练过舞蹈，我小时总看她跳，跳得可好了，我那时就想我以后也要跳。你为什么练舞蹈？

程雨琪：我也不知道。

程雨琪低下头若有所思片刻。

武喆喆：你真的要加入足球队吗？

程雨琪还是不说话。

武喆喆：反正这事都是我连累了你，我爸说了，一人做事一人当，不用你去足球队，明天我就去领处分，你还是跳民族舞吧。

程雨琪：我不跳舞了。

武喆喆：为什么？难道你不喜欢跳舞吗？

程雨琪：反正没你那么喜欢。

这时，一个足球滚到他们面前，球场里踢球的男孩子请他们帮忙捡球。程雨琪站起身，浑身轻松的样子，一个短助跑，抬腿一脚，球嗖地飞了出去。

20. 内　器材室　黄昏

李教练的办公室在杂乱的器材室内，程雨琪敲敲门，没人答应，于是走进来。一面墙上挂满了李教练的奖状。墙边的桌板上放了一些奖杯，还有一些奖状证书，码放得杂乱无章。旁边一个相框是李教练年轻时在职业队时的样子，意气风发，满脸堆笑。程雨琪刚要走近看。忽然一只大手入画，把相框扣在桌板上。李教练突然出现在她身边。程雨琪吓了一跳。

李教练：想好了？

说着，李教练回到办公桌前的椅子上坐下。

程雨琪：想好了。

李教练打量了一下程雨琪，点点头。

李教练：回家去吧。

程雨琪愣了。

程雨琪：回家。

李教练：嗯，回家吧，明天的预选赛，九点来学校足球场直接上场比赛。

　　程雨琪眼睛瞪得大大的。

　　程雨琪：那我今天不用练习一下吗？

　　李教练：你带球鞋了吗？

　　程雨琪摇摇头。

　　李教练：那还练什么，回家吧，明天直接上场。

　　程雨琪转身要走。

　　李教练：等一下。

　　程雨琪回过头来。

　　李教练：你穿多大的鞋码？

21. 外　比赛场　日

　　穿着一身新球衣和球鞋的程雨琪站在中圈内的皮球前，四顾看了一下，并没有多少观众，武喆喆在场边冲她使劲挥手。她刚定了定神，刘山枫上把她往后拉了一把。几乎同时裁判的哨声响起，比赛开始，刘山枫开球，然后迅速前插，所有球员都跟着皮球运动的方向开始跑动。程雨琪不知所措，跟着人群瞎跑，看上去很突兀。不一会儿就开始喘气，看了一眼李教练，李教练也看了她一眼不说话。这时常惠惠挂着拐杖来到赛场边观看比赛。程雨琪看到常惠惠心里一惊。与此同时，周建已经率先攻破对方球门，得了一分，全队挥手庆祝，程雨琪却还摸不着头脑。

　　程雨琪站在那里，所有人都看着她，她不知所措，裁判也看着她，直到本队的"小眼镜儿"赵泽坤示意她回到己方半场。

　　赵泽坤：回来啊，要开球了。

　　程雨琪这才红着脸从对方半场跑回来。她看了一眼场外，教练依旧不说话。只是常惠惠在旁边恶狠狠地瞪着她。

裁判一声哨响,比赛继续进行。拼抢过程中,球出了边线。刘山枫示意程雨琪去发球。程雨琪走向边线。好几个人伸手要球,她一犹豫,过了四秒。裁判哨声响起。

裁判:红方违例,蓝方球。

赵泽坤:超时间啦。

又是一次边线球,程雨琪不敢犹豫,助跑了两步把球传了出去。裁判哨声又响起了。

裁判:红方违例,蓝方球。

程雨琪:我又怎么了?

赵泽坤:小场比赛边线球不许助跑啊。

第三次边线球,这一次程雨琪干脆直接把球踢出了另外一条边线。裁判伸手示意蓝方球权。场外的武喆喆捂住脸,李教练若无其事地来回踱步,常惠惠黑着脸看着程雨琪。

这时刘山枫示意裁判比赛暂停,并向程雨琪挥挥手。

刘山枫:你守门去吧。

程雨琪接过守门员的手套和荧光背心,站在了己方球门前。

裁判哨声响起,比赛继续进行,刘山枫凭借个人能力再入一球。程雨琪来回走动,没有跟着欢呼。两队比赛实力悬殊,己方球队不断破门。程雨琪的门前很是冷清,她无聊地看着这一切,一会儿倚着球门立柱站着,一会儿来回走动,最后干脆坐在地上。就在程雨琪走神的时候,她听到武喆喆朝他大喊。

武喆喆:琪琪快起来,球来了!

程雨琪这才发现对方已经带球过了半场,看到守门员松懈,来了一脚吊射。程雨琪慌忙起身接球,没接住,皮球弹了出去,程雨琪三步并作两步扑上前去抱住皮球。这时裁判哨声又响了。程雨琪惊讶地抬起头，原来她已经身在禁区之外，裁判向他走来并出示了一张黄牌。随后裁判站在他抱球的位置示意，攻方直接任意球。

　　程雨琪站在球门线上，独自面对对方的射门球员。她很紧张，脸颊上汗珠滑下，此时看了一眼场外，武喆喆依然在大声为她加油、李教练依然来回踱步、常惠惠依然恶狠狠地瞪着她，此刻全队的注意力都在程雨琪身上。程雨琪在努力捕捉对方眼神里的信息，对方的脚开始动了，程雨琪呼吸急促起来，对方一个假动作，程雨琪提前做出了反应，扑向了一边，而皮球却射向了另外一边。球进了，程雨琪瘫坐在草皮上，所有的队友都投来不屑的目光。此时，裁判终场哨声响起，比分牌上显示9：1。

22. 内　球队更衣室　日

　　程雨琪还穿戴着守门员的装备，垂头丧气地坐在长凳上。其他球员们陆陆续续走进来，都流露着对程雨琪的不屑。刘山枫在给大家发矿泉水，故意漏过程雨琪。这时李教练走了进来，他看了头也不抬的程雨琪一眼。

　　李教练：今天大家表现不错，踢得挺漂亮。

　　顾家明：不够漂亮。

　　姚小林：明明他们踢得那么臭，却还是进了一个。

　　说完顾家明和大家都瞟了程雨琪一眼，程雨琪头更低了。

　　李教练：不管怎么说，总归是赢了，大家继续努力。

　　说完，李教练和大家一起做了鼓励动作，然后出去了。程雨琪坐在那依旧低着头，过了片刻，她觉得气氛不对，抬起头，发现大家都在看着她。

　　刘山枫：你还不快出去，你在这儿我们怎么换衣服，这是足球队更衣室，不是女生更衣室。

程雨琪眼圈红了，起身要出去，被叫住了。

刘山枫：等等，守门员手套和荧光背心留下。

23. 内　舞蹈队更衣室　日

程雨琪脱下球衣，披散头发，只穿着贴身背心在那痛哭流涕，用球衣捂住脸，尽量不发出大的声音。这时舞蹈课结束了，穿着民族舞训练服的女孩儿们走进更衣室，看到程雨琪狼狈的样子。也开始奚落她。

舞蹈队李婷钰：这不是足球队的琪琪吗，怎么回来了？

舞蹈队王洁希：是不是表现太好了，球队容不下你了？

女生们咯咯咯地笑起来，程雨琪突然不哭了，表情坚强，拿着球衣，撞开她们走了出去。

24. 内　楼道　日

程雨琪一头短发在学校楼道里大步流星地走过，身穿球服球鞋，所有人都被她清爽的外表所吸引了。

25. 外　球场　日

足球队训练正要开始，李教练集合球员，程雨琪姗姗来迟，自信地出现在大家面前，大家都看着她的短发有些惊讶。程雨琪正准备入列，李教练叫住她。

李教练：程雨琪，你去场边等我。

程雨琪：为什么？为什么不让我参加训练？

李教练：你先在场边等我。

程雨琪悻悻地走到场边，刘山枫看着她露出不屑的笑。

李教练：所有人跑三圈热身，然后每人五组折返跑，刘山枫带队。

所有队员略有怨气地上了跑道，李教练把程雨琪叫了过来。李教练传给程雨琪皮球。

李教练：你现在用最快的速度带球过来。

程雨琪点点头，刚带了两步，球就蹚飞了。再试一次，依然蹚飞了。程雨琪面露愧色。李教练拿着球走到程雨琪面前。

李教练：会踢毽子吗？

程雨琪点点头，李教练把球扔给她。

李教练：你现在就当这球是毽子，看能颠多少个。

程雨琪开始颠球，颠了两三个，球就飞了。试了几次，都不成功。李教练捡起来球。

李教练：你基本功这么差，当然不能跟大家一起练，那样只能让你越来越没自信。

程雨琪：教练，可能我根本不适合踢球吧。从来也没见过几个女孩子踢球的。

李教练：国家女足队可是拿过世界杯亚军的。没有人生下来是什么都会的，只要肯练，一切皆有可能。你愿意练吗？

程雨琪点点头。

李教练：那从明天开始，我一对一地教你练习基本功，另外……

李教练向一旁训练的队员们挥挥手。把赵泽坤叫了过来。

李教练：另外从明天开始，赵泽坤会给你详细讲解比赛规则和足球知识。

赵泽坤：啊？我给她讲？

李教练：有什么问题吗？

赵泽坤：没有！

李教练：好，就这样，程雨琪，明天开始，加油吧！

程雨琪坚定地点了点头。

26. 内　客厅　夜

程雨琪回到家时，程父正坐在沙发上看电视，程母在旁边给欣欣喂水果泥。

程父：琪琪，怎么这么晚才回来？你那头发是怎么回事？

程母：亏你还是个当爹的，孩子昨天就把头发铰了，你就没看见吗？

程父：我不是没注意嘛。

程雨琪径直走向厨房去倒水，父亲对他喊。

程父：琪琪，你是不是真要去足球队，我告诉你，不许去踢啊，女孩子家家的踢什么球啊。你要是去踢了，我可不答应！

程母：琪琪，吃饭了吗？冰箱里有剩菜，你自己热热。

程雨琪：吃过了。

程雨琪倒了一杯水，喝了一口，这时她看到姥姥房间里亮着灯，姥姥一个人在那里看着一本大书，脸上笑着。

27. 内　姥姥房间　夜

程雨琪走到姥姥旁边，发现姥姥看的是一本大相册，上面全是自己小时候的照片。

程雨琪：姥姥。

姥姥：琪琪，你回来啦，姥姥在看你小时候的照片。你小时候脾气就倔，生气了也不爱哭，就抱着娃娃在那噘着嘴，能噘一个下午。

程雨琪：姥姥，我还以为你都忘了我是谁了，只记得妹妹了。

姥姥：傻孩子，姥姥怎么会忘了你呢，姥姥都记得，就是年纪大了，傻了，一阵一阵的。你和欣欣都是姥姥的乖孙女。

程雨琪：可爸妈眼里现在只有欣欣了，根本不管我了。

姥姥：你爸妈他们是压力太大，等欣欣大点儿了，就都好了。

程雨琪：反正现在我做什么他们都不关心，本来想让她们去看我在台上跳舞的，他们都不去，好吧，那我就去踢球了。

姥姥：姥姥都知道，有了自己想做的事就一定要做到底，你这倔孩子，跟你妈妈小时候一样。不管他们，姥姥支持你呢。

程雨琪靠在姥姥肩上。

姥姥：琪琪，你其实没吃饭吧？

程雨琪点点头。

姥姥：我就知道，姥姥去给你做你最喜欢吃的酸菜烫饭，好不好？

程雨琪：好！姥姥最好了！

姥姥起身挽起袖子向厨房走去，程雨琪笑着看着她的背影。

28. 外　足球场　日（蒙太奇）

舞蹈队更衣室内，女孩儿们都换上了民族舞服，只有程雨琪一个人换上球衣球鞋，所有人看她的样子都很惊讶。

程雨琪做完整的热身训练。压腿、活动髋关节等。

程雨琪在颠球，开始的时候颠不了几个，慢慢越颠越多。

李教练在单独指导程雨琪过人动作，在跑步的刘山枫望着他们。

李教练指导程雨琪做基本功练习，从易到难，从笨拙到合格。

程雨琪练习射门，一开始总是踢飞，慢慢地，动作越来越标准，李教练点点头。

镜头拉远，放在球场边的程雨琪的包的旁边，塑料袋子倒下来，民族舞鞋露出一半。

29. 内　器材室　日（蒙太奇）

赵泽坤给程雨琪做比赛规则讲解，在背后的白板上写写画画。

赵泽坤拿出红黄牌给程雨琪展示，向程雨琪展示队长袖标。

赵泽坤展示犯规动作，如抬脚过高。

程雨琪聚精会神地听着，一开始有些不适应，之后慢慢地适应，并且笑出了声。

程雨琪用本子记下来，赵泽坤扔掉她的笔记本，示意她用脑子记住。

30. 内　程雨琪房间　日（蒙太奇）

程雨琪的手用笔在过去的每天上画个叉，时间离标有小组赛的日子越来越近。

31. 内　客厅　夜（蒙太奇）

程雨琪坐在沙发上，看着足球比赛，程父过来拿起遥控器换台，程雨琪瞪了父亲一眼走开。

32. 内　程雨琪房间　夜（蒙太奇）

琪琪趴在床上，被子蒙头，用平板电脑看着足球教学片。

33. 外　足球场　日

程雨琪一个人在球场上颠球，这时刘山枫几个人走过来。

刘山枫：喂，要不要一起练练。

程雨琪停下来，抱着球，看着刘山枫。

程雨琪：怎么练？

刘山枫：逗猴吧，帮你练练抢断技巧。

程雨琪：什么是逗猴？

刘山枫：就是我们围成一圈传球，你来抢球断球，断到球就算赢，赢了就换人，简单吧。

程雨琪：好。

说着，刘山枫几人围成一圈，刘山枫将球踩在脚下。

程雨琪：开始吧。

刘山枫：等等，你要是断不到球，怎么办？来点儿惩罚吧？

程雨琪：你说怎么办？

刘山枫：你要是抢不到球，我们几个人这一个礼拜的饮料都让你包了，可乐、雪碧管够。

程雨琪：行！那我要是抢到了呢？

刘山枫冷笑一声，指了指胳膊上的队长袖标。

刘山枫：你要是抢到了，这个就是你的了。

程雨琪：好，一言为定。

刘山枫：好，开始！

刘山枫把球传出去，程雨琪开始抢球，传球的男生们有说有笑，程雨琪很认真地抢着，抢了半天也没抢到，程雨琪停下来喘口气。

刘山枫：怎么了？认输了？

程雨琪擦了擦头上的汗，咬了咬牙。

程雨琪：再来！

刘山枫他们继续传球，用各种动作戏耍程雨琪，终于把她晃了一个跟头。刘山枫脚踩着球，冲程雨琪笑了笑。

刘山枫：不好意思啊，今天练完后，我们几个一人一瓶可乐，别忘了，要冰的。

说完，把球踢到了程雨琪身边，几个人有说有笑地走开了。

这一切，都被看台上的李教练，看在眼里。

34. 外　球门前　日

天空渐渐下起了雨，程雨琪一个人站在球门前，含着眼泪，一脚一脚地射门，仿佛要用尽全身的力量似的，李教练慢慢走到她身旁，拍了拍他的肩膀。

35. 内　更衣室　日
　　所有的男球员都在更衣室里休息，换衣服。这时李教练走了进来，环视一下。
　　李教练：大家安静一下，今天有一个新队员加入我们足球队，我给大家介绍一下。
　　所有人面面相觑，议论着。李教练向门外示意。程雨琪走了进来。
　　李教练：这就是我们球队的新中卫，程雨琪。
　　球员们中间传来唏嘘声。刘山枫冷笑着看了一眼程雨琪。
　　赵泽坤：程雨琪不是早就加入球队了嘛。
　　球员们附和：对啊，就是啊。
　　李教练环视了一下大家。
　　李教练：原来你们也知道她早就加入足球队了？那为什么不把她当队友看待？
　　所有人面面相觑，不说话了。
　　李教练：也许她基础不好，基本功很差，但是这么长时间以来，她是怎么练球的你们难道没看见？她每天练球的时间不比你们中的任何一个人少，全队最刻苦训练的就是她！别以为她是个女孩子就欺负。
　　所有人都低下了头。
　　李教练：我们大家是一个球队，是一个整体，不齐心协力还踢什么比赛，都自己回家瞎踢去算了，是队伍就要有队伍的样子，每一个人都是队友，都要相互帮助，要不还怎么赢比赛？足球这项运动是集体的，不是一个人的！
　　所有人你看看我，我看看你，不再说话。
　　李教练：那么，有新上场的人我们应该怎么做？

大家又相互看了看，片刻，赵泽坤第一个站起来走到程雨琪面前，跟她击掌。然后走开。

　　李教练：好的，其他人呢。

　　于是大家陆陆续续走到程雨琪面前，和她击掌，慢慢地，大家都不好意思地笑了，程雨琪也笑了。只有刘山枫一个人没有走过来，还是坐在长凳上换鞋。

　　李教练：队长怎么不过来？

　　刘山枫：等她什么时候能进球了，再说吧。

　　刘山枫头也不抬，李教练看了他一眼，也不再强求。

　　李教练：明天就是第一场小组赛了，请大家准时到赛场，就这么多，大家加油！

　　众人：好！

36. 外　比赛场　日

　　两方球员都站好位置，程雨琪站在中圈里，裁判一声哨响，程雨琪开球后朝前奔跑。双方球员开始争抢。场外李教练还是抄着手来回踱步，武喆喆在给程雨琪大声加油。

　　程雨琪在中前场接到球，防守她的也是对方的女球员，她一拨一蹚，眼看就要过去了，结果对方伸腿一绊，程雨琪摔了一个跟头，裁判示意犯规，赵泽坤过来把程雨琪拉起来。

　　赵泽坤：没事吧？

　　程雨琪摇摇头，此时李教练示意程雨琪发边线球。程雨琪站在边线上，迅速看了球场上人员的位置，心里默念一、二、三、四，她看到刘山枫在往对方后门柱跑，于是果断抬脚，皮球划出一道弧线，刘山枫头球破门。场下一片喝彩。李教练也笑着鼓掌。程雨琪脸上也露出欣慰的笑容。刘山枫进球后和队友们庆祝，也转过头向程雨琪点头致意。

所有人都回到己方半场，刘山枫站在程雨琪旁边。

刘山枫：传得不错。

程雨琪笑了笑，没有说话。全队的士气高涨，进攻一浪高过一浪，对方疲于应付，台下的喝彩声更加热烈了。

刘山枫带球前突，程雨琪跟在旁边，刘山枫看了她一眼，没有选择传球，而是过人后一脚射门，被守门员挡了出来，禁区内的程雨琪看到球向自己滚了过来，精神异常集中，上前一步还是够不到，由于身体柔韧性好，一个一字马，正好触到皮球，皮球应声挂网。全场安静了片刻，随后都欢呼起来，武喆喆大声呼喊，李教练也振臂大声叫好。

程雨琪一边往回跑一边和其他球员击掌，这时刘山枫也向她走来，笑着，击掌庆祝。

37. 外　足球场　日（蒙太奇）

程雨琪和球队其他人一起参加基本功训练，传球练习。

程雨琪和球队其他人一起进行体能训练，长跑、折返跑。

程雨琪和球队其他人一起进行射门训练。

球队其乐融融的样子，李教练参与逗猴游戏。

38. 外　比赛场　日（蒙太奇）

球队球员面对不同的对手一路胜利。

程雨琪在场上过人后传球。

程雨琪精准的定位球破门。

李教练举手叫好，武喆喆热烈加油。

程雨琪和队友准确的二过一配合。

比分牌数字不断变化。

程雨琪和队友们进球后的庆祝。

39. 内　更衣室　日

训练了一天的球员们在更衣室休息，刘山枫递给程雨琪一瓶水。李教练此时走进来。

李教练：最近大家都表现很好，该赢的比赛我们都赢了，而且赢得很漂亮。再表扬一下程雨琪，进步非常快，特别是定位球，踢得不错。

程雨琪脸上有些发红，球员们都笑着。

刘山枫：因为其他的队踢得太臭了，没碰到什么真正厉害的。

李教练：刘山枫说得没错，这些日子我们碰到的队伍确实水平不如我们，但是，接下来就是半决赛，另外三支队伍可和以往的对手不同，不是随随便便就能赢的，希望大家做好准备。

球员们表情稍微严肃了些。

李教练：校领导给我们定下的目标就是进入前三名，如果没有达成，球队就会解散，如果半决赛赢了，这个目标就实现了，大家有没有信心拿下半决赛？

众人：有！

李教练：好！大家抓紧回去休息，明天不训练，休息一天，后天下午赛场上见！

40. 外　教学楼外　黄昏

程雨琪拿着包准备回家，武喆喆从后面叫住她。

武喆喆：琪琪。

武喆喆穿着民族舞服跑向程雨琪，心事重重的样子。

程雨琪：怎么了？我先回去了，明天还有比赛，舞蹈班不是还没下课吗？

武喆喆：嗯，我跑出来了，其实……我……

程雨琪：怎么啦？有什么事说啊？

武喆喆：我说出来你可不能生我的气，好不好？

程雨琪：什么事啊？快说啊！

武喆喆：就是……

这时候楼上舞蹈班的女生在喊武喆喆。

女生甲：武喆喆，老师叫你赶紧回去！

武喆喆：好了，我知道了。

武喆喆说完转身就要走。

程雨琪：你不是有事吗？不说了？

武喆喆：其实……算了，明天再说吧。

说完武喆喆跑回教学楼。

41. 内　客厅　黄昏

程雨琪一开门，就看到父母在吵架，父亲喝得醉醺醺的。欣欣在妈妈怀里哭个不停。

程母：喝点儿酒就回来发疯，这不响不夜的，你喝哪门子酒？给你打了多少电话都不接！

程父：你有完没完？啊！

程母：我有完没完？孩子这都发烧发了一天了，我这心都快操碎了，你还出去喝酒，回来还撒野！

程父：我告诉你，我不想跟你吵。

程雨琪见此情景，快步走回自己房间。他回到自己房间关上门，啊地大叫一声。她看到写字台上放着李教练给她买的球鞋，已经被剪刀完全剪坏了，七零八落地放在那儿。程雨琪拿着一只鞋回到起居室，站在那儿，气得直发抖，眼泪从眼眶里滑落，看着父母。

程父：（醉醺醺地）你站在那儿干吗，瞪我干什么？对，你那球鞋是我铰的。

程雨琪：为什么？

程父：因为不让你去踢球！你还瞒着我们，每天拿着舞蹈鞋进进出出的，人家喆喆他爸爸都告诉我了，你说，谁允许你不去跳舞进足球队了？

程雨琪：你们凭什么？

程父：是为了你好，女孩子家家跟一帮臭小子踢球成什么样子，好好地练练民族舞不挺好吗？！

程雨琪：反正汇报演出什么的你们都不去看，现在又凭什么管我踢球？

程父：你这孩子，还敢犟嘴了？！

程父要起身，欣欣在母亲怀里哭得更大声了，这时姥姥出来从母亲怀里接过孩子抱回自己房间。

姥姥：琪琪，琪琪别害怕，姥姥抱你去睡觉。你们别吵了，别吓着孩子。

程母：你别拿孩子撒气，咱们的事还没完呢？！压根儿都不管孩子，现在倒显出你来了是吧？

程父：什么叫我不管孩子，我不管孩子我每天上班为了谁？我当初说不要二孩不要二孩，你非要生啊，生了就得受累，老看我不顺眼干吗？！

程母：你要不要脸，反倒怪起我了？那琪琪是不是也不该生？要不是因为先有了琪琪，我也不会跟你这个王八蛋结婚，当初是我瞎了眼。

程父气呼呼地点点头。

程父：现在后悔了？来得及啊，离婚呗。

程母：你吓唬谁呢，离就离，谁怕谁啊，明天就去离婚。

程父：好啊，谁不敢离婚谁是孙子，我早就受够了。

程雨琪看着他们说了这些，眼泪唰唰流下来，转身回到自己的房间。

42.　内　程雨琪房间　黄昏

程雨琪关上门，坐在地上哭了起来。这时，阳台上塑料杯话筒上的铃铛响了起来，程雨琪不去理会，但是铃铛却轻轻地响了又响，声音不是很大，有点儿怯生生似的。程雨琪走到阳台，拿起塑料杯听筒。

程雨琪：我不想理你。

说完，程雨琪放下听筒。

43.　内　武喆喆家阳台　黄昏

武喆喆拿着听筒，满脸羞愧焦急的样子。

武喆喆：琪琪，对不起，都怪我，我也不知道我爸爸会告诉你爸爸。真的对不起。琪琪，琪琪？

武喆喆发现程雨琪不理他，于是怯生生地拽了拽话筒上的棉线。

44.　内　程雨琪阳台　日

程雨琪坐在地板上，将头埋在膝盖上，被铃铛吵得烦躁。拿起一只被铰烂了的球鞋站起身来向武喆喆家的阳台扔了过去。然后，爬到床上，趴着不动。铃铛也不响了。

过了一小会儿，铃铛又响了起来，一根长长的竹竿头上绑了一个透明塑料袋伸到了阳台上。程雨琪起身，接过塑料袋，竹竿小心翼翼地缩了回去。

塑料袋里是一双八成新的足球鞋，还有一张纸条。

"琪琪，对不起，鞋可能大了点，你在里面多垫双袜子，半决赛加油！"

45. 内　客厅　清晨

程雨琪慢慢打开自己房间的门，蹑手蹑脚地走出来，发现父亲在沙发上和衣而睡，打着呼噜，茶几上放着结婚证和身份证，程雨琪看了一眼父亲，悄悄地走出大门。

46. 外　比赛场　日

程雨琪和队友们走进赛场，不同于之前的比赛，竟然有很多人来观战。

刘山枫站在中圈内和对方队长在裁判的仲裁下掷硬币。之后刘山枫走回自己半场，和队友们手掌相叠互相激励。

刘山枫：对面几个人都挺厉害，我在少年宫集训时跟他们踢过，大家别轻敌。

众人点点头，各自走向自己的位置。程雨琪看了看对方球员，每一个都凶神恶煞的样子，目光坚定，尤其是对方的女球员，皮肤黝黑，身材健美。她感到球鞋不是很合脚，在地上用力蹬了蹬。刘山枫叫她，她都没听见，直到刘山枫大声喊，才把她从耳鸣的状态中拉回来。刘山枫看了一眼她的鞋。

刘山枫：程雨琪，想什么呢？没事吧？

程雨琪：没事。

随后，刘山枫开球，传给程雨琪，程雨琪刚要回传，对方女生过来凶狠地把球铲了出去。边线球。李教练从座位上猛地站起来，关心地看着场内。赵泽坤把程雨琪拉起来，她卷了卷袜子，示意自己没问题，随后去发边线球，但是由于鞋子不合适，这一脚踢得很歪，直接出了对方底线，李教练皱起眉头，队友们也都看了程雨琪一眼。程雨琪又低头蹬了蹬鞋子。场外武喆喆不好意思的表情。

对方作风很硬朗，尤其是那个女球员，死死盯住程雨琪不放，她的眼神比程雨琪更加凶猛。接下来，程雨琪接球和过人不断地被对方抢断，她又一次被放倒在地上。

在一次倒地后，程雨琪表情痛苦，她的手肘上擦伤了一大片，鲜血渗了出来，她忍着剧痛又爬了起来。

李教练焦急地摸了摸额头。倒在地上的程雨琪又回忆起了昨晚父母吵架的内容。李教练示意她去罚球。

程雨琪站在边线上，脑子里的声音很乱，她摇了摇头，试图甩掉那些声音，抬起头，看看队友们的位置，其他人都在中场找位置，刘山枫被两个人包夹，没有接球空间，她刚要出脚，裁判一声哨响，四秒违例。程雨琪愣住了，刘山枫白了她一眼，李教练摇了摇头，武喆喆焦急的表情。

程雨琪走回自己半场，赵泽坤给他打气。

赵泽坤：加油啊琪琪，你今天是怎么了？

程雨琪没有说话。这时对方球传了出来，程雨琪上前去抢，被对方女球员轻易晃过，在对方一连串传切配合中，队友们被过掉，后防线露出了大空当。李教练在场外大喊。

李教练：回防！回防！

刘山枫和程雨琪都奋力回追，但是对方已经起脚射门，球直挂死角。哨声响起，对方得分1∶0。

所有的人脸上都写着失望，刘山枫和程雨琪来到中间。刘山枫看了一眼程雨琪。

刘山枫：你到底行不行？

程雨琪没说话，两人开球，又是几个回合攻防。

场外的李教练看了看表，裁判也看了看表。己方守门员发球前，程雨琪脑子里又是耳鸣一阵，重压之下，她看了看记分牌，又看了看表的裁判把哨子含在嘴里。这时场外李教练的大喊惊醒了她。

李教练：时间不多了，所有人压上！

程雨琪环视了一下，深呼吸，然后抬起头，明显眼神更有斗志了，全队压上，几次漂亮的传切配合，程雨琪也成功晃过一人，把球传给对方禁区边缘的刘山枫，刘山枫一个漂亮的转身晃过一人，又把球传回给插上的程雨琪，程雨琪接球后刚要射门，被对方女球员放倒，裁判哨声响起，点球。

皮球放在点球点上，刘山枫走到程雨琪身边。

刘山枫：你行吗？要不我来罚。

程雨琪看了一眼场边的李教练，李教练点点头。

程雨琪：我来吧。

刘山枫走开。程雨琪调整呼吸，观察球门和对方守门员，所有的人都在关注着这一个球，全队球员屏气凝神，场外的武喆喆更是紧张。程雨琪又深呼吸了一下，开始助跑，起脚，仿佛犹豫了一下，球飞了出去，升格，被守门员扑住。裁判哨声响起，所有人失望透顶的表情，程雨琪捂着脸蹲了下去。终场0：1。

47. 内　球员休息室　日

程雨琪进来的时候，所有的队友们都已经坐好了。刘山枫没有看她，另外却有别人开她玩笑。

顾家明：高射炮来了，大家欢迎！

有两三个男生跟着鼓掌。这时教练从一旁的楼梯走上来，赵泽坤护着程雨琪。

赵泽坤：别闹，别闹，教练来了。

随着脚步声，李教练走了进来，发现教练身后跟着常惠惠，看上去已经痊愈的样子。

程雨琪看到了常惠惠，表情很局促。

李教练：常惠惠的伤已经基本痊愈了，现在归队，大家先欢迎一下。

稀稀拉拉的掌声中，常惠惠坐到了程雨琪旁边，程雨琪的脸色更加局促了。

程雨琪：你的伤……对不起……

常惠惠笑了笑。

常惠惠：没关系，你也不是故意的。

程雨琪低下了头。常惠惠接着说。

常惠惠：其实，除了预选赛，你踢得都挺棒的，昨天那场比赛……

李教练打断他们，程雨琪的脸色更难看了。

李教练：不要交头接耳，下面说说昨天的比赛，看得出来大家都尽力了……

刘山枫打断李教练。

刘山枫：我觉得有的人没有尽力。

刘山枫瞟了一眼程雨琪。程雨琪阴沉着脸。李教练看了一眼程雨琪，继续说。

李教练：总之，过去的就过去了，接下来我们要面对的就是季军赛，这是我们唯一的机会，赢了，球队还在，输了，大家解散。离这场比赛还有一段时间，我希望大家能继续团结一心，努力训练，争取赢下比赛。

刘山枫此时举手示意。

李教练：刘山枫，你想说什么？

刘山枫：教练，现在常惠惠也回来了，规则规定，只要上一个女生就行，我们让谁上啊。

顾家明：肯定是常惠惠啊，常惠惠肯定比高射炮强。

姚小林：就是，要不是常惠惠受伤，也不会临时换人，说不定现在我们都进决赛了呢。

赵泽坤：怎么这么说，程雨琪之前的比赛踢得怎么样大家都看着呢。

姚小木：就是，程雨琪脚法比你好。

顾家明：可她心态比我差呀。

男生们你一嘴我一嘴地吵吵着，程雨琪脸色很难看，常惠惠也看着她。教练让大家安静。

李教练：都别吵了，比赛难免会受伤，一个首发，一个替补。

刘山枫：那谁是首发，谁是替补呢？

这时常惠惠举起手。

常惠惠：教练，其实我不是想回来争首发位置的，程雨琪踢得很好，就让她首发吧，我替补。

顾家明：那怎么行，当初你是怎么受伤的我们可都记得呢！

这时男生们又鸡一嘴鸭一嘴地吵吵起来，程雨琪的脸色铁青，常惠惠显得很尴尬。突然，程雨琪再也坐不住了，站起身来。

程雨琪：我对不起大家，教练，昨天的比赛都是我的错，连累了大家，连累了球队，当初常惠惠受伤也是因为我，都是我的错，当初进足球队就是来充数的，现在常惠惠回来了，我的任务也完成了，给大家添麻烦了。

说完，程雨琪拎起包头也不回地走了，李教练叫她她也不理，可以看到她的眼圈里充满泪水。

48. 内　客厅　夜

程雨琪垂头丧气地打开大门走了进来，拎着包向自己房间走去，坐在沙发上的父亲放下手机。

程父：琪琪，你今天是不是又去踢球了？

程雨琪不理父亲，继续走，父亲猛地站起来，拉住程雨琪的胳膊。

程父：我问你话呢。

程雨琪手肘上的伤口被父亲一碰，钻心地疼，她大叫了一声，母亲从房间出来。

程母：怎么了？

程母看到程雨琪胳膊上的伤，蹲下去仔细查看。

程母：琪琪，你这是怎么弄的？

程父：你这伤是不是踢球弄的？

程雨琪一只手端着胳膊，皱着眉头，阵阵疼痛没有退去。

程雨琪：是，今天去踢比赛了。

程父一下子火冒三丈。

程父：我说了多少遍，不让你去踢球，你就是不听！

程雨琪打断父亲。

程雨琪：您放心吧，我以后再也不去踢球了，以后您让我怎么样我就怎么样。练民族舞也好，弹钢琴也好，都听你们的。

程父听女儿这么一说，有点儿不知所措。程雨琪端着胳膊拎着包走回自己的房间。

程母：琪琪，你不吃饭了吗？

程雨琪完全没有理会。顺手把房门带上。

49. 内　程雨琪房间　日

音乐闹钟响了半天，程雨琪伸出一只手关掉闹钟，坐起身来，萎靡的样子，转而又躺下去。这时候，塑料杯电话上的铃铛清脆作响，程雨琪用被子蒙住头，不去理会，铃铛响得更加急促了。程雨琪猛地起身，从床头柜抽屉里拿出一把剪刀咔嚓一下，把塑料杯电话上的棉线剪掉，铃铛掉在地上，棉线也被抻了出去。程雨琪坐在地板上，看着角落里装着足球鞋和球衣的包，身体蜷缩在一起，脑袋埋在膝盖上。

50．内　起居室　日

程母抱着欣欣试图打开程雨琪房间的门，发现门反锁了，于是敲了几下。

程母：琪琪！琪琪！起来了没有？都几点了。刚才喆喆还打电话来叫你一起上学呢。

程雨琪：我不舒服，跟老师请假了。

程母：什么？哪儿不舒服？

程雨琪：哪儿都不舒服！妈，让我安静安静好吗？

这时候欣欣哭了起来。程母晃着孩子哄她。

程母：这孩子。琪琪，我带欣欣去医院复查去了，冰箱里有剩菜，你要饿了就热一热啊。

说完程母抱着欣欣离开。

51．内　程雨琪房间　日

程雨琪无精打采地坐在地板上，头发蓬乱。过了一小会儿，门又响了。

程雨琪：还有什么事啊，妈！

姥姥：琪琪开门，是姥姥。

程雨琪走过去把门打开，姥姥端着一碗鸡蛋羹走进来。姥姥把蒸蛋放在桌子上。

程雨琪：姥姥您出去吧，我什么也不想吃。

姥姥：那怎么行，琪琪正是长身体的时候，不吃东西怎么行。

程雨琪起身把姥姥往门外推，姥姥一边走一边说话。

程雨琪：您出去吧，我想一个人待着。

姥姥：那琪琪你想吃什么？

程雨琪把姥姥推出门，反锁上。姥姥在门外贴着门对她说话。

姥姥：琪琪，你想吃什么，跟姥姥说，姥姥给你做。

程雨琪：我什么也不想吃。

姥姥顿了顿。

姥姥：姥姥知道琪琪最爱吃螃蟹了，姥姥去给你买螃蟹吧。

程雨琪愣了片刻。

程雨琪：我今天什么也不想吃。

姥姥：那明天姥姥去给你买，琪琪，赶快把鸡蛋羹吃了，凉了就不好吃了。

程雨琪背靠着门，看了看桌子上热气腾腾的一碗鸡蛋羹。

52. 外　足球场　日

李教练站在场边，和常惠惠说话。其他球员都在场内练习基本功。

常惠惠：教练，还是去把程雨琪叫回来吧，要不我老觉得是我把她挤走的，心里可别扭了。

李教练：这事你别管了，好好训练吧，伤刚好，别用力过猛。去吧。

常惠惠回到场上，李教练示意赵泽坤过来。

李教练：赵泽坤！

赵泽坤跑到李教练身边。

李教练：去把程雨琪给我找来。

赵泽坤：程雨琪？她今天没来上学。

李教练：没来上学？

李教练顿了顿。

李教练：你知道她家在哪儿吗？

赵泽坤：不知道，但是武喆喆知道，他们是邻居。

李教练：那去把武喆喆给我找来。

53. 内　客厅　夜

程父坐在沙发上看电视，这时敲门声响起，程父起身去开门，李教练站在门外。

程父：你是？

李教练：你好，你是程雨琪的父亲吧，我是她学校的体育老师，也是学校足球队的教练。

程父：您这是来……？

这时程母抱着欣欣走了过来。

程母：先让人进来啊，张老师，您请进。

张老师走进来，几个人坐在沙发上。

李教练：程雨琪今天没去上学，也没有参加训练，所以我来看看是什么情况。

程母：您等等，我去叫她。

程母起身去敲程雨琪的房门。

程母：琪琪，你们张老师来了，还不快出来。

54. 内　程雨琪房间　夜

程雨琪坐在床上，手抱着膝盖，任凭母亲怎么敲门，也不回答。

55. 内　客厅　夜

程母抱着孩子回到沙发上。

程母：这孩子，在房间里憋了一天了，就是不肯出来。

李教练：那天比赛输了，她是个心重的孩子，把所有问题都揽在自己身上，我就是想来劝劝她别那么自责。

程父：我说孩子怎么垂头丧气的，她手上的伤您知道吧？

李教练：知道，运动嘛，在所难免。

程父：男孩子受伤在所难免，女孩子干吗要去受这份罪？

李教练：程雨琪很有运动天赋，她在球队进步很快……

程父打断李教练。

程父：可是她已经亲口说以后不再踢球了，也不能算我们强逼着她吧。

李教练：那我听武喆喆说您不让她踢球，连球鞋都弄烂了？

程父脸上显得有些局促。

程父：那……那我也是为了她好，女孩子家家的，随便跳跳舞就行了，瞎踢什么足球。

程母：是啊，我们家琪琪从小就爱跳舞，小时候总爱跳给我们看，练了这么多年民族舞了，总不能说不练就不练了吧？

程母把欣欣放在垫子上，去给李教练倒水。

李教练微笑了一下，环顾了家庭，墙上挂着不少琪琪之前跳舞的照片，还有一些奖状。李教练从程母手中接过茶杯，喝了一口，放在茶几上。

李教练：也许，你们比我更了解自己的女儿。但是你们觉得她是真的喜欢跳舞吗？

程父程母互相看了一眼，笑了起来。

程父：那当然了，要不怎么跳了那么多年民族舞。

靡的样子，转而又躺下去。这时候，塑料杯电话上的铃铛清脆作响，程雨琪用被子蒙住头，不去理会，铃铛响得更加急促了。程雨琪猛地起身，从床头柜抽屉里拿出一把剪刀咔嚓一下，把塑料杯电话上的棉线剪掉，铃铛掉在地上，棉线也被押了出去。程雨琪坐在地板上，看着角落里装着足球鞋和球衣的包，身体蜷缩在一起，脑袋埋在膝盖上。

50. 内　起居室　日

程母抱着欣欣试图打开程雨琪房间的门，发现门反锁了，于是敲了几下。

程母：琪琪！琪琪！起来了没有？都几点了。刚才喆喆还打电话来叫你一起上学呢。

程雨琪：我不舒服，跟老师请假了。

程母：什么？哪儿不舒服？

程雨琪：哪儿都不舒服！妈，让我安静安静好吗？

这时候欣欣哭了起来。程母晃着孩子哄她。

程母：这孩子。琪琪，我带欣欣去医院复查去了，冰箱里有剩菜，你要饿了就热一热啊。

说完程母抱着欣欣离开。

51. 内　程雨琪房间　日

程雨琪无精打采地坐在地板上，头发蓬乱。过了一小会儿，门又响了。

程雨琪：还有什么事啊，妈！

姥姥：琪琪开门，是姥姥。

程雨琪走过去把门打开，姥姥端着一碗鸡蛋羹走进来。姥姥把蒸蛋放在桌子上。

程雨琪：姥姥您出去吧，我什么也不想吃。

姥姥：那怎么行，琪琪正是长身体的时候，不吃东西怎么行。

程雨琪起身把姥姥往门外推，姥姥一边走一边说话。

程雨琪：您出去吧，我想一个人待着。

姥姥：那琪琪你想吃什么？

程雨琪把姥姥推出门，反锁上。姥姥在门外贴着门对她说话。

姥姥：琪琪，你想吃什么，跟姥姥说，姥姥给你做。

程雨琪：我什么也不想吃。

姥姥顿了顿。

姥姥：姥姥知道琪琪最爱吃螃蟹了，姥姥去给你买螃蟹吧。

程雨琪愣了片刻。

程雨琪：我今天什么也不想吃。

姥姥：那明天姥姥去给你买，琪琪，赶快把鸡蛋羹吃了，凉了就不好吃了。

程雨琪背靠着门，看了看桌子上热气腾腾的一碗鸡蛋羹。

52. 外　足球场　日

李教练站在场边，和常惠惠说话。其他球员都在场内练习基本功。

常惠惠：教练，还是去把程雨琪叫回来吧，要不我老觉得是我把她挤走的，心里可别扭了。

李教练：这事你别管了，好好训练吧，伤刚好，别用力过猛。去吧。

常惠惠回到场上，李教练示意赵泽坤过来。

李教练：赵泽坤！

赵泽坤跑到李教练身边。

李教练：去把程雨琪给我找来。

赵泽坤：程雨琪？她今天没来上学。

李教练:没来上学?

李教练顿了顿。

李教练:你知道她家在哪儿吗?

赵泽坤:不知道,但是武喆喆知道,他们是邻居。

李教练:那去把武喆喆给我找来。

53. 内　客厅　夜

程父坐在沙发上看电视,这时敲门声响起,程父起身去开门,李教练站在门外。

程父:你是?

李教练:你好,你是程雨琪的父亲吧,我是她学校的体育老师,也是学校足球队的教练。

程父:您这是来……?

这时程母抱着欣欣走了过来。

程母:先让人进来啊,张老师,您请进。

张老师走进来,几个人坐在沙发上。

李教练:程雨琪今天没去上学,也没有参加训练,所以我来看看是什么情况。

程母:您等等,我去叫她。

程母起身去敲程雨琪的房门。

程母:琪琪,你们张老师来了,还不快出来。

54. 内　程雨琪房间　夜

程雨琪坐在床上,手抱着膝盖,任凭母亲怎么敲门,也不回答。

55. 内　客厅　夜

程母抱着孩子回到沙发上。

程母：这孩子，在房间里憋了一天了，就是不肯出来。

李教练：那天比赛输了，她是个心重的孩子，把所有问题都揽在自己身上，我就是想来劝劝她别那么自责。

程父：我说孩子怎么垂头丧气的，她手上的伤您知道吧？

李教练：知道，运动嘛，在所难免。

程父：男孩子受伤在所难免，女孩子干吗要去受这份罪？

李教练：程雨琪很有运动天赋，她在球队进步很快……

程父打断李教练。

程父：可是她已经亲口说以后不再踢球了，也不能算我们强逼着她吧。

李教练：那我听武喆喆说您不让她踢球，连球鞋都弄烂了？

程父脸上显得有些局促。

程父：那……那我也是为了她好，女孩子家家的，随便跳跳舞就行了，瞎踢什么足球。

程母：是啊，我们家琪琪从小就爱跳舞，小时候总爱跳给我们看，练了这么多年民族舞了，总不能说不练就不练了吧？

程母把欣欣放在垫子上，去给李教练倒水。

李教练微笑了一下，环顾了家庭，墙上挂着不少琪琪之前跳舞的照片，还有一些奖状。李教练从程母手中接过茶杯，喝了一口，放在茶几上。

李教练：也许，你们比我更了解自己的女儿。但是你们觉得她是真的喜欢跳舞吗？

程父程母互相看了一眼，笑了起来。

程父：那当然了，要不怎么跳了那么多年民族舞。

李教练笑了笑。

李教练：那你们多久没有见她在你们面前跳过舞了？有多久没去学校舞蹈班看过她跳舞了，还有，上个礼拜学校舞蹈班一年一度的汇报表演，我猜她早就告诉你们了是吧，而且你们也没去看对吗？

程母：我们都忙，她爸爸要去上班，我还得在家里照顾老人小孩儿，真的没时间。

李教练看一眼欣欣。

李教练：像她这么小的孩子，很多时候做一件事情，并不是因为自己喜欢。和我们大人一样，你去工作，真的是因为喜欢工作吗？

程父程母开始认真地听着，李教练继续说。

李教练：不一定，对吧，仅仅是为了生活。孩子也是一样，当初她跳舞是真的喜欢吗？不，她只是觉得那样会吸引你们的注意，让你们一直陪在她身边。

56．内　程雨琪房间　夜

程雨琪下了床，趴到房门上静静地听外面说话。

…………

电影《村里来了个洋媳妇》拍摄现场

电影《村里来了个洋媳妇》现场工作照

人生和电影不一样，
人生辛苦多了，而做电影
至少可以让辛苦的人生
变得快乐！

刘涛.

刘涛，入选中青年文艺人才"燕赵秀林计划"。2002年毕业于河北大学汉语言文学专业。2006年毕业后加入河北电视台农民频道任《源来很快乐》栏目编导。2008年参与创办河北第一档栏目剧《村里这点事》栏目，历任编导、主持人、主编、副制片人、制片人。2017年加入河北广电影视文化有限公司，担任剧本中心主管。河北广电影视公司"青年导演计划"成员。2021年6月入选河北省宣传思想文化青年英才。

在入职河北广电影视文化有限公司前，刘涛曾在河北电视台农民频道金牌栏目《村里这点事》长期担任编导，编剧导演的栏目剧有200多集，其中情景剧《大富进城》《快乐农家院》《全城热恋》；贺岁剧《过年回家》《又是一年》等均在农民频道、卫视频道播出并获得不俗的成绩。

2017年，刘涛加入河北广电影视文化有限公司，参与编剧大型实景演出《遇见鹿泉》，成为河北省现象级演出，并荣获河北省文艺振兴奖，河北广播影视节目特别奖。

刘涛独立编剧电影作品《兴安岭上》由王坪导演执导，涂门主演。影片讲述了鄂伦春族部落首领盖山和东北抗联将领王大虎与日本侵略者的斗争中结下深厚革命友谊，义结金兰。并带领鄂伦春族人在大兴安岭一带协助抗联共同抗击日本侵略者的故事。该片是中央电视台电影频道为建党百年重点打造的一部电影，于2021年7月22日在央视电影频道播出，取得了良好的社会反响。《兴安岭上》获得第35届金鸡奖最佳中小成本故事片提名；2021年内蒙古自治区第十五届精神文明建设"五个一工程"奖；第32届中国电影金鸡奖民族影展优秀剧本奖提名。

参与制作电影作品《千顷澄碧的时代》由宁敬武导演执导，李东学主演。获得第19届华表奖优秀农村题材影片提名。

编剧广播剧作品《迟到的婚礼》于2022年在河北广播电视台多个频率播出。荣获2022年河北省"五个一工程"奖。

参与编剧电视剧《故乡的泥土》由习辛导演执导，刘佩琦、闫学晶等主演。

2020年，由刘涛独立编剧、导演的作品《白头小书记》是一部新时代农村轻喜剧。该剧本一稿通过央视电影频道三审并由央视电影频道立项投资拍摄。该剧以"脱贫攻坚、全面小康"为背景，讲述了少白头的乡党委书记李福泽在工作中四处碰壁，扶贫、乡村垃圾处理、舆情应对等事情搞得他不堪重负,心生退意。但他对党的忠诚、对事业的初心,以及老百姓对他的信任,让他最终在基层的历练中成长为时代的"劲草、真金"。

《白头小书记》没有采用仰视英雄的角度,而是平视一个普通的乡镇干部。通过一点一滴的小事,表现一个乡镇干部的日常。聚焦在脱贫攻坚战中精准务实、攻坚克难的基层奋斗者,不仅呈现大时代的风云激荡,又讲述小人物的可贵坚守,再现共产党人的优秀品质。该部电影于2022年12月7日在中央广播电视总台电影频道黄金时间播出,在没有流量、没有明星演员出演的前提下,取得了央视电影频道同时段全国收视排名第二的好成绩。荣获第六届中国农民电影节"2023乡村振兴主题电影推荐影片"。

让更多的观众通过影视了解燕赵大地,是刘涛创作工作的初衷。作为一名青年电影人,他将继续用作品讲好河北故事。

作品

电影剧本

《灭火》（节选）

故事梗概

镜州市阳北县宜安乡的乡党委书记李福泽最近烦心事儿比较多。村里的赖汉杨二胖在领导来慰问的时候出了笑话；杀虎口村的脱贫户胖婶儿非说自己因学返贫要继续领贫困补助闹着要自杀；乡里的垃圾处理问题上面已经三令五申，但下面还是不好解决，已经成了全乡脱贫攻坚和提升新农村建设的难题。按下葫芦浮起瓢，乡里的事儿还没弄利索，上面又来了个记者要写乡里的负面报道。可偏偏李福泽又是个见了摄像机就张不开嘴的闷葫芦，李福泽面对镜头说车轱辘话的画面一下子就在全县火了起来。

李福泽发愁，上面的领导更发愁。上面压着，下面催着，李福泽一筹莫展。正巧在北京开自媒体公司的大学同学邀请他去北京当副总，还开出了五十万的年薪。这个数字让李福泽动了心思。但当初对县长的那句"带领全乡脱贫"的承诺还没有完成。李福泽咬了咬牙，就算走，也要把屁股擦干净。先让贫困户杨二胖脱了贫再说！

就在李福泽准备大干一场的时候，乡里又来了两个记者。两个记者揪住了宜安乡各个村垃圾转运的问题不放。

李福泽考虑到自己刚刚因为记者采访出了洋相，就让乡长杨建伟去接待记者。自己则跑去给杨二胖做工作。

可谁想到两个记者来了之后吃拿卡要，杨建伟竟然也全力配合。李福泽一怒之下跑去跟两个记者见面。几句话没说完，李福泽就看穿两个记者来路不正，很有可能是假的！李福泽赶跑了记者，要从根里解决乡里的垃圾处理问题。

人物小传

李福泽：三十二岁。李福泽是个"80后"干部，大学毕业后考入县政府文广新局。在县长曹子行的鼓动下，来到基层，在县里情况最复杂的宜安乡担任乡党委书记。即便来之前有耳闻，但李福泽也没想到基层的事情这么多，这么难。他也曾三番五次地找县长想要回到财政局，县长却一拖再拖。一晃三年过去，宜安乡变化不小。脱贫工作卓有成效，乡里的特色小镇也正在建设中，从全县的垫底乡到了全县数一数二的乡。可李福泽比宜安乡的变化还要大。从一个风度翩翩的天之骄子，变成了一个满头白发的村夫。其实，大事儿上，李福泽从来不怵头，麻烦的是小事儿。老百姓知道李福泽是个办实事的干部，家里丢只鸡都恨不能找他来解决。可李福泽偏偏一根筋，就是因为当初答应了县长一句话"老百姓的事儿再小也是大事儿"，不管什么事儿他都要管。可这管来管去，自己的终身大事也就耽误了。说起来，这事儿也怨李福泽自己。三年基层历练，让他跟村里的泼皮懒汉对骂起来一点儿都不含糊。可偏偏一见了大姑娘就脸红到脖子根。再加上他那一脑袋白头发，面相显老不说，还胡子拉碴一身泥土。结果就是人到三十，光棍一根。为了解决李福泽的个人问题，乡里几大班子成员及家属都在为这件事操心。县长甚至下了死命令，务必在年内，将李福泽的个人问题和乡里的脱贫工作一起完成。可听说组织上觉得他工作不错，要再给他一个贫困乡治上三年的消息李福泽终于绷不住了。正好赶上大学同学邀请他共同创业，一咬牙一跺脚，悄悄地写好了辞职报告。就等着到了合适的机会递给县长。

杨建伟：四十岁。宜安乡乡长。官僚做派，资历比李福泽要老。对县里乡里的情况十分了解，不求有功但求无过。对乡党委书记的位置觊觎已久，但李福泽的到来让他希望落空。所以对李福泽也是阳奉阴违。但最终被李福泽的真诚折服。

杨二胖：四十九岁。宜安乡杀虎沟村有名的懒汉，破罐破摔。是一个以残疾人自居，管村里要钱，不给钱就上访的无赖。

杜大海：五十岁。阳北县鹿鸣村村支书。生性耿直，脾气火暴，军人出身，有祖传的打树花手艺。

朱大伟：三十三岁。北京某新媒体公司老总。李福泽同学。想让李福泽去公司做副总。给李福泽开出了五十万年薪。

刘二江：三十五岁，刑满释放人员。曾因为诈骗、敲诈勒索入狱，自认为是高智商人才，当初是因为被人改了志愿才没考上大学。所以，对公职人员有偏见。出狱后，重操旧业。

王小乐：二十七岁，刑满释放人员。因和刘二江在一个号子里一块儿改造，被刘二江的聪明才智所折服。出狱后当了刘二江的跟班。

舒　凡：二十八岁。市电视台记者。小名二丫。杜支书的女儿。一开始因为一条新闻报道对李福泽有偏见。

曹子行：四十岁。阳北县委常委，县长。"70后"干部，大学毕业后也是年纪不大的时候就被委以重任。所以十分信任和自己经历相似的李福泽。

刘军强：四十五岁。阳北县委书记。

胖婶儿：四十六岁。宜安乡杀虎口村泼妇。因为二十万彩礼要让女儿退学。最后认识到自己的错误。

董小静：十八岁。胖婶儿的闺女。

小臭娘：三十二岁。宜安乡温泉村寡妇。

1. 日内　阳北县　县委第一会议室

会场上是一众领导干部，会场里灯光调暗。投影上是一个短视频软件的界面。短视频开始播放。视频中，一个领导模样的人，正在慰问贫困户杨二胖。领导把米面油交到了杨二胖手里。杨二胖从袋子里左翻右翻，似乎没有找到想找的东西。面带失望。

领导：日子过得怎么样啊？

杨二胖：多亏了党和政府的关心。八月十五的时候，宋书记来慰问，不但给了米面油，还给了五百块钱。那五百块钱可是帮了大忙啦。

领导面露尴尬。站在领导身后的干部听到后赶忙从兜里掏出一沓现金交给领导。领导接过钱，又把钱递给杨二胖。

杨二胖面带喜色：谢谢领导！谢谢领导！

领导：还有什么困难没有？

杨二胖：要是领导能再帮我找个媳妇就好啦！领导，你是不知道光棍儿晚上睡觉有多冷啊！

视频戛然而止。会场上有零星的笑声。会场的灯光打亮。

主席台正中是县委书记刘军强，两旁是县长曹子行和县人大、政协一干领导。

刘军强端起水杯喝了口水，把杯子蹾到桌子上。接着说道：宜安乡乡党委书记李福泽来了没有？

会场上人们东张西望，但没有人答应。刘军强愤怒地把杯子蹾在了桌子上。

2. 市西环派出所审讯室

　　李福泽脑袋上缠着绷带，隐约露出几根白头发。

　　警察：姓名？！

　　李福泽：我叫……李福泽……

　　警察：年龄？

　　李福泽：1986年的……三十三。

　　警察：（怀疑地打量李福泽）你三十三？！身份证我看一下。

　　李福泽：（把身份证递过去）

　　警察：还真三十三。你这长得也有点儿太着急了。

　　李福泽：常年风吹日晒……老得快……

　　警察：职业？

　　李福泽：公务员……阳北县……宜安乡……党委书记。

　　警察：（又看了一眼李福泽的身份证，在网上查了一下）来城里干吗？

　　李福泽：灭火。

　　上字幕：三十六个小时之前。

3. 日外　宜安乡杀虎口村　胖婶家院子里

　　院里院外挤满了人，就连墙头上也骑着不少赶来看热闹的村民。院子中央，胖胖的胖婶儿坐在地上，手里紧紧地攥着农药瓶子。大哭大闹。身边的人一边按住她攥农药瓶子的手，一边不停地安慰，但显然没什么作用。

　　胖婶儿哭喊着：我活不成啦！你们让我走吧！就让我下去跟那个死鬼接着做伴吧！我活不成啦！

　　村民甲：他胖婶儿啊，你可得想开点儿！孩子还小，你走了，她可怎么办？

胖婶儿：她不要脸！让她自己丢人现眼去吧！我是没脸活啦！

院子外面传来了一阵电喇叭宣传声："整治农村环境，共建美好家园！村庄多一分整洁，生活多一分美丽！"

院子门口的村民让开，满头白发的李福泽走了进来。胖婶儿看见李福泽也收了哭声。

李福泽看了胖婶儿一眼，又环视了一圈。蹲在了胖婶儿身边。

李福泽：这是第几番了？

村民甲：啊？

李福泽：听说，不是跳了河吗？

村民乙：跳了！

胖婶儿把脖子一梗。

李福泽：怎么又上来啦？

村民乙：就没沉下去……

胖婶儿面带羞愧。所有人捂着嘴乐。

李福泽：还上了吊？

村民丙：上了！

李福泽：怎么又下来了？

村民丙：绳儿断了……

李福泽：电闸摸了没？

村民丁：摸了？

李福泽：没跳闸？

村民丁：电闸没事，（用手指了指旁边的梯子）梯子塌了。

院里院外的人一片哄笑。

胖婶儿：李书记！村里人笑话我！你也来糟践我？！

李福泽：都别笑啦！起什么哄！来，胖婶儿，说说吧，这回又因为什么?

胖婶儿:我去领低保,村里说我不符合条件!

李福泽:你就是不符合啊!上回发的扶贫鸡苗,就你家养得好!你家一共就俩人,人均收入超贫困线不是一星半点儿!就算再招一个上门老伴都有富余!

胖婶儿:(白了李福泽一眼)你说你也是个大学生!还是干部!说话咋比老娘们儿都损呢?我是养鸡挣钱啦,我家是人口少,可我家现在是因学返贫啊!

李福泽:因学返贫?

胖婶儿:要想穷,供学生!当初我说让我闺女上师范,她非学艺术!谁知道那学费一年就一万五!现在家底挖空了,还拉下饥荒!我为了谁啊?还不是为了她!可她倒好,学艺术的人都不正经啦!在城里挣那丢人败兴、不干不净的钱!过年都不回来!我现在,就她一个亲人啦!结果她这么对我!这日子你让我怎么过?!我活不成啦!(又开始哭)

李福泽:你等会儿等会儿,假期勤工俭学挣点儿生活费怎么就丢人败兴、不干不净啦?!

胖婶儿:话既然说到这儿,我也不怕丢人啦!她……她在城里当小姐!

李福泽:你怎么知道的?!

胖婶儿:三棒槌去城里打工在歌厅门口看见过她!

(人群中一个长得像棒槌的哥们儿点了点头)

李福泽:听见风就是雨!有这么糟践自己亲闺女的吗?!什么事儿啊!起来吧,该干嘛干嘛!

胖婶儿:(麻溜地爬起来进屋拿了一封信出来)你看看!你看看!跟我断绝关系的信都写啦!

李福泽：小孩儿闹着玩呢！这种信法律也不认！我还有别的事儿！先走了。

胖婶儿：我的天啊！我活不成啦！闺女不管我，政府也不管我！我活不成啦！

李福泽：胖婶儿！你跟我就别假唱了行吗？你把话说明白吧！你到底想干吗？

胖婶儿：你去城里帮我把她找回来。

李福泽：不是说因为低保的事儿要自杀吗？！怎么又成找闺女啦？！

胖婶儿：这是一个事儿，你帮我把闺女找回来我就不申请低保了。

李福泽：那是你闺女，你自己怎么不去？！

胖婶儿：我去了这一院子鸡谁管？！

李福泽：这事儿轮不着我管！你们村主任呢？！

胖婶儿：别人我不放心！穷了这么多年，就你来了以后，我这才过两天好日子！我就信得过你！

李福泽：你说你这不胡搅蛮缠嘛！（环视了一圈）这样，咱让乡亲们评评理！要是大伙儿说这事儿该我管！我就去给你把闺女找回来！

胖婶儿：行！（站起来）

李福泽：大家伙儿说，这事儿该不该我管？

（一阵沉默）

村民甲：这事儿，按说不该书记管。

李福泽：对嘛！

村民甲：但书记是咱父母官，是公仆。这事儿，要是父母，肯定管，要是仆从，也必须管！这么说的话，这事儿，李书记该管！

（全院村民附和：该管！该管！）

李福泽：（吃惊又无奈地看着村民们）行！这是讹上我啦？我管！

我管还不行?!

　　胖婶儿:(喜笑颜开)哎呀!李书记!我就知道你得管!来来来,赶紧进屋喝口水!

　　李福泽:不喝!这就让你讹得不轻了!还喝?我都想喝药啦!(一伸手把胖婶儿手里的农药瓶子抢走)

4. 日外

　　李福泽骑电动车到车站。

5. 日外

　　李福泽在车站等车。

6. 日内　公交车上

　　李福泽站在公交车上。一个孩子好奇地看着李福泽。李福泽咧嘴对孩子一笑。

　　孩子:(站起来)爷爷,您坐这儿吧。

　　李福泽尴尬地摸了摸孩子的头,把孩子按回座位上,手上稍微使了点儿劲儿,孩子疼得龇牙咧嘴。

7. 日外　某大学门口

　　李福泽在锁着的大门口朝里面张望。

8. 日外　路边

　　路边,清洁工在打扫卫生。李福泽坐在路边喝凉水,喝完把空瓶子递给清洁工。用手机打电话,无人接听。又用微信添加好友。

　　留言:你妈让我来找你。

王小乐开车经过，在路边等人。随手把一个矿泉水瓶子扔出车窗。正好砸在清洁工身上。

李福泽捡起瓶子，扔回车里。

王小乐下车，要跟李福泽理论。刘二江从路边一个打印店出来。拦住王小乐。

刘二江：怎么回事？

王小乐：我扔了个瓶子，这货又给我甩回车上了！

李福泽：垃圾，得扔在该扔的地方！你这瓶子都扔人老头儿身上啦！

刘二江：（对王小乐说）给人家说对不起！

清洁工：算了……

刘二江：（对王小乐瞪眼）

王小乐：（极其不情愿的）对不起。

清洁工：没事……没事……

王小乐：（拿着瓶子走到垃圾桶前，刚要往垃圾桶里扔）

李福泽：可回收！

王小乐：（瞪了李福泽一眼把瓶子扔在可回收里）

刘二江：（对李福泽）大叔您贵姓？

李福泽：别，您叫我大叔我可当不起。我就一……热心市民！（手机响，李福泽拿起手机听语音）

刘二江和王小乐上车离开，离开前，看了李福泽一眼。

9. 日内　某餐厅

一个高档的餐厅。朱大伟一身商务打扮，在一个座位上用笔记本电脑敲击着键盘。不时刷一下手机。李福泽走进餐厅大门，看了一圈之后。坐到朱大伟身边。

朱大伟：你怎么老成这样了？

李福泽：哪壶不开提哪壶。

朱大伟：考虑得怎么样了？

李福泽：都这么直接吗？！咱俩得十年没见了，都不叙叙旧？

朱大伟：你以为都跟你们似的？成天闲得难受。这么跟你说吧，我之所以来找你。是因为你的专业背景和强执行能力。而且，你在体制内时间也不短了，可以利用你的经验帮我们躲过一些雷区。我给的条件是年薪五十万。但是工作强度肯定比你现在要强很多。

李福泽：我不信。

朱大伟：你不信的话，我现在可以把钱打给你。

李福泽：我知道你有钱。我是不信你们工作强度比我现在强。你们互联网就一个996就已经闹得不可开交了。我们基层一直是5+2、白加黑！

朱大伟：随便吧。你要是考虑好了，随时可以过去上班。反正你也是单身一个人。一个包就走了。

李福泽：那也得走一个流程啊，一个月吧？

朱大伟：好。一个月后，你要是不来。这个位置马上有别人。你最好尽快。

李福泽：当年你在我下铺，上课都得我喊你，没见你这么着急过？

朱大伟：那都十几年前啦！

李福泽：唉，对了。你在北京这么多年了，认不认识治股骨头坏死的好大夫？

朱大伟：你股骨头坏死？

李福泽：我这股骨头还能坚持，一个朋友。

朱大伟：我可以帮你问问。肯定能找着。

李福泽：那得谢谢你，要两瓶啤酒，咱俩好好唠唠。（*手机突然*

响，李福泽看了一眼）看来还不行，我还有事儿，得先走！

朱大伟：不喝了？

李福泽：以后机会多的是！（离开）

朱大伟：尽快给我答复！

李福泽:（比画了一个 OK 的手势）

10. 日外　路上

李福泽快步在路上走，对着手机：你给我发个位置，我现在就赶过去。

11. 夜内　宾馆里

李福泽走到一个房间门前。拿起手机对照了一下。敲了敲门。一个穿着睡衣的姑娘把门打开。

董小静:（打量了一下李福泽）还真是个老头。想着一树梨花压海棠啊？

李福泽一愣：什么乱七八糟的？你是董小静？

董小静：应该早看过照片了吧？进来吧。

李福泽想了一下。进了房间，找了个地方坐下：小静啊，现在有这么个情况……

董小静：行了，别废话了。你先洗还是我先洗？

李福泽：洗？洗什么洗？

董小静：这么大岁数了，跟我装什么装。你不就是奔这个来的吗？（走到李福泽身边要脱李福泽的衣服）

李福泽:（脸腾地红了）你要干吗？！你要干吗？！

董小静：哟，脸红了，真看不出来，你这演技可以啊！（继续撕扯李福泽衣服）赶紧地，一会儿我还有别的事儿呢！

李福泽：（挣脱开，大喊一声）董小静！你妈说你挣钱不干不净，我还替你说话！你这样对得起你妈吗？！

　　董小静：对！我就是挣着不干不净的钱！现在你知道啦！瞧不起我你走啊！

　　李福泽：董小静！我是宜安乡乡党委书记李福泽！我来找你，是因为你妈要自杀！我是想解决你们之间的问题！

　　（门口突然有人敲门）

　　李福泽：谁啊？！

　　（画外：开门！赶紧开门！）

　　李福泽：你是谁？！

　　（画外：开门！里面是我女朋友！还没满十八岁！你完了我告诉你！）

　　李福泽：（有些紧张）小静啊！你别怕，有我呢！

　　李福泽说完话，回头看了董小静一眼。董小静一脸从容地坐在床上。

　　李福泽：算了，我还是报警吧！（掏出电话，拨号）喂，110吗？我这是波尔美酒店2101，我这儿有个妇女，好像……失足了……

　　（董小静不知道从什么地方拿起一根棍子抡在了李福泽脑袋上，李福泽回头看了一眼晕了过去）

12. 日内　派出所拘留室

　　拘留室。

　　李福泽迷迷糊糊地睁开眼睛，身边围了一圈人好奇地看着他。李福泽挣扎着坐直身子。

　　嫌疑人甲：什么色的？

　　李福泽：啊？

　　嫌疑人乙：问你是扫黄进来的，还是扫黑进来的？

　　李福泽摇摇头。

嫌疑人甲：佛还是道？

李福泽：嗯？

嫌疑人乙：佛是偷，盗是抢。

李福泽：也不是。

嫌疑人甲：蜂麻燕雀占一门？

李福泽：什么？

嫌疑人乙：是不是骗子？

李福泽：你们说的是中国话吗？

嫌疑人甲：你到底什么事儿进来的？

李福泽：我……我没事啊……

嫌疑人乙：喝多了打架吧？瓢儿都给开了。

李福泽：这是哪儿？

嫌疑人甲：这是哪儿？学前班，从这儿毕业才能去上大学！

李福泽：什么大学？

嫌疑人甲：那得看你是哪个系的了。比方说吧，要是佛系的，学制短，就去轱辘滩大学。要是盗系的，学制长，就去沙头岭大学。你是哪个系的？

李福泽：（看了看周围的环境，琢磨明白了）我？我中文系的！（站起来，摇晃铁栏杆）同志！同志！放我出去！

13. 日内　　警察局办公室

警察：灭火？

李福泽：嘿，我们单位……闹着玩儿……说的。

警察：口吃？

李福泽：不是……同志……你能把那摄像机关了吗？对着那玩意儿，我说话不利索……

警察：(回头看了一眼，关了摄像机)说吧。

李福泽：基层工作多，有点儿什么事儿老百姓都敢找你，找你就得帮着解决呗。我们叫灭火。

警察：我们也一样，既然干了这行就是个为人民服务。

李福泽：是是是。

警察：按照你的说法，你应该是遇见仙人跳了。仙人跳，就属于敲诈勒索，按正常来说是公诉案件。你要不要再考虑考虑？

李福泽：别别别，别公诉。那孩子还上着学呢，也兴许是误会。

警察：那你再想想吧。哦，对了。昨天你晕了以后，找大夫看了看，你也没啥事，就把你放拘留室了。没吓着你吧？

李福泽：没没没，就当学知识了。

警察：那没事了。是找个人来接你还是你自己走？

李福泽：我自己能走。同志，咱这儿有充电器吗？手机没电了。

14. 日内　派出所楼道

李福泽蹲在地上给手机充电。手机打开。微信咣咣咣地进来几十条。李福泽逐一打开查看。有乡长的，有县长的，还有村民的。都是让李福泽赶紧回乡里。

舒凡进派出所，被李福泽绊了一下。

舒凡：干吗呢？

李福泽：对不起对不起！

民警出来迎接：杜记者来了？

舒凡：这人干吗的？

民警：哦，遇见仙人跳了……

15. 日外　宜安乡党委门口

乡政府门口，两个老乡和一个抱鸡的大婶正在聊天。几个人突然看见了什么，跑了过去。远处，李福泽骑着电动车回来，头上的纱布随风飘荡。

王大娘：李书记，你这脑袋是怎么了？

李福泽：（一把扯掉纱布）没啥事，你们怎么过来了？

老乡甲：李书记！我们哥俩儿分家那事您给解决一下呗？

李福泽：不都解决完了吗？！

老乡甲：不是……爹妈还没分呢……

李福泽：（十分气愤）怎么分？你想怎么分？！是你要爹他要妈？还是你要俩脑袋他要胳膊腿？我告诉你，不管啥时候，二老必须在一块儿！你要是给分开！我就告你虐待老人！到时候，你们哥俩儿都得进去！完事我就撺掇你媳妇改嫁！我给二老养老送终！

老乡乙：书记书记，我媳妇又跑了，上回就是你给找回来的。你再受累给找找呗？

李福泽：又打麻将了吧？

老乡乙：嘿嘿……

李福泽：这我没法帮你找！上回你写保证书的时候我在。自己怎么写的怎么干，买上东西去丈母娘门口跪着去吧！

王大娘：李书记。

李福泽：怎么了大娘？

王大娘：我这鸡……不下蛋了……

李福泽：那得找兽医啊。找我干吗？

王大娘：这是扶贫鸡苗，你不说，这事儿你负责到底吗？

李福泽：我是说负责可这事儿……

王大娘：我不管！你打的包票，你就得管。

李福泽：那过两天我带着兽医去你家里行吗？

王大娘：不行！（把鸡塞李福泽手里）这鸡就先放你这儿。什么时候能下蛋了，我再来领回去！

李福泽：我这儿也不是养鸡场啊！

（村民们散去，李福泽一个人抱着鸡在风中伫立）

16. 日内　李福泽办公室

曹县长在李福泽的办公室里倒了杯水，环视四周。整整一面墙，是李福泽手写的贫困户档案。以及手画的每个村的地图。曹县长又来到李福泽的办公桌前，桌面上是各种文件。桌子上扣着一张照片，曹县长把照片拿起来。是李福泽年轻的时候，风度翩翩，一头黑发。曹县长用手机对着照片拍了一张照。桌子上还有各种种植养殖方面的书，曹县长翻开其中一本，李福泽抱着一只鸡走进办公室。

县长：李福泽！你干什么去了？！微信不回，电话关机！还有没有点儿规矩？

李福泽：（把鸡塞到县长手里，自己倒了点儿水洗了把脸）

县长：这……

李福泽：（洗完脸，把鸡从县长手里接过来，把自己脑袋伸过去）来，曹县长，您摸摸？

县长：什么意思？猪年摸猪头，一年不发愁？

李福泽：去城里帮杀虎口村寡妇胖婶找闺女，让人一棍子抡派出所去了。包还没下去呢！

县长：哼！这个乡党委书记算是让你干出花来啦！我告诉你，现在刘书记很生气！让你一回来就去见他。

李福泽：出什么事儿了？

曹县长：你是真不知道还是装糊涂？我问你，今年乡里贫困户慰问的点是谁安排的?

李福泽:杨乡长负责对接媒体。但这事儿是我拍的板儿。

县长:(拿出手机,打开视频让李福泽看,是市领导慰问杨二胖的片段)你自己瞅瞅!这都是什么?!

李福泽:贫困户啊!他是真穷,我可没弄虚作假!

县长:我没说你弄虚作假!我是说你就不能找个像样点儿的?

李福泽:曹县长!您是领导,但您也要体谅我的难处!每个村里每个贫困户,我这墙上都有档案。三年啦,脱贫一户,我拿下一份。但凡是这人有一点儿上进心,我都能想到办法!可现在剩下的就是这种又懒又馋的。你让我怎么办?

县长:那你就不能……培训培训?

李福泽:你是让我开个表演培训班,弄虚作假哄领导开心?!

县长:放屁!我是让你告诉他知道什么该说什么不该说!

李福泽:这活儿我干不了。反正这事儿已经出了,你说怎么办吧?

县长:想办法让这个杨二胖脱贫,树成典型,消除这件事儿的负面影响,把这个火灭喽!

李福泽:(想了想,把手里的鸡放下,从抽屉里拿出一张纸)县长,这辞职报告我写完好长时间了。您签个字,我就送组织部去。

县长:威胁我?

李福泽:这怎么是威胁您呢?当初您让我来的时候就答应我了,只要让宜安乡不是倒数第一,就把我调回文广新局。结果呢?三年了,宜安各项指标都在前三,全乡每个村我都有一堆干亲戚!(又把鸡抱过来)昨天晚上挨了一棍子不说,现在鸡不下蛋我也得管!当初的事儿您一句不提了?你看我这头发!我现在还没对象呢,小孩儿都管我喊爷爷啦!

县长:你这是有情绪啊?

李福泽：我没情绪！我们同学在北京开了自媒体公司，让我过去当副总。

县长：这样。这份辞职报告，我先给你收着。刘书记那儿，我也帮你挡一下。当初签的目标责任书呢？

李福泽：（找出目标责任书递给县长）

县长：（翻开目标责任书）看见没有？这上面写的带领全乡完成脱贫工作。有一户没脱贫，你的工作就不算完成。你要是把目标完成，你想去文广新局就去文广新局，想辞职当副总就去当副总，怎么样？！

李福泽：您这回说话算话？！

县长：算话。

李福泽：那行吧！

县长：对了。我爱人要给你介绍个对象，你抽空见见。

李福泽：没空。

县长：没空挤也得给我挤出空来！去之前把头发染染！一天到晚顶着一脑袋白毛还想找对象？这样下去，你都能直接上广场舞队里找老伴去啦！

李福泽：广场舞队里大爷们身体棒着呢，我可抢不过他们。

县长：少跟我贫嘴！

17. 日内　杨乡长办公室

杨乡长在办公室里悠闲地喝着茶看着报纸。曹县长进门。

杨乡长头也不抬：李书记办公室在走廊那头。

曹县长：我找你！

杨乡长：（这才抬起头）曹县长您怎么来了？

曹县长：给李福泽交代点儿事，顺便看看你。

杨乡长：（着急忙慌起身给县长找杯子倒水）你来也不让秘书先打

个电话，我们也好去迎迎您。这是我大学同学给我寄来的明前龙井，您不来我都舍不得喝。您尝尝。

曹县长：你快别忙活了，我找你是正事。

杨乡长：是福泽的事儿？

曹县长：我今天来，发现他现在不管是工作方法还是工作态度都有问题。你跟他搭班子，情况了解得肯定比我全面。他最近是不是有什么事儿？

杨乡长：曹县长，要说他的私生活，这我还真是不怎么了解。但是工作上，我可以跟您说说。

曹县长：你说。

杨乡长：他太累了。您从门口进来的时候，估计也看见了。现在全乡不管谁家有个大事小情，就敢直接推他门找他！他也是，不管谁找，一视同仁！您说，全乡一万多人，乡里还有这么多工作。他这么没轻没重，一年三百六十五天连轴转，时间长了谁能没情绪？

曹县长：李福泽年轻，有冲劲有干劲，这点咱们要鼓励。但你反映的这个情况，也确实是问题。老杨啊，你是老同志。在基层工作时间也长。他是书记，你是乡长，有些地方，你要多帮助他，提醒他。这也是当初让你们搭班子工作的原因。

杨乡长：是是是，您说得对。在提醒、帮助李书记这方面，我做得确实还不够。我会在以后的工作中注意的。

曹县长：到底是老同志，境界还是有的。好了，你先忙，我也着急回县里开会。有时间再过来喝你这明前龙井。

杨乡长：我送送您。

18. 日外　乡政府大院

杨乡长将曹县长送出办公室。

曹县长：不用送了，你赶紧忙吧。

杨乡长：再忙也不能乱了礼数啊。（冲走廊另一头大喊）李书记！李书记！曹县长要走啦，出来送送！

小牛：乡长，我刚看李书记骑着电动车出去了。估计是又去村里灭火了。

杨乡长：你看这……

曹县长：出去好，他要是天天在办公室待着，我还得找他的事儿呢！

19. 日内　杨二胖屋里

杨二胖还躺在床上。院里传来一阵砸门声。杨二胖换了个姿势继续睡。砸门声还在继续。杨二胖愤怒地从床上坐了起来！

杨二胖：谁啊？！是报丧还是报喜？

砸门声还在继续。

杨二胖：（起来胡乱套了件毛衣，披上军大衣）好好好！我今天非得看看！到底是谁这么着急给他爹拜年！

气鼓鼓地冲出屋子。

20. 日外　杨二胖院里

砸门声还在继续。

杨二胖：听见啦听见啦！

杨二胖打开院门，李福泽一个趔趄跌进来。

李福泽站稳身子：你刚充谁爹呢？！

杨二胖刚才的怒气瞬间消失，回归窝窝囊囊的本色：李、李书记……

李福泽：这都几点啦！还睡？

杨二胖：醒了也没事儿干，不睡干吗？

李福泽：没事儿你就不能找点儿事儿啊？挺大个人，一天到晚除了吃就是睡！没听过那句话吗？生前何必久睡，死后自会长眠。

杨二胖：大过年的也不说点儿吉利话……（边说边往院外走）

李福泽：干吗去？！

杨二胖：上茅房……

21. 日外　杨二胖家院外

杨二胖在前面走，李福泽在后面跟着。

杨二胖：我上厕所你也跟着？！

李福泽：一眼没看见，你就敢管市领导要媳妇！不看着点儿你，万一你跑寡妇家要手纸怎么办？！

杨二胖：李书记，你是能人！我记得你刚来的时候挺文明的啊？你看看你现在，一张嘴能噎死人！

李福泽：我都变成这样了，你还连床被窝都置办不起，你才是能人！

杨二胖：这样我也不想啊……

李福泽：还有人逼你啊？！我就纳闷，人市领导来扶贫，你怎么就能张嘴管人家要媳妇呢？！

两个人走到茅房附近，杨二胖走进茅房，李福泽在外面等着。

杨二胖：一年来扶贫慰问的就这么两三拨，能多要还不多要点儿？再说，好不容易见着那么大领导，万一领导一高兴给我解决了呢？

李福泽：就你这样，真给你分配个媳妇儿也让你饿死！

杨二胖：真给我个媳妇儿我肯定好好干活儿！

李福泽：别人说行，你说这话，打死我也不信！之前村里帮你栽了扶贫果树，收你都懒得收！我来第一年给你两只扶贫羊，多好的小尾寒羊！每天在山坡上放放就能赚钱！你呢！直接给吃啦！第二年，我咬了咬牙给了你五十个扶贫鸡苗！你连毛都没给我剩下！去年，给你找了个组装的活儿，你把原材料都给我卖啦！还是我替你赔了一千多块钱！

杨二胖：王八操的！

李福泽：你骂谁？！

杨二胖：（提着裤子从厕所出来）二狗子坑我！才给了我二百！

李福泽：二百块钱？！

杨二胖：对对对，李书记！你得把剩下那八百块钱给我要回来！

李福泽：（扬手作势要打杨二胖）我还给你要钱？

杨二胖跑开。

22. 日内　杨二胖院子里

杨二胖先进院子。把院子里的柴火在往一块儿拢了拢，用打火机点着，坐在一边烤火。李福泽跟了进来。

杨二胖：书记，乡里就没点儿别的事儿干吗？你老跟着我算怎么回事儿啊？

李福泽：你！就是我这个阶段的工作重点！

（一个妇女跑进杨二胖家院子，进来之后到处找）

李福泽：小臭他妈，你找啥呢？

妇女并没有搭理李福泽，继续找，但最终什么也没找到，冲上来撕扯捶打杨二胖。

妇女：我让你偷！我让你偷！你懒就懒吧！你还偷！

杨二胖：哎哎哎！男女授受不亲啊！

李福泽拉住小臭他妈：小臭他妈，小臭他妈！别上来就动手啊！把事儿说清楚！

小臭妈：这还有什么不清楚的？！他偷我鸡！

杨二胖：偷你鸡？你咋不说我偷你人呢？说话要有凭有证！你说鸡是我偷的，你找着了吗？！谁看见了？！

小臭他妈：全村还有一个像你这么没皮没脸的吗？！除了你还有谁能这么缺德？！

李福泽：小臭他妈，咱不能光靠猜测就把案子断了，不行再在附近找找？

小臭他妈：李书记！你也甭向着他！这事儿要是别人干的！我自己弄双破鞋挂我门口！（突然崩溃大哭）我那是下蛋的鸡！就指着它下蛋给小臭补充营养呢！你个缺德玩意儿就给我偷了！

李福泽：小臭他妈……你别哭啊……这样……那鸡多少钱？我赔你行不行？！

杨二胖：不用你！（进屋，把慰问的米面油拎了出来）鸡我是没偷，但我可怜你们孤儿寡母！这些东西你拿走吧！

小臭他妈：谁稀罕你的东西！（拎起一袋大米）这算你赔我的！（拎着大米离开）

李福泽：真是你偷的？

杨二胖：（接着蹲回火堆旁烤火）我要有那本事，还能穷成这样？！

李福泽：那你还把扶贫给你的这点儿东西都拿出来？

杨二胖：我还能真让她把破鞋挂门上？

（杨二胖找了根棍子，把火堆扒开，从里面扒拉出一个泥蛋，用棍子凿开，露出一只鸡）

李福泽：你不说你没偷吗？！

杨二胖：（把鸡脖子提溜起来）这牙印看见没有？这是黄大仙偷的！我是从黄大仙嘴里抢下来的！（撕下一个鸡腿递给李福泽）

李福泽：（接过鸡腿，咬了一口）还真香。

杨二胖：我今年也四十好几了。谁不想找个媳妇成家过日子？村里人早给我定了性，好吃懒做，偷鸡摸狗！你看我住这地儿……你来瞅瞅……

23. 日外　垃圾堆

杨二胖领着李福泽来到房后垃圾堆前。

杨二胖：看见了吗？

李福泽：看啥啊？一堆垃圾。

杨二胖：没错，我是告诉你，我现在就是垃圾！随便找个地方一扔就完啦！

李福泽：这么说吧，怎么着你才能不当这个垃圾！

杨二胖：还是那句话。你要是能给我找个媳妇，我就能不当这垃圾！

李福泽：我给你找个屁！（转身边骂边走）我自己还没媳妇呢！我给你找媳妇？！烂泥扶不上墙！我给你找媳妇？！你咋不让我连孩子一块儿给你生了呢？！

杨二胖：那事儿我能自己来……

李福泽：跟我走！

24. 日外　小臭家门口

小臭自己在门口玩。李福泽骑着电动车过来。小臭看见李福泽打招呼。

小臭：白毛叔！

李福泽：倒霉孩子！不是告诉过你吗？要不就叫李叔，要不就叫福泽叔！白毛叔算个什么玩意儿？记住了吗？

小臭：记住了，白毛叔。

李福泽：记住个屁！过来！（从兜里掏出五十块钱递给小臭）跟你妈说，你们家丢的那只鸡，是叔叔吃了，这是鸡钱。

小臭：（接过钱）

杨二胖：我都赔了一袋面了，你把钱给我吧？

李福泽：人家那是下蛋的鸡！（对小臭）把钱给你妈，不能干别的啊！回头我可问你妈！

小臭：那鸡不是让黄鼠狼叼走了吗？

杨二胖：你看见了你不说？！

小臭：说了我妈不得骂我？（跑开）

杨二胖：哎！这倒霉孩子！我抽你！

小臭：老光棍儿！大懒汉！（跑到远处对杨二胖做了个鬼脸）

杨二胖：李书记，你瞅见没？！一个孩子都敢欺负我？！

李福泽：快走吧！

25. 日外　老支书家院门口

杨二胖在杜支书家院门口蹲着。周围的几个孩子远远地看着。杨二胖随手拿起个什么东西扔几个孩子。几个孩子跑开。

26. 日外　杜支书家院子里

杜支书拿着一把钢钎清理铁锅里已经凝固的铁水。

李福泽蹲在一边。

李福泽：杜支书，这事儿就这么定了。你把村里的爱说媒的老娘们儿聚到一块儿开个会。今年说什么得把杨二胖的媳妇给他落实喽！

杜支书：（把钢钎扔在地上）

李福泽：（吓了一跳）

杜支书：我村"两委"的工作里没有给老光棍儿找媳妇这一项！

而且，这种缺德事儿，我也不能答应。

李福泽：这怎么是缺德事儿呢？当月老这是积德啊！

杜支书：李书记！你自个要是有个姑娘你愿意许给个好吃懒做吃低保不上进的老光棍儿？！

27. 日外　杜支书家院子里

杜大海：他现在穷得就差当裤子了！你还让我给他找媳妇？！

李福泽：总有合适的嘛！

杜支书：合适？怎么叫合适？这种扶不上墙的烂泥臭狗屎活着都是糟践粮食！

李福泽：杜支书，你这么说可就是人身攻击了！

杜支书：（拉着李福泽走出院子）

28. 日外　杜支书家门口

杜支书拉着李福泽走到院门口杨二胖的面前。

杜支书：（指着杨二胖）我人身攻击他？！他得先是个人啊！你看看他现在！

（周围的人越聚越多，小臭他娘也在其中）

李福泽：他怎么不是人啦？！（看了一眼杨二胖）你有个站相。

杨二胖：（磨磨叽叽地站起来）嘿嘿。

杜支书：李书记，我不跟你抬杠！（对着杨二胖）杨二胖，你自己说，你自己活得有个人样吗？！

杨二胖：（十分扭捏的）人也有贵有贱，贵人我攀不上，当个贱人呗……嘿嘿……

（周围哄堂大笑，有的人掏出手机开始录像）

杜支书：你听见了吗？这么个玩意儿，你让我给他找媳妇？！他就是个造粪机器!

（周围村民再次大笑）

村民甲起哄：杨二胖，给你找个寡妇怎么样？

小臭娘：谁家牲口圈没关？跑出你这么个畜生？！寡妇不是人啊？！你爹死了你娘也是寡妇！到时候让你娘跟他，你捡一现成的爹！

（村民们再次哄笑，杨二胖失落地看了一眼小臭他娘）

杜支书：都别起哄啦！李书记，你让他自己说，他现在这样配有媳妇儿吗？

李福泽：杜支书你……

杨二胖：（低下头）我不配……（失落地离开）

李福泽：（看着杨二胖，一副怒其不争的样子）二胖？！

杨二胖：（没有回头）

李福泽：（愤怒地看着杜大海）杜大海！你这是一个村支书对贫困户该有的态度吗？！

杜支书：论辈分，我是他舅爷！该帮扶的帮扶了！论职务，我是村支书，该资助的资助了！可他呢？一点儿长进都没有，你让我什么态度？！

李福泽：好！你不管！我自己想办法！（骑车子离开）

29. 日内　乡政府活动室

乡长杨建伟正在活动室里打乒乓球。李福泽冲了进来。

李福泽：（怒气冲冲的）气死我了！

杨建伟：不是去灭火了吗？怎么我看着越烧越大了？咋啦？

李福泽：你说这杜大海！我让他组织村里老娘们儿给杨二胖说媒。可他倒好，连挖苦带损地骂了杨二胖一顿！我跟你说，这也就是杨二胖脸皮厚！不然非得跳了河！

杨建伟：来来来，咱俩打一局！

李福泽：我不打。

杨建伟：运动运动，火气就不这么大了。来来来。

李福泽拿起拍子。两个人打起乒乓球。

杨建伟：你为什么要给杨二胖找媳妇？！

李福泽：杨二胖说了，只要有个媳妇，他就踏踏实实地打工脱贫！

杨建伟：那就是你不对。

李福泽：我怎么不对？

杨建伟：本末倒置！你自己想想，他不先脱贫，怎么有媳妇？就他现在这样，给他条狗也得饿死！（猛地一扣）

李福泽：（李福泽一愣，球险些打到脸上）对啊！

（宣传员小牛进来）

小牛：李书记，杨乡长，市电视台来了个记者，说是要了解咱们村的垃圾处理问题。

李福泽：杨乡长你接待一下吧。他要是需要实地采访，就带他去清溪村、杀虎口村转转。只要别去温泉村就行，我今儿刚去，那垃圾就露天堆着呢……

杨乡长：你是一把手，这露脸的机会难得，还是你去吧。

李福泽：我一看镜头就说不了话你又不是不知道！你快去吧。

杨乡长：你干吗去？

李福泽：刚在杜大海那儿，感觉没发挥好。你刚才一点拨，我这儿有点儿通。再跟他吵一架去！

30. 日外　温泉村　杜大海院门口

李福泽咣咣地砸杜大海的院门。杜大海手里拿着把斧子把门打开。

李福泽：（吓得往后撤了一步）杜大海，你要干吗？！

杜大海：就算我是个村支书，也是庄户人家。要种地，要干活儿。比不了你，一天到晚没事儿干！（把门一锁就走）

　　李福泽推着电动车在后面跟着。

　　李福泽：杜支书，我回去琢磨了一下。你那话里有对的地方。

　　杜大海：琢磨明白就好。

　　李福泽：你说他现在穷得就差当裤子了，这话一点儿错没有。那咱们就得想想办法，不但不能让他把裤子当了，还得让他把其他的家当赎回来。哎，杜支书你慢点儿走！

31. 日外　地里

　　杜大海拿着斧子砍柴。李福泽蹲在旁边继续说。

　　李福泽：上午，是我冒失了。应该是，咱们一起先帮杨二胖脱了贫。然后，再委托您老人家给他找对象。

　　杜大海：他脱贫？太阳打西边出来他都脱不了贫！

　　李福泽：杜支书，你话不要说得这么绝嘛……

　　杜大海：我说的……（电话铃声响起：我在仰望！月亮之上！）我接个电话……（闪身到一边）喂？！……我在哪儿呢？我在山上呢！……你回来啦？你回来干吗？找着对象了吗？……没有？！没有别来见我！……忙？比你忙的人多了去了！我也没见谁耽误找对象！……我没工夫听你那些乱七八糟的事儿！还是那句话，找不着对象别回来见我！（挂断电话，看着屏幕，等了一会儿，确认电话不会再打过来了。把电话装进口袋）我说李书记……

　　杜大海一回头，看见李福泽脱了外套，正拿着斧子砍柴。一捆柴火已经捆好。

　　杜大海一屁股坐在了地头儿上：我说李书记，看不出来，你干活儿也是一把好手啊。

李福泽：啊？嘿，我这人啊，看见有活儿没干完就难受。

杜大海：这想脱贫的，脱了贫就得了呗。这不想脱贫的，你生拉硬拽的，他也难受，你也辛苦。何必呢？

李福泽：话不是这么说啊杜支书。我就不信这天底下有不想过好日子的人。就拿杨二胖来说，他想娶媳妇，不也能说明，他渴望家庭生活，渴望过上好日子。只要他有这个想法，咱们就该帮他脱贫。

杜大海：这话说起来容易。烂赌徒输急眼了还能戒三天呢。你能让他有三天热乎劲儿我信。但时间长了呢？你能保着他不卖扶贫羊不吃扶贫鸡？

李福泽：我就是为这事儿找你啊老支书。虽然我在乡里离得也不远。可也得骑半个小时电车子，有个人在他身边监督着点儿，没准就不一样啦。

杜大海：听说，你要走？

李福泽：谁啊？我上哪儿去？

杜大海：全乡就这一万多口子人，谁能瞒过谁去？外面都传遍了，说有公司一百万聘你，过完年就走。

李福泽：一百万，谁给得起我现在就走！

杜大海：行啦！盐巴虎子粘鸡毛，你跟我装什么鸟啊！虽然你长得比我老，但我怎么也比你大二十来岁。说起来，能当你叔。看你小伙子人不错，这两年也给大伙儿办了不少好事。给你说几句掏心窝子的话。

李福泽：杜大叔，您说。

杜大海：哎，这些年，迎迎送送的，我见了不少。你不一样，也一样。下个领导一来，又有人家的一套想法。你要走啊，就踏踏实实走，别管这些烂事儿了。

李福泽：杜大叔，我刚不跟您说了嘛。看见有活儿干不完，心里难受。

32. 日外　杨二胖家门口

　　杨二胖在门口架起了一个火堆。上面烤着一只麻雀。不远处的地上支着一个笸箩，地上撒着粮食。小臭在旁边看着。

　　小臭：这麻雀是从哪儿弄的？

　　杨二胖：反正不是你家的。

　　小臭：二叔，一会儿熟了给我吃呗？

　　杨二胖：看见吃的知道叫二叔了？！

　　（一只麻雀钻进了陷阱，杨二胖拽了一下手里的绳子，笸箩把麻雀扣住）

　　杨乡长领着记者从杨二胖门口路过。杨二胖看见有热闹跟了过去。

33. 日外　垃圾堆旁

　　杨乡长带着电视台记者舒凡和摄像来到垃圾堆前。

　　舒凡：杨乡长，我们就是来拍点儿新闻，不用陪同。

　　杨乡长：你们是上级宣传单位，我陪你们转转也是应该的。

　　（杨二胖看见有热闹凑了过来）

　　舒凡：老乡，这片垃圾在这儿多长时间了？

　　杨二胖：（方言）两年多啦！

　　杨乡长：（拽了一下二胖）他说的是方言，两个月的意思。

　　舒凡：这片垃圾影响你生活吗？

　　杨二胖：（方言）怎么不影响？夏天又味又招苍蝇，都不敢开窗户。

　　杨乡长：他说，不影响。村里每个月都会清走。

　　舒凡：杨乡长。我想采访您一下。

　　（李福泽远远地骑着电动车过来。电动车喇叭依旧响着标语。杨建

伟看见了李福泽）

　　杨乡长：你别采访我了。那是我们乡党委书记李福泽。你们直接采访他就行！

　　李福泽停下车子：杨二胖！你又在家门口玩火？！

　　杨二胖：逮了几个家雀儿烤着玩呢……

　　杨乡长：李书记，这是电视台的记者舒凡。

　　李福泽：不是不让带这儿来吗？

　　杨乡长：人家自己带着车呢。拦不住！

　　舒凡：李书记，我是公共频道记者舒凡。请问杀虎口村的这片垃圾为什么堆了两年了还没有处理？

　　杨乡长：（看着舒凡一愣）

　　李福泽看着摄像机的红灯闪烁，表情开始抽搐，脑门上冒出汗来。

　　舒凡：（看了一眼李福泽，认了出来）你是乡党委书记？

　　李福泽：啊……

　　舒凡：李书记，市里反复强调农村生活垃圾处理的问题。为什么咱们乡的行动这么滞后？

　　李福泽：（冷汗吧嗒吧嗒地往下掉，干张嘴说不出话来）

　　杨乡长：李福泽！说句话啊！

　　李福泽：农村生活垃圾……村收集……乡转运……县处理……

　　舒凡：李书记，我希望你能正面回答我的问题。

　　李福泽：农村生活垃圾……村收集……乡转运……县处理……

　　小臭和杨二胖一人拿着一个烤熟的麻雀，边吃边看着李福泽。

34. 日内　乡政府办公室

　　乡政府杨乡长办公室。李福泽坐在一边喝水，杨乡长在办公室里来回溜达。

杨乡长：这回可崴泥了！李书记，赶紧给曹县长打个电话汇报一下吧。这新闻要是播出了，是大事！

李福泽：杨乡长，各个村的垃圾处理问题一直是你在负责，为什么现在村里还有垃圾堆？

杨乡长：我也没办法啊。由堆转桶，县里说了一个村给五十垃圾桶，到现在就落实了十个！一开始答应的是每个乡三辆垃圾车，结果只到位了一辆！最要命的是，司机的工资还要乡财政自己想办法。现在会开大车的司机，在外面工资最少一万一个月！可县里定的标准才三千！找不着人是一说，就算找着了，这三千块钱，乡里都有困难。

李福泽：这么多问题你为什么不早说？！

杨乡长：我怎么没说？去县里找了好几趟！县里说也有困难！而且，全县这种情况的乡有五六个。我琢磨着，我就别当这个出头鸟啦，到时候县里不管给哪个乡解决，我过去闹一闹，搭个顺风车，捎带把咱们乡问题解决了也就完了！谁知道半路杀出来这么一位啊！

李福泽：（低头琢磨这事儿该怎么办）

杨乡长：我还是给曹县长打个电话吧。（拿起电话要拨号）

李福泽：（站起来按住了电话）让我再想想。

杨乡长：你还想什么啊？！这事儿要是真上了电视，乡里这两年工作白干不说，你这个乡党委书记都干不成啦！

李福泽：（按住电话的手缓缓挪开）

杨乡长：（拨通号码）喂，曹县长……

35. 日内　电视台审片室

某电视台领导正在审片。监视器里正是李福泽的片段。领导的电话响起。

领导：喂？老曹啊……啊……对……我正在看……对，已经排播了……哦……这么个情况啊……好……不用不用……好……那有机会见面说。再见。（领导挂断电话）小杜啊，把这条片子撤了吧。

舒凡：为什么？这条片子播出了肯定能带动收视！而且，也确实反映了问题啊！

领导：这个乡党委书记，对摄像机有些心理障碍，不会面对镜头说话。而你这条片子，却单单只抓住了这一点。就算是个普通人，你这么干也有悖于新闻伦理。更何况，这还是个优秀基层干部！对于这种人，咱们要保护！

36． 日内　电视台审片室门口

舒凡抱着磁带气鼓鼓地从审片室出来。舒凡电话响。

（画外：舒凡，那条片子排播了吗？要是排了的话，我就在新媒体当先导片放出去了。）

舒凡：（犹豫了一下之后坚定地）排了！

37． 夜内　杨乡长家厨房

杨乡长在厨房里一边做饭一边乐。杨乡长老婆的画外音传来。

老婆画外：做个饭你美什么呢？

杨乡长：你是没见，今儿李福泽出了大乐子了！对着那个摄像机，真是一句话也说不出来啊！

38． 夜内　李福泽单身宿舍门口

李福泽拎着一包方便面回到宿舍。进门的时候掏钥匙，钥匙掉在地上。李福泽弯腰捡钥匙，腰疼了一下，直接坐在了地上。电话响。李福泽掏出电话。

李福泽：（有气无力的）喂？……什么就准备得怎么样了？不是说

好一个月吗？……行了，你等我电话吧！……我玩什么短视频？……你也真够着急的，这才哪儿到哪儿啊？就熟悉业务？好好好。我抽空看一眼。（挂掉电话）

李福泽刚准备站起身，方便面掉在了一边。电话再次响起。李福泽看了一眼，把电话开到免提。

李福泽：喂？

曹县长：李福泽！这次的这个火我帮你灭了！以后你自己的屁股你自己擦！

李福泽：是是是，麻烦您这次帮我擦屁股！

曹县长：乡里垃圾问题给你一个星期时间，必须解决好！

李福泽：我知道了。

曹县长：还有！一看镜头说不出话来这个毛病，你自己想点儿办法！

李福泽：哎！

曹县长：明天是周日，你去趟市里。相亲的事儿，给你安排好了！你必须去！

李福泽：我没时间！

曹县长：我没问你有没有时间！地址我一会儿发给你！去之前记得把头发给我染利索！（电话挂断）

39. 夜内　李福泽宿舍

李福泽煮方便面，吃完，洗脸，刷牙，对着镜子看了看自己。

李福泽：（对着镜子说话）我是宜安乡乡党委书记李福泽！村里的垃圾问题，是我们眼下工作的重中之重。我们也一直按照村收集、乡转运、县处理的原则来执行。由于各方面的原因，有些时候可能出现垃圾处理不及时的情况。但我们肯定会积极地解决这个问题。尽量让垃圾及时清走，还村民一个干净整洁的家园！（做了一个收的手势）这不挺好吗？这不是挺好吗？！（想了想，回到房间，把手机架到一个支架上，打开手机录制功能。录制页面的红点开始闪烁。李福泽对着手机开始说话）

李福泽：我是宜安乡党委书记李福泽……

（手机的闪光灯亮了一下，李福泽用手一挡）

（闪回）

灯光亮起，李福泽用胳膊一挡。蓝背景下，李福泽西装革履地坐在主播台上。

老师：准备！开机！

（摄像机红灯开始闪烁）

老师：三、二、一！开始！

李福泽：……（紧张得说不出话，脑袋上一个劲儿冒汗）

老师：停！怎么回事！张嘴啊！学播音的以后张不开嘴当手语主持？！

（周围一圈同学们哄笑）

老师：放松一下，再来！

李福泽：（活动口舌）

老师：张嘴啊！三、二、一！开始！

李福泽：大家好……我是李张嘴……

（所有人笑得直不起腰）

老师：停！闭嘴吧你！李张嘴！下一个！

李福泽从主播台上走下来。

同学们：李张嘴！李张嘴！

李福泽回到宿舍，趴在桌子上写转专业申请书。

（闪回回来）

李福泽关了手机，上床，拿起手边的一本《摆脱贫困》。

40. 日内　李福泽宿舍

　　窗外太阳已经升起，书已经掉落在李福泽的床下。李福泽放在手边的电话响起，来电显示"曹县长"。李福泽迷迷糊糊地接起电话。

　　李福泽：喂？

　　曹县长：别忘了今天相亲！

41. 日内　理发店

　　李福泽走进理发店。

　　托尼师傅：大爷您好，我是托尼老师，请问您是洗头还是刮脸？

　　李福泽：染发！还有，以后看清了再打招呼。谁是你大爷？！托尼师傅！

　　托尼师傅：先洗个头吧。

　　（李福泽洗完头坐在座位上，从镜子里看见店里没事的服务员正在拍抖音）

　　李福泽：干吗呢他们？

　　托尼师傅：拍短视频。

　　李福泽：这玩意儿这么好玩吗？

　　托尼师傅：能挣钱。有的是点击量多了平台给钱，有的是粉丝多了有客户给投广告。

　　李福泽：（掏出手机下载抖音）

　　托尼师傅：连这么流行的软件都没有，还说自己不是大爷。

　　李福泽：你是没挨过大爷打是吧？赶紧干活儿！

　　（托尼师傅正准备上手，李福泽电话响）

　　李福泽：喂？……又闹上了？……好……我马上过去！（挂掉电

话把身上的围裙摘掉）下回再来染！（走）

托尼师傅：（看了一眼身后的服务员）你们看看人家，都退休了还这么忙！你们就不能勤快点儿！

42. 日外　胖婶儿家门口

胖婶儿在房上坐着。院子里聚集了不少的村民。

胖婶儿：我告诉你们，我今天就是要摔死在这儿！你们也别过来，我这儿备着泔水桶呢！谁过来我就拿泔水泼他！

村民甲：哈哈哈，胖婶儿，可不能泼啊，一泼就成泼妇啦！

胖婶儿：泼妇？！我让你泼妇！（转身去拿泔水）

李福泽：（进院子，四处看了一圈）人呢？

村民们都躲得远远的，用手指房上。李福泽抬头。胖婶儿一盆泔水泼下来。

胖婶儿：（看清泼的是李福泽，面带愧疚）李书记……

李福泽：胖婶儿！你这是又要干吗啊？！

胖婶儿：你答应帮我找闺女！结果闺女没回来，绝交的电话倒是打来了！她说以后要是再让人找他，她就死！李书记，我让你找闺女没让你逼死她啊？！

李福泽：我逼死她？！她设了局要坑我，最后还一棍子把我抡派出所去了，到现在我头上这包还没下去呢！要不是我拦着人家派出所就得让她坐牢啦！

胖婶儿：（一愣）李书记你行行好！可不能让我闺女坐牢啊！

李福泽：你先下来！

胖婶儿：哎！

43. 日内　胖婶儿屋里

李福泽在屋里洗了把脸。胖婶儿递毛巾。李福泽没好气地一把抢过去。

李福泽：胖婶儿，你放心！我答应你的事儿，肯定给你办！但你要是再这么闹，谁也管不了你！

胖婶儿：哎哎哎。

李福泽：(看了自己身上一眼) 你看看这？！就这么一身利索衣服！成啥样啦？！

胖婶儿：你要是不忌讳……闺女他爸的衣裳倒是还有几身干净的……

李福泽：算了吧！（电话响，李福泽打开微信，是曹县长）

曹县长：你到哪儿了？人家姑娘都到了！

李福泽：坏了！耽误大事啦！

44. 日外　某工业园区里

刘二江戴着眼镜，背着相机，穿着一件常见的媒体人坎肩在一个工业园区走走拍拍。王小乐扛着架子跟在刘二江身后。在他们后面，还有几个企业的工作人员亦步亦趋。

刘二江突然停住，咳嗽了两声。把眼镜摘下来，擦了擦：这是什么味啊？这么呛。你看这眼镜，走两步就落了一层灰。你们厂不会排放超标吧？

工作人员：不会不会，肯定不会！所有排放都有监测，这点您放心。（往刘二江兜里塞了个红包）

刘二江：(用手掐了掐红包的厚度) 这蓝天保卫战打了也不是一天两天了，对污染企业是零容忍！上面对这件事儿很重视啊！我也是替你们企业着想才提醒你一下。这种事情只要有点儿风声传出去，就算你不超标，这个局那个委三天两头的检查也耽误你生产不是？

工作人员：刘记者，您提醒得太对啦！（又往刘二江口袋里塞了一个信封）您放心，我一定注意，严把排放关。

刘二江：小心点儿，总是没坏处。到饭点儿了吧？

工作人员：早安排好啦！您跟我来。

45. 日内　县里某小资饭店

吕思思一个人坐在饭店的一个角落里。李福泽邋里邋遢地跑进来，拿着手机里的照片对照着在饭店里找了一圈，坐到了吕思思对面。

吕思思捂了下鼻子：这有人。

李福泽：你是……来相亲的吧？吕思思？

吕思思：您是替您儿子来的？

李福泽：啊？那什么……我就是李福泽……

吕思思：你今年三十三？

李福泽：1986年的，属虎。

吕思思：（站起来拿起包就走）

李福泽：哎，这是怎么了？

吕思思：第一，你迟到了半个小时。这是不礼貌。第二，我不知道你这一身味儿是怎么回事，但你来相亲也不洗个澡换件衣服，这是对我的不尊重。第三，在年龄上弄虚作假，这是不诚实。咱俩不合适，再见。（离开）

李福泽：（看着姑娘的背影，闻了闻自己身上，被熏得闭上了眼睛。）算了，你走了我自己吃！（拿起菜单看了一眼）服务员！

服务员：点菜吗？

李福泽：这是什么鸡蛋怎么这么贵？

服务员：卵石鸡蛋。我们这儿的特色。

李福泽：今儿我也对自己好点儿！来一个卵石鸡蛋，再来一碗米饭！

46. 日内　酒店房间

刘二江和王小乐走进房间。刘二江从信封里掏出钱来数了一下，抽出三张，想了想又抽出两张递给王小乐。

王小乐：谢谢二哥！

刘二江：跟我还客气！

王小乐：二哥给饭吃，客气两句还不应该？

刘二江：记着啊，以后在外面不能叫二哥，要叫老师！

王小乐：记住了。二哥，我在外面混了这么多年了，就没干过这么好干的活儿。去哪儿都是好话好脸，好吃好喝。手都不用伸，人就把钱装你兜里啦！

刘二江：知道嘛，这就是知识的力量！你也别成天价抱着个手机刷大娘儿们。多看看新闻，也钻研下业务知识！

王小乐：我听二哥的。

47. 日内　饭店里

李福泽正在刷抖音。上面有人做饭。粉丝量和点赞量都不少。服务员端上一盘鸡蛋。李福泽看了一眼鸡蛋愣住。

李福泽：就把鸡蛋炒石头上你们就敢卖三十八？

服务员：这是我们的创新菜。让石头导热炒熟鸡蛋，可以隔开铁锅的杂质和减少油的渗入。这样的鸡蛋更有营养。

李福泽：狗屁创新！我们村里杨二胖烧只鸡都比你这个有想法……（李福泽突然想到了什么）……三十八块钱算是买学问了！米饭快点儿！

48. 酒店房间

王小乐躺在床上刷抖音。一开始全是美女视频。突然李福泽被采访的视频跳了出来。王小乐看着视频笑出声来。又仔细辨认了一下。

王小乐：二哥，你看看这不是那天跟咱俩找事儿那小子吗？

刘二江：看了一眼视频。我以为什么人呢，就是个乡书记，还是个尿包乡书记。

王小乐：他也有今天。

刘二江：下个月的饭门有了。明天就去采访他！

王小乐：哥，他可是穿官衣的。

刘二江：淬得了火，才是真金呢。把他办了，咱们还怕啥？

王小乐：二哥说得对！我先给他来个赞！

49. 电视台　机房

舒凡正在剪片子。同事凑过来。

同事：哎，看见没有？一百多万的播放量，十多万个赞！

舒凡：这么火？

同事：这是最多的一条了。收视率怎么样？

舒凡：……那条片子……毙了……

同事：毙了的片子你告诉我排播了？这不找事吗？！我赶紧删了吧。

舒凡：为什么删？

同事：这属于未经审核播出！会出事的！

舒凡：我倒真想看看，这个基层干部到底需不需要保护！

50. 日内　县委书记办公室

刘书记：虽然现在这条内容已经删除了，但是舆情已经产生，不好的影响也已经造成了。你认为该怎么处理？

曹县长：刘书记，情况我已经了解过了。他们基层工作确实是有些难处。而且，李福泽面对镜头有一些心理问题。

刘书记：他李福泽出事儿不是一回两回了。到现在，你还认为他可以在这个位置上干下去？

曹县长：对。

刘书记：好。那就再给他一次机会。不过，如果他再出事儿，就算是你坚持，我也要把他拿下了。

曹县长：谢谢刘书记。

51. 日外　乡政府大院

李福泽回到乡政府。所有人都看着他笑。李福泽被笑得一头雾水。

52. 日内　乡政府活动室

杨乡长又在打乒乓球。李福泽进来。

李福泽：咱乡政府有啥喜事？咋人们见了我都龇牙咧嘴的？

杨乡长：（停下，擦了把汗，把手机递给李福泽）你自己看。

李福泽：（打开手机，看到了自己的视频被传到了网上）

杨乡长：现在点赞最多的那条已经删除了。这是有人看见发给我的。上面还没有啥动静，估计是曹县长顶着呢。不过，我估计，如果再有一次，咱俩这班子就该散伙啦。好好想想，怎么把这火灭了吧。

（宣传员小牛又进来）

小牛：李书记、杨乡长，又来了两个记者……

杨乡长：（看了一眼李福泽）

李福泽：（低着脑袋）

杨乡长：我去接待一下吧。

53. 日外　乡里的一个景点

杨乡长带着刘二江和王小乐在景点转悠。

杨乡长：两位大记者，这儿呢，是咱们乡率先脱贫的一个试点村。现在也是咱们这个地区比较著名的景点。

刘二江：杨乡长，我们来，是想了解一下咱们村里的垃圾问题。上面对这个问题可是很重视啊！您带我们来景点转悠，是不是想避重就轻啊？

杨乡长：怎么会？两位记者也是远道而来。我是想着，先让两位对我们乡有个稍微全面点儿的认识。

刘二江：杨乡长说得也对。说老实话，我们也知道。老抓着咱们基层的一些负面的东西，其实上面也不愿意看见。我们也不愿意老给领导添堵。只要你们在某些方面做到位，咱们一配合，这事儿不就遮过去了吗？

杨乡长：对对对。

王小乐：（看见了景点里的鸵鸟）二哥……

刘二江：（瞪了王小乐一眼）

王小乐：刘老师……你看鸵鸟！

杨乡长：对对对，这鸵鸟也是咱们这儿搞的特色养殖啊。今天晚上，咱们就吃鸵鸟蛋！

…………

刘涛在电影《白头小书记》现场

刘涛在电影《白头小书记》现场

徐鹤（原名徐起城），入选中青年文艺人才"燕赵秀林计划"。1987年8月出生，河北正青春影视文化传媒有限公司出品人、导演，河北省影视家协会理事，邢台市影视家协会副主席兼秘书长，第36届大众电影百花奖观众评委。

2014年，徐鹤担任河北省第八届残运会开幕式视效总设计；2017年，担任邢台市首届旅发大会开幕式实景演出《邢台行》视效总设计；2018年，拍摄五集系列纪录片《太行深处有人家》，被河北省档案馆收藏；2019年，拍摄八集古村落系列纪录片《燕赵古村落》。

电影《自杀桥》在2019年意大利米兰国际电影节上获外语片最佳电影短片、外语片最佳导演、外语片最佳摄影、外语片最佳剪辑四项提名，并斩获外语片最佳电影短片奖。这是徐鹤人生中第一个国际大奖，是鼓励，也是鞭策。

徐鹤执导年代创业电影《杨蓉的世界》获第二届香

个人介绍

港紫荆花国际电影节最佳中小成本影片提名奖；民俗悬疑电影《南茅北马》在爱奇艺、腾讯上线，上线后连续七天取得了全网热度、票房双冠军的成绩；执导农村创业短片《蓝莓花开》获第二届香港紫荆花国际电影节最佳短片奖、第十届亚洲微电影艺术节乡村振兴单元最佳作品奖、入选第十四届河北省文艺振兴奖优秀作品以及2024年度山东省党员教育电视片（党课）观摩交流活动特别奖；微电影《环保法官》获第十届金法槌奖微电影单元二等奖。

徐鹤任编剧、导演的古装玄幻电影《周公伏妖》，于2024年3月13日爱奇艺、优酷上线，上线后取得了爱奇艺平台热搜榜、电影榜热搜榜第一，优酷平台热搜总榜第五、电影热搜榜第一的成绩。

《周公与桃花女》是一部奇幻动作类型的故事片。主要讲述了原本是玄天圣剑剑身和剑鞘的周乾与桃花，被迫跌落凡尘，二人面对种种误会和艰险，在九幽和凌儿以及众人的帮助下最终一一化解，讲述了一个降妖除魔又充满浪漫爱情的精彩故事。

《杨蓉的世界》于2019年开拍，历经三年左右时间才最终在全国院线上映。徐鹤说："清河是'中国羊绒之都'，电影《杨蓉的世界》既诠释了'清河精神'，也反映了改革开放以来邢台人民的奋斗历程。"

影视创作是一条艰难的路，也许颠簸无常，也许充满遗憾。但徐鹤并不在意，他凭着一腔热血踏上这条路，直到今天，一直在路上。

电影剧本

《周公与桃花女》(节选)

编　　剧

徐　鹤　杨　楠　卢立军　李　悦

故事梗概

相传盘古开天后,空间尚不稳定。为稳定空间,鸿钧老祖取天地阴阳二气,以乾坤之力炼化成玄天圣剑。立于九天之巅,护天下苍生。

一日东皇太一和妖皇帝俊在天界激战,无意中惊扰了正在修炼的玄天圣剑,玄天圣剑的剑身和剑鞘原来早已修得灵体,并成为伴侣。二人正在破关化神的紧要关头,实力大损之际,剑身和剑鞘被太一和帝俊聚合的灵力打落凡尘。东皇太一将妖皇帝俊重伤,妖皇帝俊在逃往人间之时无意发现剑身转落凡尘,欲掌控玄天圣剑。

剑身降生在邢襄镇周府,成了周府公子周乾,失去了剑身的记忆和灵力。

剑鞘则带着记忆和残缺的灵力落入桃花林,因济世救人被人称为桃花仙子。

周乾七岁那年父亲过寿,大妖九幽率领众妖,将周府上下屠戮殆尽。危难之际周乾被周府管家周忠救出，整个周府只逃出他二人，二人一路奔逃，无意在一洞穴中发现《混沌诀》，周乾按照此书修行，渐渐拥有了降妖除魔的本领，自己也立下志愿誓要灭尽天下妖魔。

  周乾成年后在一次捉妖中误入西黄村，在捉蛇妖时恰好遇到了也来此降妖的凌儿。二人为了蛇妖的妖丹起了争执。周乾修行的《混沌诀》中写到必须吞噬百颗妖物内丹，功法方可大成。凌儿则是专门靠收集妖物内丹和身上能炼化之物的捉妖人。二人为了蛇妖内丹大打出手，引来了混沌牛魔，二人合力也无法降伏混沌牛魔，危急之中，凌儿将身上法宝——掷出困住了混沌牛魔，周乾祭出随身宝剑将混沌牛魔重伤，二人因此得以逃脱。

  周乾为赔偿凌儿法宝的损失，和周忠随凌儿一起回到邢襄镇，随后周乾欲查找当年行凶之妖，报血海深仇。二人相识之后，每天进山降妖除魔收集妖丹。在一次和凌儿逛邢襄镇集市的时候，周乾见到了在此义诊的桃花，有前世记忆的桃花一眼便认出了周乾乃是自己前世的仙侣，而失去前世记忆的周乾，却始终不知桃花为何见到自己万分激动，而周乾也对桃花有一种说不清道不明的感觉，也许冥冥之中自有安排，二人在此相识。

  随着时间的推移周乾慢慢对桃花产生了情感，凌儿原本对周乾颇有好感，看到周乾和桃花相好，心下黯然。

  一日周乾和桃花回到桃花的住处碰见了九幽，周乾发现九幽就是当年灭掉周府满门的大妖。于是和九幽大打出手，九幽要取周乾性命之时被桃花拦下。周乾看到桃花和九幽相熟，因而愤恨离去。

  失意的周乾开始拼命地修炼，用修炼的方式麻痹自己，面对桃花三番五次的寻找避而不见。周乾在小酒馆中遇到了凌儿，凌儿一番说教彻底骂醒了周乾。凌儿帮助周乾一起降妖除魔收集妖丹，终于功法小成。他独自去挑战九幽，要报灭门之仇。谁知道面对周乾的不是九幽，而是老仆人周忠。

原来周忠乃是妖皇帝俊的手下，潜伏在周府多年处心积虑想让周乾这个剑身为己所用，为此不惜号令九幽对周府灭门，周乾修习的《混沌诀》也是妖皇帝俊给的《混沌天魔诀》。周乾吞噬了一百颗妖丹后坠入魔道，终于可以被帝俊所控制。帝俊还通过周乾得知桃花就是剑鞘，如果他俩交合的话，便可以成为妖化的玄天圣剑。

周乾被帝俊控制住如同傀儡一般。帝俊的分身周忠则假传周乾的意愿，去找桃花提亲。一直视桃花为妹妹的九幽，告诉了桃花这一切都是妖皇帝俊设计的，桃花明知周乾迎娶自己是计谋，可为了自己的前世伴侣今生爱人，仍旧义无反顾地答应了这门婚事。

在接亲这天，妖魔化的周乾成了帝俊的另一具分身，帝俊安排的属下几次三番想在成亲的路上控制桃花，都被桃花一一破解了。九幽也背叛了帝俊，为了护桃花的周全而献出了自己的全部。

桃花精血恢复了周乾心智，但周乾没有了仙魂始终无法与桃花合体成玄天圣剑，凌儿出现，将自己的灵丹给了周乾，原来凌儿乃是先天灵体。周乾用凌儿的灵丹炼化了身上的魔气后，与桃花合二为一幻化成玄天圣剑，打败了帝俊。众妖降服，人间也恢复了宁静。后人因感念周乾降妖除魔的功绩尊称他为周公，而桃花一直在民间悬壶济世，尊称她为桃花仙子！

人物小传

周　　乾：二十八岁，为玄天圣剑的剑身，为保护剑鞘掉入凡间，失去记忆，但受人点化，精通八卦易理。为报灭族之仇，一直隐逸于市，以占卜为生，断阴阳有准，言祸福无差。

桃花女：二十六岁，为玄天圣剑的剑鞘，为寻找剑身落入凡尘，掉入一片桃花林，与花木相伴，但能破卦解灾，会借星延寿。

妖　　皇：五十岁，法力不可估量，双手握乌金锤。与仙族首领相当。一身黑袍，心思缜密，野心勃勃。

凌　　儿：二十五岁，自始至终不提感情，对周公的情愫有时就一个眼神、一种感觉，最终成全周公的爱情，为保护周公牺牲。

九　　幽：二十八岁，是桃花林中的妖王，看着桃花长大，对桃花情有独钟。但受妖皇指示错杀周乾一族，被周乾视为灭族仇人，不共戴天。

帝　　俊：五十五岁，微微驼背，小八字胡，遮眉眼，法力不可估量，与仙族首领相当。

刘　　海：四十五岁，散仙（中国传说确有此仙人），发型如名，长长刘海儿（搞笑成分）。他有一坐骑（三脚金蟾仙），一凡人爱徒（凌儿），刘海师徒三以爱财招财为兴趣。刘海师傅不忍凡人爱徒阳寿有数，用其法术予她升仙，于是闭关七十四年修炼瞌睡大法，用邢襄镇方圆十公里的二十一只妖灵炼化为仙灵，便可助凌儿飞升仙族。

其他角色：青牛精、蛇妖、门神、白虎等。

楔子、邢襄镇茶楼　　日　　内

人物：说书先生、观众

翠色山峦下的邢襄镇，花溪曲巷，商居满城，熙攘人群中有个老茶楼，里面人声鼎沸，说书人在台上稳稳坐定，一拍醒木，压下满堂哗声。

说书人：天地始混沌，盘古破鸿蒙，八荒干戈起，一剑九州平！话说盘古大神乃开天辟地之神，嘘为风雨，吹为雷电，死后，骨为山，血为海，须发为草木。阳气东行，生群仙众神；阴气西往，生妖魔邪祟，二者势如水火，争战不休，为此，鸿钧老祖取天地阴阳二气之精，炼成神剑玄天，立于九天之巅，护佑天下苍生。

…………

30.（二十年后）西黄村外　日　外

人物：周乾、周忠、农户

成年后的周乾一边跑一边追，来到西黄村，村上偶有鸡鸣犬吠之声，地上铺着厚厚一层落叶，街上空无一人，偶尔有风吹过，将落叶高高卷起，观之一派萧瑟。

有两个人出现在村庄里，一人身背宝剑，一人手拿行囊，正是周乾与周忠二人。

几名村中居民躲在茅草房里，只将门打开一道缝，看着门外的来客低声讨论。

农妇：是他们吗？

猎户：不知道啊，要不，你出去看看。

农户：他那把宝剑一看就是斩妖除魔的神器，我看八九不离十就是他们了，走走走，出去迎大仙去。

茅屋的门突然打开，院子里的人都热情地拥出来，将周乾和周忠两人围在中央。

农户拉住周乾的手臂，声泪俱下：大仙，英雄，你可算来了呀，你要是再不来，我们这些老老少少都要被妖怪吃光了呀！

两人被突然拥出来的百姓弄得不知所措。

周乾（摸不着头脑）：这位老伯，您先别激动，我不是什么大仙，你们是不是认错人了？

农户：一看您就英武不凡，肯定是我们请的猎妖师。

周乾：我确实是猎妖师，不如老伯您先给我说说这里到底发生了什么？

农户：我们这里是西黄村，村子里的人世代都生活在这里，一直相安无事，可从一个月前开始村里接连发生怪事。先是许多人家里的牲畜大批死去，看上去像是被野兽撕咬致死，我们只当是山上的野兽出没，没有在意。可后来竟然开始死人，到今天，已经死了七八个人了。

周乾：你们可曾报官？

农妇：报了，官府也是无能为力啊，这精怪之事，人力又怎能抗衡。只能寄希望于除妖降魔的异士，这才重金礼聘，请你们来帮忙的。

周乾：重金礼聘？

农户：是啊，镇上张员外出资，说是请了邢襄镇的除妖大能人来，不是公子你吗？

周乾：我确实出身邢襄镇，不过已有多年未曾归家了，想必你们请的高手另有其人，不过我既然遇上了这事儿，便不会袖手旁观，老伯，你与我说说详细情况……

周乾话还没有说完，突然背后诛魔剑震动起来。不知道谁喊了一句"妖怪来了"，整个街道瞬间只剩下周乾和周忠。

街上静得可怕，家家户户都闭着门，街上层层落叶被妖风吹起。那妖怪快速朝周乾飞来，瞬息之间，一条巨蛇张着大口朝周乾袭来，周乾甩出龟壳护住周忠。

周乾：忠伯小心！

巨蛇又冲了过来，周乾还没有来得及把剑拔出来，便挥剑挡在身前。周乾被巨力冲击得退出十几米，猛然转身举剑插入地面，大喝法咒！

周乾：诛魔伏妖，出鞘！

诛魔剑出鞘，与空中蛇妖打了起来。

蛇妖不敌诛魔剑，蛇妖长啸一声，蛇尾一卷，负伤狼狈逃走。

周乾：哪里逃？！

周乾提剑往蛇妖逃窜方向追去。

31. 西黄村院子　日　外

人物：周乾、蛇妖

周乾追着蛇妖，追了一段路却不见了蛇妖的身影，忽然发现前面一院子里出现了一个人影。

周乾警觉：谁？！

那人是一名身量纤纤的女子，秋风萧瑟，她穿着薄薄的衣衫，被风吹得瑟瑟发抖，看上去好不可怜，那女子抬头看着他，作泫然欲泣之态，眉眼间媚态横生。

女妖（柔声，语带魅惑）：公子，小女子青青，刚才有一条大蛇飞过，我好害怕。

说话间她已经靠在周乾怀里，丹唇微启，凤眼乜斜，轻轻朝他脸上吐了一口气。

周乾脑子有一瞬迷离，紧接着快速清醒过来，心知这妖怪道行不浅，要小心对付，也就顺水推舟，装作神志不清的样子软下身子，以期降低这妖的警惕性。

见他已经中招，女妖一改之前柔柔弱弱的样子，打量周乾的眼神像是在看即将到嘴的猎物。她捏着周乾的脸端详一阵，佯装怜惜地摇摇头。

女妖：倒是个俊俏的小郎君，可惜了！

女妖的手在周乾脸上流连几番，就要伸手去掏他的心脏。周乾猛然睁开眼，一手制住女妖，一手画出剑诀。

周乾：早就知道你有问题，出鞘！

诛魔剑飞至。

周乾话不多说，举剑便刺，女妖迅速避开，一人一妖缠斗在一起，周乾剑意锋芒毕露，女妖身法轻灵诡谲，两方互相压制，谁也没讨得好去。

女妖：（有些许惊讶）竟然没中我的迷魂术，小郎君，你不如跟我走，到妖域做我的压寨相公可好？

周乾看出女妖嘴上花言巧语，却无法久战，攻势越发厉害。女妖身上有伤，被周乾刺中一剑后不敢恋战，转身使了个障眼法消失在空中，周乾施术追上前去。

32. 树林　夜　外

人物：周乾、蛇妖

二人在林中穿梭，蛇妖一边跑，一边看向后面紧追不舍的周乾。

33. 石门镇　夜　外

人物：周乾、接亲队

周乾追丢了蛇妖，误入一诡异的地方，此间表面不过一寻常城镇，城门匾额上赫然写着"石门镇"三个大字，四周的房子大多漆黑一片，没有一点儿光亮。

从拐角处走过来一支迎亲队伍，最前面的两人举着红色的幡，吹着唢呐（没有声音），举着喜牌（牌上无喜字），迎亲牌也只是一块空白的红色板子，一水的红色让人感觉十分压抑，像一抹浓重的血色抹在眼前，队伍中的人面无表情，不见一丝喜色，行动僵硬得像是傀儡。

这诡异的队伍静静地从周乾面前走过。周乾跟着队伍进入镇子，镇中心街边一座酒楼，这酒楼也是周遭唯一灯火通明的建筑，周乾脱离队伍，走进了酒楼。

34. 酒楼　夜　内

　　人物：周乾、蛇妖、石妖、青牛精、凌儿

　　酒楼一层杂乱不堪，许多人闹哄哄纠集在一起，喝酒划拳、吟诗唱曲，甚至还有表演卖艺的。周乾上到二楼，由楼梯口向里看去，则是乐声阵阵，香风袅袅，周乾正要向二楼迈步，一半人半蛇的女子从楼上飞速游动着袭来，周乾拿剑一挡，禁不住这大力一击，倏忽退到了一楼。

　　此时一楼喝酒吃肉的众人停下动作，齐刷刷看着他，眼里充满了敌意，二楼那半人半蛇的妖物也凌空跃至楼下，正是此前周乾打伤的那蛇妖，周乾被两面夹击，场面呈剑拔弩张之势。

　　女妖：真是阴魂不散，你竟敢追至此地，既然来了，就将命留下吧。

　　一石妖取笑道：青青，你莫不是整日只晓得找什么英俊郎君，将功力都荒废了，要不然怎么能叫一个凡人小子追杀到我们这里来。

　　旁边的精怪附和：依我看，是这小子长得好看，青青舍不得了吧，哈哈哈哈哈哈。

　　其他妖怪跟着一起起哄大笑出声。

　　周乾：出鞘！大地无形，破虚还原，给我破！

　　周乾大喝完，诛魔剑出鞘，在空中放出金光，然后带着金光插向地面，金光以剑为中心，向四周散开，酒楼的灯全部转为蓝色，众人也都现出原形。周乾也顺势从二楼飞下。

　　这时，从楼上传来沉重的脚步声，整个酒楼都随着来人的脚步震颤着。周乾抬头望去，先是见到了一双巨大的脚掌，接着就是一身精铁盔甲，再往上便是一张狰狞的牛头。来人想是青牛修炼成精，身量魁梧，手持铜锤，凶煞非常。

　　牛魔站在蛇妖的身边，有些不屑地看着周乾，一开口声如洪钟。

　　牛魔：（对青青不满）青青，便是这小子伤了你？枉你修炼了几百年，连这点儿道行的黄口小儿都打不过。

女妖：大王莫要小看他，他这人古怪得很，看不出道行的深浅。

牛魔：凭他是深是浅，我铜锤砸他个粉粉碎！

话音刚落，牛魔手中的铜锤就毫不犹豫地砸向了周乾，周乾错身躲开，他身后的楼梯被铜锤砸了个粉碎。

酒楼中的众妖见此，生怕被波及，皆作鸟兽散了。

周乾如临大敌，将挂在腰间的龟甲扯下，施法招诀。

周乾：天圆地方，日月有光，护身！

龟甲散出护体金光，背上的诛魔剑应召而出，挡住牛魔一锤，三人缠斗起来。那牛魔乃是个修为高深的主，自觉周乾必不是他的对手，便有些看他不起，只是像猫逗老鼠那样戏弄于他。蛇妖之前受他一剑，正怀恨在心，是以攻势凶狠无比，誓要啃下他一块肉来，周乾杀意愈炽，终于将蛇妖重创。

牛魔见他居然敢在自己眼皮底下伤了手下人，恼怒不已，一声长啸，全力进攻，周乾被打得毫无反击之力，倒在楼梯口只有喘气的份，牛魔巨大的身影笼罩过来，抬手就要取他性命。

千钧一发之际，几声清脆的铃铛响起，牛魔回身，被三个铃铛打中。

周乾趁机一个空翻翻至牛魔身前，一掌拍在他的前胸。

凌儿：缚魔！

凌儿腕间的青绸带飞出将牛魔缠绕禁锢住，方便周乾进攻，周乾迅速反应过来，后撤几米手掐剑诀，诛魔剑幻化出无数分身，刺穿了牛魔的身体。

蛇妖见大势已去，趁着两人收服牛妖的空当，拖着伤重的身子逃离了。

牛魔受到致命一击，倒地殒命，妖丹出体。

凌儿欢快地打开腰上的储物袋，只等妖丹落下后收入囊中，却被周乾抢先一步，腾身拿到妖丹，一口就吞进了肚里，凌儿难以置信地看着他。

35. 酒楼门口　夜　外

人物：周乾、凌儿

凌儿气急：你这个人怎么这样，将妖丹还来。

周乾面露不解：好没道理，你是从哪里凭空冒出来的，我又为什么要将妖丹给你？

凌儿:（气愤地打量周乾）我还要问你是从哪里冒出来的呢？凭什么多管闲事抢我的生意，看你被打成这个鬼样子，要不是我来得及时你早就翘辫子了，我好心救你，你倒好意思抢我东西，真是没良心。

周乾了然：原来你就是他们请的除妖师，你放心，酬金该是你的还是你的，我一分也不会要。

凌儿：酬金是我的，妖丹呢？

周乾：你要妖丹做什么？

凌儿：卖钱啊，捉妖的酬金才多少钱，这东西在我多宝阁可是有价无市的。

周乾：可妖丹本就是无主之物，且已经被我吞吃入腹了，想不能如你所愿。

凌儿：你，无赖啊你！我不管，你抢了我的妖丹，那就拿一样等价的东西来赔我。

周乾：要钱没有，要命一条。

他不欲多做纠缠，绕过凌儿向门外走去，凌儿气哼哼跺脚。

凌儿：喂，你去哪儿？你等等我。

凌儿跟上他的身影，一起往外走去。

36. 石门镇街道　日　外

人物：周乾、凌儿

此刻天已大亮，凌儿和周乾两人在街上大眼瞪小眼。

周乾：你知道，怎么回去吗？

凌儿心觉好笑：你不知道怎么回去，那这地方你是怎么来的？

周乾正要张嘴解释，谁知被凌儿抢先一嘴。

凌儿得意地伸出手指摇摆，一只手背在身后，边走边说。

凌儿：啊哈，你是一路追着蛇妖，误入到这没有出口的石门镇的。

周乾无奈地看了她一眼，什么也没说。

凌儿无奈：算了算了，我好人做到底，把你一起带回去就是了。

凌儿取出一截犹带着绿叶的树枝。

周乾：这是迷谷枝？

凌儿：（有些小嘚瑟）算你识货。

她刚要施法，想起身边还有个周乾，用手肘蹭蹭对方。

凌儿：你扶住我的肩膀，我带你出去。先说好，我没这么带过人，要是你摔了碰了，我概不负责啊。

周乾调侃：是，小钱袋子。

凌儿：你算是说对了，我就是小钱袋子。

凌儿一手在树枝上划了一下，迷谷枝就像有了生命一般，"嗖"一声拽着凌儿和周乾向前飞去。

37. 酒楼外　日　内

人物：黑衣人、牛魔

牛魔一动不动躺在地上，有一黑衣人突然出现，他的全身都被一件宽大的斗篷罩着，看不清身形长相，来人在牛魔身侧察看一番，便带着他走出了酒楼。

38. 山顶桃花林　日　外

　　人物：桃花女

　　桃花女站在桃花树下出神地望着远方。

39. 石门镇外的树林中　日　外

　　人物：周乾、凌儿、周忠

　　凌儿与周乾分坐在林中的两块大石上。

　　凌儿收起了迷谷枝，又整整一身的零碎法器，周乾擦着他的剑。

　　凌儿：（好奇）那石门镇的精怪你全给收拾了？我看那地方魑魅魍魉可不少，你竟有这么大本事？

　　周乾：你看着里面精怪甚多，实际上多数不成气候，只有那青牛怪算是有些道行，他既已伏诛，底下的小怪便不足为惧。

　　凌儿：瞧把你能的，妖丹还我。

　　周乾：怎么又绕回来了，我也还是那句话，要钱没有，要命一条。

　　凌儿：那你用这剑来抵债，我看它剑气精纯，想来是把好剑。

　　周乾：我劝你，别打它的主意。

　　凌儿的话触中周乾的逆鳞，他收剑入鞘，冷下脸来转身就走，凌儿察觉出自己说错了话，一时有些懊恼，又拉不下脸来道歉，只能垂头丧气地跟在周乾后面，嘴上还哼哼唧唧地弄出些声音。

　　走了一段路后，周乾突然望见了周忠的身影，周忠显然也看见了他，紧走几步来到他面前。

　　周忠：少爷，凌儿姑娘。少爷，你可回来了。

　　周乾关切：忠伯，你不在镇上等我，跑出来做什么？

　　周忠：我见你一夜未归，心中担忧，恰巧这位凌儿姑娘赶到，哦，凌儿姑娘就是百姓们请来的那位捉妖大能人，我便请托凌儿姑娘帮忙，代为寻你。

凌儿拍拍胸脯：这位老伯，交给我办的事，你大可放心。

周忠：如此多谢凌儿姑娘了。少爷，我看你脸色不太好，可是受了什么伤？

周乾：没什么大事，我们先回镇上，跟老乡交代一下这件事儿，叫他们安心。

凌儿摆摆手：何必这么麻烦，瞧我的。

凌儿从袖中取出一个木制的小玩意儿，几下组成一只木鸢，自动飞往镇子的方向。

周乾这时有些支撑不住向后倒去，幸好及时被周忠扶住。

周忠：少爷，您怎么了？

凌儿：他在妖域被妖怪打得落花流水的，想来是伤重支撑不住了，你们随我回邢襄镇吧，寻医问药也方便些。

周忠：如此，多谢凌儿姑娘。

一行三人登上凌儿的马车，往邢襄镇赶去。

40. 邢襄镇街道　日　外

人物：周乾、周忠、凌儿

三人来到邢襄镇，街上人来人往一派繁荣的景象，周乾看着牌坊上的"邢襄镇"三个大字，有些失神。

凌儿推了一把周乾：发什么愣呢，走，带你去我的地盘逛逛。

说着拉着周乾向镇内走去。

41. 多宝阁　日　内

人物：周乾、凌儿、金蟾

多宝阁里华贵非常，处处可见奇珍异宝，金银玉石，进门的柜台上搁着一只三脚金蟾，看起来栩栩如生，周乾和周忠惊奇地打量着屋子。

凌儿：怎么样？我这里还不错吧。

周乾：还行。

凌儿一边收拾东西一边对周乾说。

凌儿：我的妖丹看样子是要不回来了，但是你欠我的债不能不还，以后你就在这给我当小弟，打工还债！

周乾没把自己当外人，很随意地就在一旁的摇椅上躺下来。

周乾：给你当小弟？

凌儿看了周乾一眼：若不是看你有些法力，我还看不上你呢。

周乾：这么大的屋子就你一个人？

凌儿：不是啊，我和我师兄。

周乾：怎么没看到你师兄？

凌儿冲着柜台上的三脚金蟾一努嘴：那就是我师兄。

三脚金蟾吐舌捕了一只苍蝇吞进腹中。

凌儿：我还有个师傅，不过他一天到晚没个人影，这次出去云游，都已经好几年没回来了。

凌儿双手无意识地摆弄着脖子上的吊坠，心里有些难过。

周乾一看，赶紧转移话题。

周乾：好吧，左右都是除妖，我答应你就是了。

凌儿：这还差不多，既然你已经是我小弟了，我们互相认识一下，我叫凌儿，你叫什么？

周乾：周乾。

凌儿：好，周乾，从今天起，在这邢襄镇我罩着你。

周忠：少爷，我们要不要……回去看看？

周乾情绪忽然低落下来。

42. 多宝阁外大街　日　外

人物：周乾、凌儿、街上的商贩

周乾立在多宝阁门口，远远望向周府的方向。

凌儿背着手蹦蹦跳跳走到周乾身边，顺着他的视线往远望去。

凌儿：你在这里愣了半晌了，瞧什么这么入神？

周乾沉默不语，径自穿过热闹的大街向周府走去。

43. 邢襄镇周府　日　外

人物：周乾、凌儿、周忠

周府久无人住，已是一片断壁残垣，门楣上的牌匾歪斜着落在阶前，大门的门板已经破旧不堪，周乾和周忠情绪低落地收拾着院子。

凌儿在他身后打量着周府。

凌儿：我听说许多年前妖族来袭，这里的人尽数被杀，这地方便就此破败了，没想到竟然是你家。

周乾不答，凌儿追着过来，在周乾身侧绕来绕去，伸手推了推周乾。

凌儿：我和你说话呢，你怎么像个闷嘴葫芦一样。

周乾依旧不理人，背过身抬手拂拭着四周桌椅上的灰尘。

凌儿看着周乾的动作，忽而恍然大悟。

凌儿：那……我过几日再来找你。

说完，凌儿刚准备出去，又回过头来。

凌儿：别忘了，我们还要一起去捉妖！

44. 山岭中　日　外

人物：周乾、凌儿、小妖

凌儿用青绸缠绕住他们要抓的妖怪，周乾举剑欲刺，结果剑刚刚举起，就看见凌儿将腰上的各种法器符咒不要钱一般扔到妖怪身上，一番狂轰滥炸下来，妖怪直接被轰成了焦炭，妖丹掉落到地上。

凌儿捡起妖丹，欢快地放进锁灵囊里。

45. 河流边　日　外

人物：周乾、凌儿、小妖

凌儿依旧在用法器狂轰滥炸，将河水击起来三尺高，周乾已然习惯她的除妖风格，抱着剑在一旁看起了热闹。

周乾：上次是烤肉，这次改炸鱼了。

凌儿踩在水上，一手微抬，原本沉在水里的妖丹就飞到了她手上，想了想并没有放进锁灵囊，而是转身对着周乾。

凌儿：接着。

凌儿直接将妖丹扔到了周乾的怀里，凌空飘到岸上。

周乾：你这是？

凌儿：好歹你也是我的小弟，我这个做头领的也不能太吝啬，送你了。

46. 墓地　日　外

人物：周乾、凌儿

周乾跪在地上，将手中的诛魔剑放到父母的坟墓前。

周乾：爹、娘，孩儿回来了，孩儿不孝，到现在还没有手刃仇敌。

凌儿站在不远处看着他。

周乾：哪怕走遍天下，我也要找到他，亲手割下他的头颅祭拜我的父母。

凌儿看着他，眼中充满了怜惜与担忧。

47. 桃花林竹院　日　外

人物：桃花、九幽

桃花林内一树嫣红随之摇曳，桃花穿着颜色鲜亮的衫子，坐在亭子里摆弄草药。九幽从外面回来，远远地便看见桃花女在忙着。

九幽：桃花。

桃花女：九幽哥哥，你回来了。

九幽：又在忙着摆弄这些花叶药草，怎么，要下山去吗？

桃花：是啊，距我上次下山已有一年之久，又恰逢集市，我便想下山去看看，并且我近日神情不属。

九幽：难道是你这些年一直在找的人有了下落？

桃花：我不知道，但无论怎样，我总要去一趟才能安心。

九幽：若真是他，也不枉你苦苦寻他这么多年。可是桃花，你找了他这么久，又不知道他的样貌，这世间茫茫人海，众生万千，你就算真的见到他，又怎么知道他就是你要找的那个人。

桃花：世人说白首如新，倾盖如故，有的人日日相见，也只是相看两厌；有的人萍水相逢，却能心意相通。九幽哥哥，我相信我定然能寻到他，也定能认得出他。

桃花女整理好药箱，往山下走去，身后是一袭白衣的九幽和繁茂的桃林。九幽看着桃花离开的方向，无奈地笑着摇了摇头。

48. 邢襄镇外树林　日　外

人物：周乾、凌儿、狼妖

经过几次磨合，两人已经形成了一种默契，凌儿改掉了乱丢法器的习惯，捉妖效率也越来越高。

一只狼妖穿梭在密林间，凌儿在她后面穷追不舍，狼妖熟悉地形，渐渐将凌儿甩在后面，正准备溜之大吉的时候，周乾出现堵住了前路，两面夹击，迅速将妖怪斩于诛魔剑下。

周乾伸出手，将妖丹收在手心里。凌儿欢快地走到他身边，两人一起走在回邢襄镇的路上。

　　凌儿：周乾，我一直想问你，你要这么多妖丹干什么呀？

　　周乾：修炼。

　　凌儿：用妖丹修炼？闻所未闻啊。

　　周乾：这修炼功法也是我偶然得到，我若修炼这门功法，需要炼化百枚妖丹，才能神功大成。

　　凌儿：那你如今得了多少颗妖丹了？

　　周乾：算上我手上这颗，差不多九十六了。

　　凌儿：那我祝你早日神功大成。

　　周乾：哈哈。

49. 邢襄镇集市　日　外

　　人物：周乾、桃花女、凌儿

　　周乾与凌儿回了邢襄镇一进城门，热闹非凡，行人摩肩接踵，满城喜气洋洋，今日的邢襄镇热闹非凡。

　　周乾：今天怎么这么热闹？

　　凌儿：你呆了，今日镇上有庙会啊。

　　周乾：原来如此，我这日子过的，可够糊涂的。

　　两人交谈着往前走，忽然间周乾眼前晃过一抹桃花色。他随之看去，见是一个穿着桃红衫裙的女子，颜若桃李，眼横秋波，美丽非常。她正站在一个简陋的摊位前，为人把脉问诊。

　　忽而一阵风过，女子不经意抬头看过来，面色陡变，眼中似有千愁万绪，一时怔愣住了，盯着周乾许久挪不开眼神。

　　周乾也就这样看着对方，凌儿看他二人莫名开始对视，看看周乾，又瞧瞧桃花女，面露疑惑。

　　周乾先一步回过神，迟疑了一瞬，还是抱拳施礼。

周乾：姑娘，我们可曾见过。

桃花女此刻心中有惊涛骇浪，但只是轻描淡写。

周乾：在下周乾，敢问姑娘芳名？

桃花女：桃花。

周乾：人面桃花相映红，真是个好名字。

凌儿有些吃味：喂喂喂，酸不酸，这还有个人呢？

桃花女：这位姑娘是？

凌儿：我叫凌儿。哦，我认得你，你是桃花林那位时常为百姓义诊的桃花仙子。

桃花女：不敢当，一些力所能及的小事罢了。

周乾：桃花姑娘是医女？

桃花女：算是吧，我常来这邢襄镇为百姓看诊。

周乾：那姑娘稍后能否为我看诊？我早些时候受了伤，总觉得身子不太爽利。

桃花女：自然可以，周公子稍候片刻，我先将这些病人照看完。

周乾：不急，不急。

两人相视一笑，桃花女又开始忙着诊治排着队的病人，周乾站在一旁等了一会儿，便颇为自然地给桃花女打起了下手，又是帮忙抓药又是帮忙写方子，看着倒是好一对神仙眷侣，凌儿在一旁有些吃味，抱臂看了一会儿后，甩甩手自己回了多宝阁。

凌儿：在这里待着好没意思，我先回我的多宝阁了。你可别乐不思蜀了，晚饭之前若是还不回去，我可不给你留饭吃。

周乾：行，你先回去吧。

凌儿噘着嘴转身走了。

50. 多宝阁　日　内

人物：凌儿、金蟾

金蟾：怎么，谁惹我们凌儿不开心了？

金蟾依旧趴在柜台上，面上一动未动，只有声音凭空传出，凌儿坐在刘海常坐的那张摇椅上，双腿也蜷起来搁在上面，闷闷不乐。

桌上的金蟾幻化成人出现在凌儿身边，面色关切。

凌儿：谁不开心了，我就是觉得没意思。

金蟾：还没生气，你这小嘴儿都能挂油壶了。

凌儿气急：我就是生气了，周乾这个见色忘友的，见到桃花姑娘连窝都不挪了，那双眼睛恨不得长在她身上，没义气得很！

金蟾：好了，别气了，不是还有师兄嘛，师兄陪你玩。

凌儿：不要，我去休息了，刚刚除妖回来，累都累死了。

51. 邢襄镇街道　夜　外

人物：桃花女、周乾

白天看病的人已经离开，桃花女给周乾把完脉，将看诊工具收到药箱里。

桃花女：公子身体并无大碍，只是有些旧伤沉疴多年，平日还是要注意身体，多多调养。

周乾：多谢桃花姑娘。那个……

正在周乾欲言又止之时，天上炸开一朵灿烂的烟花，灿烂的火光照在桃花女的脸上。

周乾：桃花姑娘，今日庙会，我能否邀你共游？

桃花拿眼看了周乾半响，直到把周乾看得有些心虚，才忍不住笑起来，周乾看她笑了，自己也松了口气。一排排的小吃铺，周乾一会儿在买包子，一会儿在吃茶汤，还送给了桃花女"糖画"。两人都不是凡俗中人，今日皆是第一次真正受用这凡俗中的热闹，一路瞧瞧看看，一路说说笑笑，相携着并肩远去。

52. 桃花林　夜　内

人物：桃花女、九幽

桃花女坐在桃林的亭子中正满脸笑意地发呆，九幽这时走了过来。

九幽：桃花，发什么呆呢？

桃花女：九幽哥我找到他了。

九幽：是吗？

桃花女：我今日在镇中义诊的时候，心头就像是突然被人揪了一下一般，我抬头便看见了他，我们二人对视，只一眼我便认出他就是我要找的那个人。我早就说过的，九幽哥哥，只要我遇到他，我定能认出他的。

九幽：那他是个怎样的人？

桃花女：他叫周乾，原就是邢襄镇的人，少时家逢变故背井离乡，近些时日才回到邢襄镇。只可惜我们前身为玄天圣剑的事情，他已尽忘了。

九幽：他既已尽忘，你又何必执着往事。

桃花女：他忘了又如何，我记得就好，而且我相信，他总会想起来的。

53. 多宝阁　日　内

人物：凌儿、周乾

凌儿百无聊赖坐在窗边，趴在窗框上看着街道上的景色。

周乾进了屋内，拍了下凌儿的肩膀，凌儿吓得迅速转过头，一见是他，不由得撇了撇嘴。

凌儿：你终于想起我来了，怎么不陪你的桃花姑娘了？

周乾：生气啦？

凌儿：没有，我生的什么气，我不过疯丫头一个，你少来理我。

周乾：好了不要生气了，桃花过几日在城中设棚看诊，你要不要一起去？

凌儿：那你叫我一声老大。

周乾：好好好，我的好老大，你来吧。

凌儿转怒为喜，绽开笑容。

54. 邢襄镇街道　日　外

人物：周乾、桃花女、凌儿、周忠

街道集市上人来人往好不热闹，街道一角的诊棚前，周忠、周乾、桃花、凌儿，周乾向周忠介绍。

周乾：忠伯，她就是我这几日提到的桃花姑娘。

周忠一脸惊异：桃花姑娘好，这几日常听我们公子说遇到一位仙子，今日一见果然如天仙下凡。

桃花：忠伯您就不要取笑我了。

周乾：忠伯说得没错，桃花确实如仙子下凡。

凌儿一旁搞怪道：确实是仙子下凡。

周乾与桃花女、凌儿三人为镇上百姓看病问诊。两人周围聚集了一些百姓，离开时无不千恩万谢。

周忠跟在三人后面，看着融洽的三人组若有所思。

55. 邢襄镇西山　日　外

人物：周乾、桃花女、凌儿、周忠

周、桃二人背着药筐，在山间采集草药，桃花女正聚精会神剜草药时，周乾从一旁的草丛里摘了一朵白色的野花，为桃花女戴在鬓边。桃花女抚花，二人相视一笑。

凌儿怕热，顶了一片芭蕉叶在头上，闷头在草丛里捉蚂蚱，踩到一块光滑的石头，一跤摔在地上，弄脏了罗裙，面露窘色。

桃花女：瞧你，怎么这样顽皮，摔跤了吧。

周乾：你如今不是小钱袋子了，倒活像个小泥猴，哈哈。

凌儿：周乾！不许笑我！

周忠在一旁看着几人嬉闹。

56. 花林木屋　日　内

人物：九幽

九幽回到桃林小屋，却没有发现桃花女的身影，便坐在桌前等她回来。

57. 桃花林　日　外

人物：桃花女、周公、凌儿、九幽、周忠

四人背着药筐等物，走入桃花林中，闲逸地说着话。

周乾关心道：桃花，忙了一天，累吗？

桃花女微笑道：不累。

凌儿：唉，当真是同人不同命啊。

周乾揶揄道：你也找个情郎关心你呗。

凌儿又羞又怒：好你个周乾，我不说你重色轻友倒罢了，你反来编派我。

凌儿作势要打，周乾抢先几步朝桃花林木屋跑去。九幽听到动静从屋里走了出来，两人甫一照面，周乾便认出了九幽，立时僵在了当场，周忠也很惊讶竟能在这里遇见他。

九幽突然见了陌生人，做警惕状。

九幽：你是何人，到桃花林做什么？

桃花：哥，他就是周乾。

周乾：你是他的妹妹？

桃花：是。

九幽淡定地感叹一句，话中却有弦外之意：原来你便是周乾？

周乾早蓄势待发，见他发话，即刻攻上前去，桃花女阻拦不及，只能看着两人斗起来，周乾用了不要命的打法，心中滔天恨意都在此刻发泄出来，只是终究不敌，不过几回合就败下阵来。

桃花女找到时机拦到两人身前，反被周乾推开。

桃花一脸不解：周乾，为什么？

周乾：灭族之仇，不共戴天！

桃花女呆立当场。

凌儿恍然大悟：灭门之仇，杀你父母亲族的妖怪就是他？

周乾：是，便是将他挫骨扬灰，我也能认得出他！

九幽：啰里啰唆。

九幽的扇子又向周乾攻去，周乾咬牙撑着身子迎战，最后被重创倒在地上，口吐鲜血，面上怒气未消。

九幽还要动手，被桃花女拦住。

桃花女：九幽哥哥住手！

九幽动作停住，复杂无奈地看向桃花女。

凌儿扑上去把周乾扶起来。

凌儿：周乾，你现在打不过他。我们留得青山在，不怕没柴烧。

周乾只钻了牛角尖，根本听不进这话，只是身子实在受伤太重，只能被凌儿拖着。

凌儿手忙脚乱地拿出迷谷枝，口中念念有词，直接带周乾、周忠离开了桃花林。

九幽：桃花……

桃花女看了九幽一眼，转身离开。

58. 周府　夜　内

人物：周乾、凌儿、周忠

周乾躺在自己的房间里，灯光昏暗。

周乾醒过来，掀了被就要往外走，凌儿一把按住他。

凌儿：周乾，你要做什么？

周乾几近疯魔：别拦我，不手刃此妖，枉为人子！

凌儿：周乾，你冷静点儿！意气用事解决不了问题，你现在去只是送死，你父母的大仇依旧无法得报！

周忠端着药碗进来。

周忠：少爷你怎么起来了，小心伤！

凌儿：周伯你快劝劝他，你家傻子少爷非要上赶着去送死呢。

周乾：这么多年我苦苦找寻的仇人，居然近在咫尺！他多活一日！我爹娘就无法安息！

凌儿：周乾！你真要去送死的话没人拦你，可你神功未成，又身受重伤，你自己好好想想吧。

凌儿走出门，周忠看看凌儿又看看周乾。

周忠：少爷，凌儿小姐说得有道理，你……唉，你记得喝药。

周忠放下药碗将凌儿送出门。

周忠：凌儿姑娘，我送送你。

周乾面对安静的房间，端起药碗一饮而尽，瘫倒在床上沉沉地睡去了。

59. 万魔洞中　夜　内

　　人物：帝俊、黑袍老妖

　　帝俊坐在宝座上，黑袍老妖，做俯首汇报之态。

　　帝俊：什么？！

　　帝俊惊立而起，身后麒麟虚影也跟着猛然出现，麒麟紧接着又蛰伏回帝俊体内，帝俊一阵虚弱的咳嗽。

　　黑袍老妖：尊上您……

　　帝俊：无碍，当年被东皇太一所伤，到现在还没有恢复。若得到玄天圣剑，我就可以一雪前耻统一仙妖两界！

60. 桃花林竹院　夜　外

　　人物：桃花女、九幽

　　桃花女坐在一棵桃花树的树枝上，看着山下的邢襄镇。

　　九幽走到树下，仰头看着桃花女，欲言又止。

　　桃花女：没想到杀他族人的凶手，竟是我的哥哥。

　　九幽不知如何作答：我……

　　桃花女伤心之情顿起，飞离了桃花林。

61. 周府内院　日　外

　　人物：周乾、周忠

　　周乾心中怨气难消，在院中练剑时也不得章法，浮躁非常，到后来干脆泄愤一般胡乱挥砍起来，又一时不察被绊倒，跌在地上不住喘粗气。

　　周忠走到院中，看着周乾叹了口气。

　　周乾心中满是失落与无力：忠伯，我是不是很没用，这些年来我拼命斩杀妖魔，吞丹修炼。可如今见到仇人我却无能为力，他要杀我的话，就像踩死一只蚂蚁一样容易。

周忠：少爷这些年已经很努力了。

周乾：可我努力得还不够。

周忠试探的语气：少爷，老奴斗胆一问，您现在对桃花姑娘，是什么态度？

周乾心中烦闷：她？我确实心悦于她，只是如今我们之间隔着血海深仇，已经不可能再毫无芥蒂地在一起了。你为何提起她？

周忠：少爷，我知道你急于报仇，心中定是备受煎熬，我这里有一个办法，就是不知道您能硬下心肠来办吗？

周乾：什么办法？

周忠：（*游说周乾，暗暗挑拨*）寻常精怪，妖丹力量不过尔尔，桃花身为九幽的妹妹，功力应非寻常，你若能取了她的内丹辅助修行，定能功力大涨，报仇雪恨。况且只是取丹，桃花姑娘也只会失去功力，并无性命之忧，岂不两全其美。

周乾：取桃花的丹？这怎么能行？！

周忠语气渐渐严厉：少爷，大事面前，何必感情用事？你如不作为，难道就不愧对老爷夫人在天之灵吗？

周乾断然拒绝：桃花不是凶手，何况还是我心仪之人，我若是为了报仇不择手段，那我与害人的妖魔有何分别。

周忠：少爷……

周乾：忠伯，不要再说了，不过是妖丹而已，我多除几个精怪就可以了。

周乾拿着诛魔剑向院外走去。

62. 山岭中　日　外

人物：周乾、山怪

周乾在山中斩杀了一只山怪，飞身夺了从山怪体内分离出的妖丹，当场吞噬了妖核，炼化在体内，他感觉体内气力渐渐充盈，起身拔出诛魔剑向树林深处赶去。

63. 树林　夜　外

人物：周乾、风狸兽

风狸兽化身成的瘦小青年，被周乾一路追杀着，跌绊在地，转过身时周乾的身影已经近前，风狸兽被吓得面如菜色。

风狸兽：别杀我，我不曾害人的。

周乾没有用诛魔剑，而是亲手掏进风狸兽的体内，掏出了他的妖丹。

周乾转身离开了，风狸兽化成了原形，倒在了落满灰尘的地上。

64. 桃花林竹院　日　外

人物：周乾、九幽、桃花女

桃花女在一旁看着周乾与九幽重战于桃花林，焦急地踱步，却又无法上前阻止，周乾行招偏激狠厉，仍然不敌。

九幽：就凭你如今的修为，再修炼一百年也胜不了我。

周乾口吐鲜血，倒在地上无力起身，连诛魔剑也被打得脱手飞了出去。

九幽不屑：不自量力，若不是桃花看重你，你早被我拍死了。

九幽转身离去。

周乾暗恨，咬牙切齿地看着九幽远去的背影。

桃花女上前将周乾扶起，周乾本想甩开桃花女的胳膊，但是一看到桃花女望着自己的眼神充满了焦急与心疼，内心深处也被触动了一下。

周乾心知眼前这个心疼自己的人，与父母的仇无关，奈何桃花与九幽是兄妹，一时也不知该如何与桃花女相处。

周乾转身离去，桃花女看着周乾张了张嘴，想说的话始终没有说出口。

65. 邢襄镇周府　日　内

人物：周乾、周忠

周乾坐在屋内心中颇不安宁，沉默无言。

周忠：少爷又去找九幽了？要我说，少爷也不必操之过急，君子报仇，十年未晚。

周乾想到父母，不由得握紧了拳头。

周乾犹豫不决，但隐隐又有些希冀：忠伯，我若是取了桃花的丹，她当真不会有事？

周忠连连保证：那是自然，只要你二人成亲，用阴阳调和之法便能保桃花姑娘安然无虞。

周乾终于下定决心：如此，忠伯，麻烦您为我跑一趟桃花林提亲。

周忠眉开眼笑，赶忙应承：好，少爷放心，我必定为您办好。

66. 多宝阁院亭　夜　外

人物：周乾、凌儿

周乾和凌儿坐在亭子里喝酒，两人都是满怀心事，愁眉不展。

凌儿：我听周伯说，你最近一直在夺丹修炼？

周乾：是。

凌儿：你不要将自己逼得太紧了，欲速则不达。

周乾：凌儿，我要成婚了。

凌儿：啊？成婚？怎么这么突然啊？

周乾：今日忠伯已经为我去桃花林提亲了。

凌儿气苦着急：你与桃花姑娘的哥哥有着深仇大恨，以你的性格，不记恨于桃花姑娘已是万幸，怎么会向她提亲？

周乾语气沉重：我功力久未长进，只缺少一枚大妖的妖丹，若我能与桃花成亲，将她的内丹化于己身，定能大败九幽。

凌儿惊讶不已，赶忙相劝：周乾，你是疯魔了吗？你这样做置桃花姑娘于何地？

周乾：我确实是疯魔了！我做梦时都能梦见我父母的脸，他们都在天上看着我呢！

凌儿心疼忧虑：可你就不怕以后后悔吗？

周乾：我……

周乾心事重重，望着湖面，一腔愁绪被拉得绵长。

67. 万魔洞　夜　内

人物：帝俊、周忠（黑袍装扮）、九幽

帝俊居高临下地看着九幽和周忠（黑袍老妖）。

帝俊：交代你的事办得如何了？

周忠：禀尊上，周乾已被属下说动，同意交合取丹，只待明日去桃花林提亲。

九幽惊讶警惕：去桃花林提亲？

帝俊：本座召你前来正是因为此事，原来桃花女就是玄天圣剑的剑鞘，剑身与剑鞘合体事关重大，本座蛰伏多年就是为了这一刻！九幽你要明白，此事万不可有一丝闪失。

九幽：尊上不可！桃花由我一手带大，早已视同亲妹，还请尊上放过她！

帝俊发怒一巴掌将九幽击出两米之外。

帝俊：放肆！待本尊在剑身剑鞘洞房结合之时将二人炼化，圣剑便能为我所用，我妖族便可一统天下！妖族大业面前，区区一个桃花算得了什么！

周忠：九幽，周乾是玄天圣剑的剑身，从灭周府继而引诱周乾修炼妖法，我们这么多年的筹谋终于到了最关键的时刻，你作为妖族一方头领，怎可因为私情辜负妖族！

九幽嘴角挂着血，跪在地上。

九幽：尊上，只要你不伤害桃花，让我做什么都可以！求尊上放过桃花！

帝俊：没用的东西！

帝俊抬手，忽地凭空出现几条玄铁锁链，将九幽缚得动弹不得。

九幽：尊上！

帝俊：冥河谋玄天圣剑乃是重中之重，不可有任何差池。

周忠：是！属下有些许困惑，还请尊上明示。

帝俊：说。

周忠：尊上为何不直接将桃花女也擒来？何须这般大费周章。

帝俊：本座当年与东皇太一一战所受的伤，未能完全恢复，而桃花女本体玄天圣剑的剑鞘，虽然还没有和剑身合体，法力仍然不可低估，她能自愿前来与剑身合体才最是稳妥。

周忠：尊上英明。

帝俊：黑道日凶神下降，属阴盛之时，能够压制玄天剑的法力，是本座将其炼化的绝佳时机。你且去准备娶亲事宜，紧要关头，绝不能再出差错。

周忠：属下告退。

帝俊看了一眼九幽，冷哼一声转身离开。

68. 多宝阁　日　内

　　人物：凌儿、金蟾

　　金蟾仍旧蹲在柜台上，静静地看着前方，凌儿在金蟾面前这里摸摸，那里摸摸，凌儿撸起袖子提起金蟾摇晃，看金蟾能否将妖丹吐出来。

　　金蟾幻化出人形，一阵眼晕。

　　金蟾：师妹你要干啥？

　　凌儿：师兄，我想要你的丹？

　　金蟾：不行。

　　凌儿：师父他老人家临出门之前怎么说的，是不是让你照顾我，让着我，你就帮我这一回嘛。

　　金蟾：我辛辛苦苦修炼这么多年，你随便两句话就把我的内丹要走给那个臭小子，怎么不把你的仙灵给他？

　　凌儿：我三天打鱼两天晒网修炼的这点儿仙灵，能顶什么用啊，还是师兄你的丹比较厉害。

　　金蟾：早叫你勤加修炼你不听，不然你仙灵可比我的内丹强得多了，毕竟你是先天灵体。

　　凌儿：可我宁愿没有这灵体，我又不想成仙，当个普通人岂不是逍遥自在。哎呀，好师兄，这样，你将你的内丹给我，我把的灵石法器全都归你，以后我什么都听你的，你让我做什么我就做什么，求求师兄了，好不好嘛。

　　金蟾：我这牺牲可够大的呀，只是，周乾肯领你的情吗？

　　凌儿：那是他的事，我只做我想做的事就好了。

69. 桃花林竹院　日　外

　　人物：桃花女、周忠

　　桃花林，桃花女仍坐在桃花树下，远远见周忠带着一队人，抬着几箱东西上山来。

桃花女站起身，周忠远远就抬手施礼。

周忠：桃花姑娘，别来无恙啊。

桃花女不解：忠伯，您这是做什么？

周忠：我是来替我家少爷提亲的。

桃花女面露疑惑迟疑的神色。

桃花女：提亲？

70. 万魔洞　日　内

人物：帝俊、九幽、蛇妖、井妖、二门煞、石妖

帝俊：今日是黑道日，凶神下降之时便是我妖族一统三界最好的时机，众妖听令随我去夺取玄天圣剑。众妖齐声高喊：夺取圣剑！

声音震得整个万魔洞颤动，九幽被玄铁锁链锁着，奋力挣扎，九幽带着一身伤痕，衣衫染血。

71. 邢襄镇周家　日　内

人物：周乾、周忠（黑袍）、帝俊

周乾在家里穿着喜服纠结地坐在客厅里。诛魔剑微微震动，周乾坐在客厅里丝毫没有一点儿察觉，直到诛魔剑腾空跃起，周乾这才回过神来，但为时已晚，帝俊已经到达面前，危急时刻手腕一动，诛魔剑出鞘旋转着飞向帝俊，帝俊挥手诛魔剑便停在帝俊面前，帝俊手向回一带剑被打飞。周乾看着站在帝俊身旁的周忠。

周乾：忠伯，你！

周忠：周乾，你的忠伯早在你周府灭门的时候，就已经死了。你练的《混沌诀》，也是尊上赐给你的《混沌天魔诀》。（周乾记忆里闪现当年妖族进犯周家时，九幽身边确实有一全身罩在黑袍里的人，可不

就是周忠现在这身装扮吗？周乾记忆里有闪现出当年第一次发现《混沌诀》的场景）

周乾瞬间明白，原来这一切都是妖皇所为！周乾暴怒举剑便刺向周忠，周忠幻化出本来面目（黑袍老妖）施法便将周乾困住。

周忠：尊上，如何处置周乾。

帝俊：既然他已经知道这一切，那只好借他的身体完成后面的布置了。

帝俊说完便夺了周乾的身体。

周乾挣扎了片刻，眼中一抹红光闪过，从容站起身来，已然被帝俊夺了身体。

72. 桃花林竹屋　日　内

人物：桃花女、迎亲队伍、周忠、春夏秋冬四妖

黑道日这天，桃花女穿着大红衣裳、黄绣鞋，腰间系着绸带，对镜化妆。

春妖：桃花，你怎么这么草率就答应了，你好歹和主上商量一下呀。

桃花：我的事情，我自己就能决定，况且我现在不想见九幽。

春妖：可是……

桃花：不用再说了，我已经决定了。

迎亲队伍就停在桃花林木屋前，桃花走到花轿前，由周忠安排的四个轿夫抬轿。

轿夫：压轿。

桃花坐到花轿里。春秋二妖示意夏冬二妖跟上。

春妖对夏冬二妖：你们跟上去，我们在这等主上，这事透着蹊跷。

轿夫：起轿！

一行迎亲队伍向山下走去。

73. 万魔洞　日　内

人物：九幽

地上胡乱扔着一堆锁链，上面锈迹斑斑，鲜血遍布，九幽脚步踉跄着向桃花林奔去。

74. 桃花林竹屋　日　内

人物：九幽、四小妖其二

九幽推开竹屋的门，桃花女不在，木屋内摆着几个樟木箱子，箱子上都绑着红绸，是周忠前来提亲的嫁妆。

九幽大手一挥，随从妖怪自屋中现身。

九幽：桃花人呢？

妖1：周忠带着聘礼前来提亲。

妖2：小桃花已经上花轿随他离开了。

九幽（气急）：你们怎么不拦住她！

九幽施术消失。

75. 树林　日　外

人物：九幽、桃花女、周忠、众妖怪

迎亲队伍在树林间前行，突然前方破空而来一股法术，将桃花女的四个轿夫掀翻在地。

轿子一阵晃动落地，轿中桃花女伸手扶住轿子，待轿子平稳想要掀开帘子看看发生了什么事。

桃花女：发生什么事了？

九幽的身影自远处破空而来。

九幽：桃花！不能去！

桃花女闻言从轿中探出头来，便瞧见地上的轿夫变成了妖怪。桃花女眉头皱起，突然察觉身旁劲风袭来，她敏捷地侧身躲过，是周忠对她发起了攻击。

九幽此时也已赶到桃花女身边，一手拉过桃花女，另一只手一掌拍在周忠胸口，周忠当即吐出一口鲜血。

桃花女：这到底是怎么回事？

九幽：周乾被周忠蛊惑，骗你成婚，周忠是妖皇埋在周乾身边的棋子！

周忠：九幽！你当真要背叛妖族！

九幽：我绝不会让你们伤害桃花！

周忠强忍内伤：那你就和她一起死！

周忠施法，周身腾起黑绿色烟雾席卷了整个山林，开始召唤妖怪。

九幽和桃花女同时朝周忠发动进攻，将周忠击飞，打断了他的施法。

周忠气绝倒地，但施法已经完成，山林中传出隆隆的声响，是无数妖怪靠近的信号。

九幽叹气：你不该答应的。

桃花女：我与他相守数百年，与他早已心意相通，如今他来提亲，我没有拒绝的道理。

九幽皱眉：你……

桃花女：我了解他，他不会在这个时期前来向我提亲。另外忠叔的态度也让我觉得十分奇怪，我猜测他怕是遇上了什么危险。

九幽：你明知危险却依然要去？若你当真嫁入周府，帝俊便会将你和周乾炼化成玄天圣剑，一统妖神人三界。

桃花女：如此，我便更要去了。

九幽：既然你意已决，我陪你走一遭，杀进周宅去！

桃花女惊讶地看着他。

九幽：你是我的妹妹，我怎么能眼睁睁瞧着你独自去犯险，你放心，万事有我陪你。

两人相视一笑，心中芥蒂顿消。

76. 树林　日　外

人物：桃花女、九幽、春夏秋冬四妖、井妖、蛇妖、石妖

一路行至半山腰，丛林中窜出了各种小妖，有从山石间飞出的精怪，向二人袭来。春夏四妖向众妖扑去。

桃花手掐法诀，有无数的桃花花瓣从身侧飞出，贴在群妖身上就化作了一张红色的喜字，将妖物镇住，打回原形。

九幽腰间的照妖镜忽然闪烁着异光，九幽的扇子顺势飞出，蛇妖腾空而出，将扇子打回九幽手上，示威般哈哈大笑。一旁井妖也现出真身，石怪一身肌肉魁梧莽撞，井妖水淋淋阴森鬼气，三人堵住了前进的路，摆好架势准备开战。

九幽：（冷哼一声，傲然道）不自量力。

九幽一扇子飞去，将三人打散，桃花顺势施展桃花阵困住蛇妖，四小妖合力解决了石妖，九幽将井妖封回井内，桃花又用法印（古篆囍）压住井口，将两者双双封印后化为原形。

77. 邢襄镇门　日　外

人物：桃花女、九幽、四小妖、牛头怪

一行人越往前走，天空中阴气就越重，远远地见一高壮魁梧的妖怪立在镇门口前，牛头人身，手持铜锤，一动不动立在地上。

九幽（警觉）：裂地牛？那妖有些异常。

桃花：如何异常？

九幽：他身形呆板，神情麻木，不像是活物。

桃花：（语气担忧）这便麻烦了，傀儡不知疼痛，不惧生死，最是难缠。

牛头怪举锤向前攻来。

桃花女手掐法诀，无数花叶向牛头怪席卷而去，九幽的扇子也蓄势待发。

牛头怪手脚腰颈都被花叶团团缠住，越是挣扎花木就越是收紧，但牛头怪仿若无事，肩上盔甲都掉落一块。挣扎出来后仍旧挥舞着铜锤袭来，随从妖怪直接被它打飞，九幽迎上前跟他过了几招，被他的蛮力震得手臂发颤。

九幽：这东西倒有些力气。

桃花：我们先牵制住他，不可近战强攻。

九幽：救人要紧，我稍后牵制住那牛妖，你伺机先走，将周乾救出再说。

话音刚落，牛头怪又一次冲了过来，九幽随之迎战，四妖护送桃花女前往周府。牛头怪全然不管九幽，侧身就要往桃花女处走，九幽几次拦阻，终于激怒了牛头怪，将他的注意力集中在自己身上，桃花女才得以逃脱。

牛头怪回身用锤砸向九幽，九幽挥扇抵挡，几个回合下来，两方均伤得不轻。牛头怪的角被削断一只，身上盔甲也被打落了一部分，一侧手臂受伤。九幽则肩头被砸，身上的旧伤未好又添新伤，体力渐渐不支。

牛头怪见九幽攻势消退，重重哼出一口气，转身欲追桃花女。九幽重新起身，费力地将手中折扇甩出去阻挡牛头怪的脚步。

牛头怪铜锤一挑，将折扇打到一边，接着迅速出招向前砸去，九幽躲闪不及，铜锤直接砸在九幽的胸口，牛头怪收回铜锤，看着九幽倒在地上，确认他没有威胁后，继续转身向桃花女离去的方向走去。

牛头怪只行了数步，身后的九幽便重新站了起来用手臂勒住牛头怪的双臂并禁锢住牛头怪的头，用尽气力将他拖至半空，牛头怪疯狂挣扎也没能挣脱。

空中风声呼啸，九幽最后看了一眼桃花女的方向，周身爆发出一股强烈的气流，白衣翩飞。

78. 回忆中的桃花林竹院　日　外

人物：幼年桃花女、九幽

（闪回）小桃花女穿着粉嫩的衣裳，趴在树干上睡得正香，头顶的树枝上系着铃铛，流苏垂下来，时不时划过桃花的脸侧。九幽飞回桃花林，引起一阵风动，枝上的铃铛泠泠作响，桃花女从梦中醒来，四处张望，看到九幽后绽开笑脸，飞身从树上跃下，扑进了九幽的怀里。

79. 回忆中的桃花林竹院　日　内

人物：九幽、幼年桃花女、四小妖

（闪回）桃花女拉着九幽的手跑到屋中，四个小妖两两一组，身上罩着舞狮的头套，颇为活泼喜庆地跳来跳去。

桌上摆着一碗长寿面，桃花女抹了抹脸上的面粉，把九幽拉到桌前坐下。

桃花女：我听说，人间的百姓每年都要过生辰，我也想给你过，这长寿面是我好不容易才学会的，你快尝一尝。

九幽：你怎么会想到这个。

桃花女天真烂漫道：因为大家都要过呀，人家都有的，你也要有。

九幽：（动容地摸摸桃花女的头）傻丫头。

80. 空中　日　外

　　人物：九幽、牛头怪

　　九幽：桃花，我心中多少未竟之语，如今再说，也是徒劳，今生你我亲缘已尽，若是有来生，愿来生……

　　九幽唇边溢出一道血线，他自爆了内丹，"轰"的一声巨响过后，牛头怪和九幽在空中爆出一大朵烟花……

81. 邢襄镇周府大门　日　外

　　人物：桃花女、凌儿、左右门煞、四小妖

　　四小妖和桃花女一路来到周府门前，大门上贴着的门神像就活了过来，身上带着凶煞之气，二门煞手挥大刀，砍向桃花女。

　　四小妖冲上前去要拦住门煞，反被门煞大刀所伤，倒地不省人事。

　　二门煞复又举刀向桃花女冲来，桃花女一伸手，手中幻化出一把弯弓，手搭弓弦，灵气幻化出箭，两箭连发，射中二门煞的胸口。

　　这时上空传来一声巨响，桃花扭头看到九幽与牛头怪自爆的瞬间。

　　桃花女撕心裂肺：哥！

　　桃花看着漫天的烟花，双眼含泪。这烟花久久没有散去。

82. 回忆中的桃花林竹院　日　外

　　人物：幼年桃花女、九幽

　　（闪回）九幽坐在木屋前，削着一根桃木，桃花女就蹲在他的身边，两手托腮，看着九幽的动作。

　　桃花女好奇：哥，你这是要做什么呀？

　　九幽宠溺：给你做一个小桌子，省得我们的大神医拿个东西还要在桌子边蹦来跳去的。

　　桃花女：我还会长高的。

九幽语气温柔：等你长高一点儿了，我就给你做一个新的；再长高了，就再做一个，等你老了，七老八十了，我就改为你做拐杖，你这一辈子，是甩不脱我了。

83. 回忆中的桃花林　日　外

人物：桃花女、九幽

（闪回）九幽语气温柔：你是我的妹妹，我怎么能眼睁睁瞧着你独自去犯险，你放心，万事有我陪你。

84. 邢襄镇街道　日　外

人物：桃花女

桃花女穿着红嫁衣，她的衣摆被风吹起，头上的钗环珠翠碰撞出清脆的声响。桃花女回过头来，望向周府。

桃花女：哥，我会为你报仇的。

85. 邢襄镇周府门外　日　外

人物：桃花女、凌儿、白虎、周乾、帝俊

桃花女刚刚准备踏进大门，突然从周府门内扑出一只吊睛白额虎，怒吼着朝桃花女扑过来，桃花女连退几步，手中还握着桃木弓，不好施展，只能在白虎身上，连击数掌，意图拉远距离，一人一虎纠缠之时，凌儿赶到周府门前。

凌儿:（疑惑）这是怎么了？不是成婚吗？

桃花女：凌儿！周乾有危险！

凌儿大惊：什么？！

白虎又一次扑向桃花女，将她扑倒在地，桃花女用木弓死死抵住白虎的身躯，牙关渐渐咬紧，眼看白虎的利爪尖牙就要落在桃花女身上。

凌儿腕间的青绸带飞至白虎身侧，悄无声息地绕了它身子一圈，凌儿重重一拉腕间的绸带，白虎应声被缚，桃花女抓住时机，向后翻滚一下，拉满弓弦，一箭命中白虎的心脏，白虎倒地不起，尸身也化作烟尘，消失不见。凌儿收了青绸，走到桃花女身边将她扶起来，又张望四周。

凌儿：究竟是什么情况？成个婚怎么弄成了这个样子？

桃花女：周乾被妖皇控制了。

话音刚落，被帝俊附身的周乾身影就出现在喜堂前，三人隔着院子遥遥相望。

周乾已被帝俊附身，眼神狰狞邪异，一身红衣站在一片红彤彤的喜堂中央，看着对面的桃花女与凌儿二人。

周乾：(已被帝俊附身)：你若是肯自己乖乖前来成亲，本座也不必费这番工夫了。

桃花女与凌儿并肩而立，与帝俊呈对立之态。

帝俊手腕一挥，凭空化出火光蔓延成片，阻隔了桃花女去喜堂的道路。

桃花女迈步欲闯火海，却险些被火光波及，幸而被凌儿一把拉住，后退一步。

凌儿瞧着冲天火光，灵机一动，抬起手腕在桃花眼前晃了晃。

凌儿：瞧我的。

凌儿腕间的绸子如水流般倾泻而下，覆在火海上，桃花女会意，迅速踏着绸子跨过火海，一掌击在周乾的胸口，凌儿也飞身到堂前。

一股黑气随之逃离周乾的身体，周乾一时脱力，倒在桃花女身上。

帝俊由一团黑气化作实体，周乾伸手召来诛魔剑，桃花女和凌儿也蓄势待发，两方呈剑拔弩张之势。

86. **多宝阁　日　内**

人物：金蟾

金蟾趴在柜台上昏昏欲睡，外面忽然风云变色，他抬眼看了看窗外，深深叹了口气。

金蟾：哎！多事之秋。

87. **邢襄镇周府门外　日　外**

人物：周乾、桃花女、凌儿、帝俊

凌儿攻向帝俊，不过两招便被打到一边。

桃花女将周乾扶住，见他面若金纸，面露关切。

桃花女：妖皇实力不容小觑，你如今神魂受创，能撑得住吗？

周乾面露愧色：我没事，桃花对不起！我……

桃花女：不用说，我都明白的，先把眼前事情解决了。

凌儿向前急走两步，将手上的金蝉丹塞到周乾手上。

凌儿：你不是缺一颗内丹方可神功大成吗？这是我师兄的内丹。

周乾：凌儿，这怎么行，没了内丹，你师兄会怎么样？

凌儿：别婆婆妈妈的了，先把这老妖怪灭了再说！

周乾：好！

周乾服下内丹，双眼一睁一道暗红色火焰一闪而没，周乾一掌按向地面。

法力在地里传导至帝俊脚下，桃花女掐诀形成了桃花阵，漫天的桃花形成旋涡，把帝俊困在旋涡内。这时周乾的法力也从帝俊脚下幻化出无数灵气光剑，迅如疾风般向帝俊刺去。

帝俊大喝一声，周身形成一个护身光罩，抵挡着巨剑。

周乾大喝：万剑归一，给我破！

无数剑气合体成为一把巨剑，斩向光罩。

帝俊护身光罩终究不敌巨剑，光罩破碎，巨剑冲向帝俊，帝俊双手抵住巨剑，巨剑力竭破碎。帝俊也受了些伤。

帝俊：倒是小瞧了你们。

帝俊袍裾飞扬，麒麟神识重现于世，麒麟身躯越来越庞大，遮天蔽日，发出了一声惊天动地的嘶吼。

88. 邢襄镇　日　外

人物：邢襄镇百姓

天色黑压压一片，随着时间的推移城中开始狂风大作。麒麟越来越大，渐渐遮天蔽日，天色陡然黑沉下来。许多百姓抬头看着黑沉沉的天空不知所措。

由远处传来一阵令大地战栗的怒吼，惹得城中地动山摇，连房屋也跟着震颤。

城中百姓惊慌失措地从屋子里逃出去，三三两两挤在街上。

百姓恐惧惊慌：这是怎么了？

人群中开始乱哄哄。

有一个中年男子指着远处的麒麟幻影，瞪大了双眼高喊起来。

男子：妖怪，是妖怪啊！

话音刚落，麒麟身上火焰掉落，冲向邢襄镇街上的地面，百姓们四处逃散。

89. 邢襄镇周府门前　日　外

人物：周乾、桃花女、帝俊、凌儿

周乾看着不远处百姓四散奔逃的场景，受伤的百姓、孩童的哭泣、老人的惊慌失措，这一幕幕都在强烈冲击着周乾的内心。

周乾从小立志斩妖除魔为父母报仇，当看帝俊施法波及普通百姓，周乾内心感到更应该除尽天下祸害百姓的妖魔，不单单是为报父母仇，也为生长在土地上的普通百姓！

周乾冷峻地看着帝俊身后巨大的麒麟。

周乾对桃花女和凌儿道：不能让帝俊继续下去了，这样下去，镇中的百姓将会受到更大的伤害。

三人相视点头，冲向帝俊。

麒麟一声巨吼，一道冲击波砸向周乾三人。三人被冲击波砸向地面，周乾的诛魔剑也脱手掉落在了周乾的身后，麒麟抬起巨爪拍向地面的三人，凌儿率先反应过来，站在周乾和桃花女身前，用自己的身体放出灵力，形成一个光罩护住三人。

帝俊：蚍蜉撼树，可笑。

帝俊在空中手一压，麒麟巨爪也用力一压，凌儿的光罩出现了一些裂痕。凌儿受伤一口鲜血吐出。

周乾撑着直起身，怒视着帝俊。

桃花女牵住周乾的手，咬牙坚持道：周乾，我们合为玄天圣剑，今日定要将他斩于剑下！

二人闭目相对而坐，四周风声渐起，在他们身侧形成一个小小的结界。

周乾与桃花女的功力合到一处，巨大的玄天圣剑悬在二人结界的上方，玄天圣剑金色的剑身中流淌着一些暗红色的纹路。

巨剑斩向麒麟。

帝俊手一握，空中的玄天圣剑崩碎！周乾与桃花女分离开，两人受到力量冲击，反噬受伤，合体功败垂成。

帝俊：哈哈哈哈哈，周乾，你所练的功法是我妖族的《混沌天魔诀》，天下修炼妖法魔功之人都为我所用，你功法不纯怎能伤得了我。

周乾痛苦万分，眼瞳发红。

帝俊：周乾，你一家惨死，大仇未报，心中不恨吗？

　　周乾：我恨。

　　周乾浑身冒起黑气，即将妖魔化。

　　帝俊：你恨吧，恨就是你的养料，你越怨恨，就会越强大，只有强大了，你才能报仇。

　　桃花女：周乾，不要听他的蛊惑。

　　周乾猛然惊醒，压制体内的魔气。

　　凌儿站在远处看着，心中焦急万分。

90. 回忆中的多宝阁　日　内

　　人物：凌儿、刘海

　　年幼的凌儿站在刘海面前，一脸天真地看着刘海。

　　刘海恨铁不成钢地掐了掐凌儿的脸，半嗔半怒地训斥她。

　　刘海：小懒蛋，你这天生灵体，若要修仙必定是平步青云，怎么你偏偏就对修仙一途不感兴趣，你呀你，真是气死师傅我也。

　　凌儿歪歪头，满不在乎。

　　凌儿：谁说有天生灵体就一定要修炼成仙啦，我自有我的命途，不为什么先天灵体所左右。

91. 邢襄镇周府门前　日　外

　　人物：周乾、桃花女、凌儿、帝俊

　　凌儿眼中的泪水流了出来，她似乎下定了什么决心一般，定定地凝视着周乾的面容。从凌儿的身体渗出许多金色的光斑，这些光斑渐渐汇聚在一处，汇成了一颗仙灵。

　　周乾着急害怕道：凌儿！你在做什么，快停下！

　　凌儿：周乾，第一次遇见你的时候，觉得你这个人挺有意思，想收你做小弟捉弄你一下，早知道后劲这么大，我就不遇见你了。

周乾：你说什么胡话呢，你快停下来。

转瞬之间，凌儿的脸上、身上遍布裂痕。

凌儿：我是先天灵体，用我的灵丹度化你身上的魔气，周乾……记得帮我宰了这个老小子。

凌儿撑起的护罩，没有了灵力支撑轰然破碎。麒麟巨爪落下凌儿的身体也破碎消失。

周乾脑海中闪回周乾和凌儿相识的种种画面，看着眼前从来都是一副万事都无所谓的凌儿，此时为了自己竟甘愿献出自己的生命，顿时心如刀绞。周乾这才明白，原来凌儿早已在自己的心中占据了一块很重要很重要的位置。

周乾周身的魔气被凌儿的仙灵度化。含泪，挣扎着怒吼着起身，一跺脚身后的诛魔剑飞起。周乾抓住诛魔剑，桃花女自己幻化成一簇桃花瓣涌入周乾手中的诛魔剑，空中出现一尊周乾法相与麒麟大小不相上下，周乾法相手中出现玄天圣剑。地面的周乾手握诛魔剑劈向帝俊，周乾的法相和周乾做同样的动作劈向麒麟，一剑劈碎了麒麟。

帝俊也在空中爆裂！

92. 邢襄镇街道　日　外

人物：老百姓

整个邢襄镇雨霁风消，天空碧蓝如洗，仿佛什么事都没有发生过。
老百姓奔走相庆。

93. 邢襄镇周府门前　日　外

人物：东皇、刘海

东皇与刘海来到凌儿逝去的地方，地上一朵娇艳欲滴的花苞迎风摇曳。刘海一挥手,花苞飞入刘海的掌心。

东皇:此劫已过,刘海你度凌儿到太行山修行去吧。

刘海:你们师兄妹两个,没一个叫为师省心,刘海右手抚了抚花苞,花苞缓缓绽开,从中飞出一莹白的光团,那光团在刘海脸上亲昵地贴了贴,便往西方飞去了。

94. 茶楼　日　内

人物:说书先生、观众

醒木"啪"地拍在桌子上。

说书人:这便是周乾与桃花女斩妖除魔的故事,后人因感念周乾降妖除魔的功绩尊称他为周公,而桃花女一直在民间悬壶济世,后人尊称她为桃花仙子!

电影《周公与桃花女》开机仪式

电影《周公与桃花女》拍摄中与演员讲戏